KB183360

마흔에 읽는 우화

마흔에 읽는 우화

A fable to read at 40s

일이 힘들고
삶이 고민될 때
힘이 되는
인생 지혜

도다 도모히로 | 오시연 옮김

인생 이정표가 되는 우화

《한 조각의 빵》《행복한 한스》《테헤란의 사신》등
동서고금을 통해 이어져온 77가지 가르침

일본 아마존
15만 부
베스트셀러

문예춘추사

일러두기

이 책에 수록된 이야기는 권말에 실린 자료를 바탕으로 하되 가독성을 위해 표기와 표현을 일부 변경했다. 또, 원문에는 오늘날에는 다소 적절하지 않은 표현이 담겨 있지만, 원문의 시대성과 원형을 고려해 인용문을 그대로 사용했다.

인생 이정표가 되어주는 '우화'

심리학자 가와이 하야오는《이야기의 지혜(おはなしの知恵)》에서 자연과학의 힘과 대조하며 '이야기'가 주는 힘에 대해 이렇게 말했다.

"지금 이 세상에 '나'라는 사람이 존재하고, 게다가 반드시 죽는다는 것은 참으로 불가사의한 일이다."

우리는 타인의 죽음에 대해 자연과학적 측면에서 설명할 수 있을 것이다. 하지만 가족이나 자신의 죽음은 어떨까? 과연 자연과학적인 설명으로 수긍하고 받아들일 수 있을까? 인간의 삶과 죽음이라는 문제는 이성적 사고만으로 해결할 수 없다. 따라서 '이야기는 비이성적일 수도 있고 비논리적일 수도 있다.'

이야기에는 이런 불가사의함을 주관적으로 이해하고 받아들이게 하는 힘이 있다. **그래서 인간에게는 이야기가 필요하다. 자신의 인생을 다른 무엇과도 바꿀 수 없는 인생으로 생각하며 살기 위해서다.**

이 책은 77가지 이야기를 모아놓은 것인데, 재미있을 것(오락성), 교훈이나 진리, 지혜가 담겼을 것(유용성), 간결할 것(대중성)이라는 세 가지 키워드를 기준으로 이야기를 골랐다. 한마디로 재미있고 교훈적이며 짧은 이야기들이다. 여기에는 협의의 우화(동물·인간의 대화와 행동을 이용해 사람들에게 알기 쉽게 교훈을 전달하는 허구)뿐만 아니라, 은유, 일화, 우스갯소리, 실험 연구, 조사 연구, 전래동화, 신화, 사고 실험 등도 포함되어 있다. 일종의 가르침이 있는 짧은 이야기(즉, 광의의 우화)를 모은 책이라고 생각하면 된다.

'가르침'의 내용을 살펴보면 이야기를 두 가지 유형으로 나눌 수 있다.

하나는 교훈이 담긴 이야기로, 예수나 부처님에 대한 일화가 전형적인 예다. 이런 부류의 이야기는 '주인공이 의인화된 동물인가, 인간인가', '지어낸 이야기인가, 실제로 있었던 이야기인가', '자기 완결성을 갖추고 있어서 해석이 불필요한가 아니면 우화의 의미가 문맥에 의존하므로 설명이 필요한가'와 같은 차이는 있지만, 행복하게 사는 팁이나 통속적인 처세술을 알려주는 것들이다.

다른 하나는 이야기에 진리와 지혜가 담긴 유형으로, 전래동화와 신화가 대표적이다. 전래동화와 신화를 황당하고 터무니없는 이야기로만 보는 것은 큰 실수다. 실제로는 인간이라면 누구나 떠안을 수밖에 없는 '인생의 큰 문제'를 다루는 것들이 많다.

우화의 매력은 교훈과 진리, 지혜와 같은 '가르침'을 즐기면서 흡수할 수 있다는 점이다, 우화는 핵심에 가르침이 있고 이야기가 그 가르침을 감싸는 구조로 되어 있다. 왜 이렇게 이중적인 구조를 하고 있을까? 가르침을 직접 설파하지 않고 이야기로 포장해서 내밀면 어떤 효과가 있는 걸까?

첫째는 설교하는 냄새가 줄어든다. 우리는 남에게 가르침을 받으면 저도 모르게 거부감이 생긴다. 이는 어린아이부터 어른에 이르기까지 남녀노소를 불문하고 공통적인 생리현상이다. 하지만 누구든 이야기에는 기꺼이 귀를 기울이고, 그 이야기에 담긴 가르침을 즐기며 스스로 찾아내려고 한다.

둘째, 추상적인 관념(즉 가르침)이 구체성을 지닌 이야기로 표현되어 가르침을 쉽게 이해할 수 있다. 예를 들어, '용감해라', '겸손해라'라고만 하면 그 의미를 파악하기가 상당히 어렵다. 그렇지만 추상적인 관념을 이야기에 맡기고 알기 쉽게 표현함으로써 우리는 그 의미를 더욱 쉽게 이해할 수 있다.

셋째, 이야기에 파고들면 감정이 환기되어 그 가르침이 마음속에 더 강하게 새겨진다. 이야기는 우리에게 인생의 다양한 문제를 간접적으로 경험하는 기회를 제공한다. 이 유사 경험으로 인해 주인공에 대한 공감이나 반발, 이야기에 대한 기대감, 결말에서의 놀라움이나 안도감 등 다양한 감정이 솟아난다. 감정을 동반하는 경험은 무엇보다 기억에 남는다.

이 책은 학술서나 소설이 아니므로 읽고 싶은 장부터 읽거나, 장과 상관없이 재미있을 것 같은 우화만을 '골라' 읽어도 된다. 그래도 일단 이 책의 구성을 설명하자면 총 15장을 유사한 큰 주제별로 묶어서 순서대로 나열했다.

1~3장은 개론이다. 시간, 수명, 행복, 주체적 결정과 의사 판단, 사

고와 행동 양식 등 우리에게 친숙한 주제를 다룬 이야기를 모았다.

4~13장은 인간의 마음 발달에 초점을 맞춘다. 4~7장은 인생 실전의 관문인 청년기·성인기의 과제, 8~10장은 인생의 반환점인 장년기(중년기)의 과제, 11~13장은 인생을 정리하는 시기인 황혼기(노년기)의 과제를 다룬다.

14장과 15장은 마무리하는 장이다. 14장에서는 환경 문제와 인류의 책임, 15장에서는 인간다움과 덕이라는 주제를 설정하고 그와 관련된 이야기를 모았다.

4~13장은 인간의 마음 발달의 단계별 과제를 다루는 이야기, 14장과 15장은 인류의 과제에 대해 살펴보는 이야기가 모여 있다. 개인의 마음이 발달하면 인류 전체의 마음도 발달할 수 있을 것이라는 바람을 담았다.

이야기 뒤에는 나의 '읽음'(=해설문)을 덧붙였다. 이로써 저자가 그 이야기를 어떻게 해석했는지, 그 이야기를 실마리로 어떤 생각을 했는지, 더 나아가 자신의 생활과 인생에 어떻게 활용하려고 생각했는지를 알 수 있다. 물론 나의 읽기는 수많은 읽기 중 하나일 뿐이니, 내 읽기를 단서로 삼아 자신의 읽기를 찾기를 바란다.

이야기를 읽고 가르침을 끌어내는 흐름은 구체화에서 추상화로 나아가는 과정이다. 그다음에는 교훈을 '현재 자신의 인생과 미래의 인생에 어떻게 활용할 것인지' 생각하게 되는데 이것은 추상화에서 구체화로 가는 과정이다. 즉, 구체적인 이야기를 읽고 그로부터 추상적인 가르침을 끌어내어 개인의 구체적인 삶과 연계시키는 작업은, 구체화→ 추상화→ 구체화라는 적극적인 '두뇌 체조'를 하는 것이다.

인생은 돌아갈 수 없는 여정이다. 우리 모두 '첫 번째 인생'을 걷고 있다. 청년기·성인기, 장년기, 황혼기 중 어느 단계에 있건 간에 모두 그 단계의 초행자로서 하루하루를 살고, 다음 단계를 바라보며 앞으로 나아간다.

낯선 길을 걷는 여행자에게 도로 표지판이 도움이 되듯이 항상 첫 번째 인생을 살아가고 있는 우리에게도 '길잡이'는 쓸모가 있다. 우화는 선대가 남긴 인류의 소중한 유산으로, 잘 살기 위한 가르침이 응축되어 있다. 그런 의미에서 **우화는 인생의 이정표가 되어준다.**

길을 잃거나 미래가 보이지 않을 때는 물론이고, 힘들 때나 괴로울 때, 용기가 나지 않을 때, 자신감을 잃었을 때, 목표를 잃었을 때, 미래가 불안할 때, 아주 오래전부터 구전되어온 우화는 우리에게 다양한 지침을 줄 것이다.

도다 도모히로

차례

들어가며 인생 이정표가 되어주는 '우화' 005

1장 수명과 시간 사용법

01 —— 색실공 018
02 —— 흰 쥐와 검은 쥐 이야기 020
03 —— 수명 023
04 —— 헬렌 켈러 이야기 027
05 —— 인생의 길이 030
06 —— 한단의 꿈 032

2장 행복해지기 위한 마음가짐

07 —— 탐욕스러운 소몰이꾼 038
08 —— 수녀에 관한 연구 040
09 —— 상과 벌 042
10 —— 경험 기계 044
11 —— 두 배의 소원 046
12 —— 우리 집을 넓히는 방법 049

3장 행동과 사고의 선택

13 —— 뷰리단의 당나귀 058
14 —— 성공의 비결 061
15 —— 아주 싫어하는 샌드위치 063
16 —— 무신론자와 신앙심이 깊은 남자 065
17 —— 하워드 라이파 이야기 069

4장 꿈과 희망과 용기

18 —— 시골길을 걷는 사나이 074
19 —— 밤도둑질 076
20 —— 산월기 081
21 —— 한 조각의 빵 089
22 —— 두 굴뚝 청소부 093

5장 재능과 지속과 노력

23 —— 로제티와 노인 102

24 —— 설법사가 되고 싶었던 아이 104
25 —— 오하아몽 106
26 —— 척박한 땅을 원하라 108
27 —— 재수 없는 진지로베에 111
28 —— 문어와 고양이 115
29 —— 토끼와 거북이 ① 117
30 —— 토끼와 거북이 ② 119

6장 의욕과 강인함과 자유

31 —— 두 시계 126
32 —— 토끼를 쫓는 개 128
33 —— 자나카 왕과 아슈타바크라 130
34 —— 볏짚 부자 136
35 —— 장을 보는 모녀 142

7장 인간관계의 기본 원칙

36 —— 가루약 146
37 —— 바보 150
38 —— 은혜 갚는 흡혈박쥐 152
39 —— 최후통첩 게임 155
40 —— 사교도와 부처님 158

41 —— 늑대와 어린 양 163

8장 체념과 패배의 미학

42 —— 교수대를 향하는 남자 168
43 —— 석공 170
44 —— 진흙 속의 거북이 176
45 —— 행복한 한스 178

9장 리더십과 어른의 지혜

46 —— 꺼진 연등 186
47 —— 세 개의 거울 188
48 —— 연금술사의 지혜 192
49 —— 산 위의 불 199
50 —— 두 개의 선물 201

10장 훌륭한 사상보다 평범한 격언

51 —— 토끼와 사자왕 208
52 —— 솔로몬의 충고 212
53 —— 먹다 남은 복숭아를 먹인 죄 221

54 —— 칼라일의 조언 224
55 —— 주물공과 반케이 선사 227
56 —— 어린이와 도둑의 가르침 229

11장 인생 백세 시대와 늙음

57 —— 백 살까지 사는 방법 234
58 —— 루빈스타인의 일화 237
59 —— 여신 에오스의 사랑 이야기 240
60 —— 조사부사자사손사 244

12장 사는 힘과 죽는 힘

61 —— 돌과 바나나 나무 248
62 —— 죽고 싶지 않은 남자 254
63 —— 테헤란의 사신 262
64 —— 인간으로서 최고의 행복 267

13장 인생관과 사생관

65 —— 조가 성인의 임종 272
66 —— 십계 278

67 —— 꽃 피우는 할아버지 283
68 —— 시간이 없는 임금님 289

14장 환경 문제와 인류의 책임

69 —— 공유지의 비극 298
70 —— 미지근한 물 속의 개구리 301
71 —— 리벳 가설 304
72 —— 옷 오백 벌 309
73 —— 세 마리 개구리 314

15장 인간다움과 덕

74 —— 세 도적 320
75 —— 목욕탕 앞의 돌 322
76 —— 지옥탕과 극락탕 324
77 —— 로베르토 디 비센조 이야기 326

참고 문헌 332

1장

수명과 시간 사용법

01 ♦ 색실공

02 ♦ 흰 쥐와 검은 쥐 이야기

03 ♦ 수명

04 ♦ 헬렌 켈러 이야기

05 ♦ 인생의 길이

06 ♦ 한단의 꿈

01 색실공

한 정령이 아이에게 색실이 감겨 있는 공을 건네며 이렇게 말했다.

“이건 네 인생의 실이야. 실을 만지지 않으면 시간은 정상적으로 지나갈 거야. 그런데 만약에 시간이 좀 더 빨리 지나가기를 원한다면 이 실을 조금만 잡아당기면 돼. 그러면 한 시간이 일 초처럼 지나갈 거야. 하지만 명심해. 한 번 당긴 실은 절대 원래대로 되돌릴 수 없어. 네가 당긴 실은 연기처럼 사라질 거야.”

아이는 실을 손에 쥐었다.

어른이 되고 싶은 아이는 실을 잡아당겼다. 그다음에는 사랑하는 약혼자와 빨리 결혼하고 싶어서 실을 잡아당겼다. 그리고 아이들이 자라나는 모습을 빨리 보고 싶어서, 직업과 이득과 명예를 빨리 얻고 싶어서, 걱정거리에서 빨리 해방되고 싶어서, 나이가 들면서 찾아온 질병과 슬픔에서 빨리 벗어나고 싶어서 실을 잡아당겼다.

그리고 슬프게도, 마지막으로 고통스러운 노년을 끝내고 싶어서 실을 잡아당겼다.

그 결과, 아이는 정령에게 색실공을 받은 지 넉 달 하고도 엿새밖에 살지 못했다.

인생을 '빨리 감기' 하지 않는다

우리는 종종 '하루의 끝'이나 '다음 주말'을 고대하며 살아간다. 이렇게 미래를 고대하는 마음은 '지금부터 그때까지의 시간'을 '빨리 감기' 하는 행위이며 자신의 수명을 단축하는 것이나 마찬가지다. 우리에게 남겨진 시간(=여명)은 절대 늘어나지 않고 줄어들기만 하는데 말이다.

예를 들어 우리는 월요일 아침에 이렇게 중얼거린다.

"아, 한주가 시작되었네. 토요일까지 앞으로 닷새나 남았어. 빨리 지나갔으면 좋겠다."

그런 마음으로 산다면 월요일부터 금요일까지는 '인생의 공백기'가 되어 그만큼 인생이 짧아질 것이다.

우리는 **어떤 때라도 지금이라는 시간을 소중히 여기면서 인생을 또박또박 살아가야** 한다.

02  흰 쥐와 검은 쥐 이야기

이야기는 한 남자가 황야에서 날뛰는 코끼리에게 쫓기는 것에서 시작한다. 코끼리를 피해 달아나던 남자는 정신없이 몸을 숨길 곳을 찾다가, 때마침 우물을 발견한다. 남자는 우물 바닥을 향해 늘어진 나무뿌리를 타고 우물 속으로 몸을 숨겼다.

하지만 안심한 것도 잠시일 뿐, 붙잡은 나무뿌리에서 무언가가 움직이고 있었다. 자세히 보니 흰 쥐와 검은 쥐 두 마리였다. 쥐들은 남자가 목숨을 걸고 매달린 나무 밑동을 번갈아 갉아 먹기 시작했다.

한편으로 우물 사방에는 독사 네 마리가 남자를 물어뜯으려 했다. 우물 밑바닥을 보니 독을 뿜는 용이 입을 쩍 벌리고 남자가 떨어지기를 기다렸다. 남자는 겁에 질려 덜덜 떨었다.

그 절체절명의 순간, 남자의 입에 달콤한 꿀 다섯 방울이 떨어졌다. 남자가 붙잡고 있던 나무에는 벌집이 있었고, 거기서 꿀이 흘러내린 것이다. 절망적인 상황에서도 남자는 달콤한 꿀이 주는 기쁨에 취해 목숨이 위태롭다는 사실을 잊었다. 그리고 더 많은 달콤한 꿀을 찾아 금방이라도 끊어질 것 같은 나무뿌리를 흔들기 시작했다. 그러자 벌 한 마리가 벌집에서 나와 남자를 쏘았다. 그 후 황야에 불이 나더니 붙잡고 있던 나무를 태우기 시작했다.

순간의 쾌락에 마음을 빼앗기지 마라

이 이야기를 이해하려면 먼저 여기 등장하는 생물과 사물이 '무엇을 비유하는지' 알아야 한다.

- **황야:** 무명(無明). 혼란과 고뇌에 휩싸여 도리를 분명하게 이해할 수 없는 정신 상태
- **코끼리:** 무상(無常), 즉 사물은 변화한다는 것. 산자는 반드시 소멸하고, 영원히 변하지 않는 것은 없으며 영원히 존재하는 것도 없다.
- **우물:** 우리의 삶과 죽음
- **나무뿌리:** 우리의 생명
- **쥐 두 마리:** 낮(흰색)과 밤(검은색)이 반복되어 지나가는 나날
- **갉아먹는 행위:** 점차 쇠퇴하는 모습
- **독사 네 마리:** 인간의 몸을 구성하는 물질. 땅(地) · 물(水) · 불(火) · 바람(風)
- **독을 뿜는 용:** 죽음
- **꿀 다섯 방울:** 우리가 오감으로 인식한 것에 대해 끓어오르는 욕망
- **벌:** 도리에서 벗어난, 잘못된 생각
- **벌에 쏘이는 것:** 도리에서 벗어난 생각에 사로잡히는 것
- **화재:** 늙음과 질병

이런 점을 이해한 후에, 이 이야기가 무엇을 뜻하는지 정리해보자.

혼란과 고뇌의 세상에 사는 우리는 '사물이 변화한다'는 현실에 쫓긴다. 죽음은 입을 쩍 벌리고 우리를 기다리고 있으며, 하루하루 지나는 날들 속에서 우리 생명은 점점 짧아진다. 그런 절체절명 상황에서도 우리 인간은 그 사실을 알아차리지 못하고 눈앞의 욕망을 탐하느라 여념이 없다. 그러나 어떤 인간이라도 결국 '마지막 한 입'으로 낮이나 밤에 죽음을 맞이하게 된다.

우리는 예외 없이 죽음에 직면하고 시간은 그 죽음을 향해 째깍째깍 다가간다. 이 이야기는 그 사실을 외면하고 눈앞에 닥친 욕망에 집착하는 것을 경계하고 있다.

수명

03

태초에 신이 세상을 창조한 후, 모든 생명의 수명을 정해주려 했다. 맨 먼저 당나귀가 찾아왔다. 신은 당나귀에게 30년의 수명을 주겠다고 했다.

"아이고, 30년은 너무 깁니다요. 저의 고달픈 팔자를 좀 생각해주세요. 아침 일찍부터 밤늦게까지 무거운 짐을 날라야 합니다. 제발 좀 줄여주십시오."

그래서 신은 당나귀에게 18년의 수명을 주기로 했다.

다음에는 개가 왔다. 신은 똑같이 30년의 수명을 주려 했다.

"제가 얼마나 많이 뛰어다녀야 할지 생각해주세요. 제 다리는 그렇게 오래 버틸 수 없습니다. 크게 짖지도 못하고 물어뜯을 수 있는 이빨마저 빠지면 구석에서 으르렁거리기밖에 더 하겠습니까?"

신은 그 말도 옳다고 생각하고 개에게 12년의 수명을 주기로 했다.

다음에는 원숭이가 나타났다.

"너는 30년은 살고 싶겠지? 당나귀와 개처럼 일할 필요가 없으니 말이다. 게다가 언제 봐도 쾌활하지 않으냐."

"그렇게 보이지만 사실은 다릅니다. 모두를 웃기기 위해서 저는 항상 우스꽝스러운 흉내를 내거나 괴상한 표정을 지어야 합니다. 이 모든 게 사람들을 웃기기 위해서죠. 겉으로는 장난을 치면서 속으로 우는 일이 얼마나 많은지 모릅니다."

신은 원숭이에게 10년의 수명을 주었다.

마지막으로 사람이 나타났다. 신은 "너에게 30년의 수명을 주려는데 충분하겠느냐?"라고 물었다.

그러자 사람은 "그렇게 짧게요?"라며 목소리를 높였다.

"저희가 집을 짓고 아궁이에 불을 지피고 나무를 심고 그 나무에서 꽃이 피고 열매가 맺혀서 드디어 삶을 즐기려고 할 때, 그때 죽어야 한다는 말씀입니까? 신이시여, 저희가 더 오래 살게 해주십시오."

"그럼 당나귀의 수명인 18년을 너희에게 주지."

"그래도 부족합니다."

"그럼 개의 12년을 더 주마."

"조금만 더요!"

"알았다. 원숭이의 10년도 주겠다."

이렇게 해서 사람은 70년을 살게 되었다.

본래 수명+과학 기술 = 인간의 수명

그림동화의 '수명'이라는 이야기를 요약했다.

인간의 일생에는 즐거운 일도 있고 괴로운 일도 있다. 그 어려움은 당나귀의 운명(예로부터 짐을 나르기 위해 사육되었다), 개의 운명(사냥개와 경비견으로 일하도록 했다), 원숭이의 운명(재주를 가르쳐서 구경거리로 삼아 왔다)과 겹쳐 있다.

인간은 30년이 지난 후 18년 동안은 무거운 짐(가족과 일)을 짊어지고 죽을힘을 다해 일해야 한다. 그 후 12년 동안은 그때까지의 고생이 끝나지만 몸이 점점 쇠약해진다. 마지막 10년은 점점 머리가 둔해져 바보 같은 짓을 하여 모두의 웃음거리가 되어 살아야 한다.

이솝 우화에도 이와 비슷한 내용이 나온다. 말과 소와 개와 인간이라는 이야기다.《이솝 우화집》을 바탕으로 한 줄거리를 소개하겠다.

인간은 본래 수명이 짧았다. 계절은 겨울, 인간은 자신의 집을 짓고 그 안에서 살았다. 추위와 비, 폭풍을 견디지 못한 말, 소, 개가 차례로 인간에게 와서 들여보내달라고 부탁했다. 인간은 말과 소와 개에게 너희의 수명을 얼마씩 나눠주면 집 안에 넣어주겠다고 했다. 이렇게 해서 인간은 말과 소와 개로부터 수명을 약간씩 나누어 받았다.

이 때문에 인간은 신으로부터 받은 수명으로 살 동안에는 '천진하고 선량'하지만 말에게 받은 수명으로 살면 '거만한 허풍쟁이'가 되고, 소에게 받은 나이가 되면 '지배당하고', 개에게 받은 나이가 되면 '분노하고 잔소리를 하게' 되었다.

그림동화나 이솝 우화 모두 원래 짧았던 인간의 수명이 동물에게 수명을 나누어 받으면서 연장되었다는 이야기다.

이와 관련해 인간의 수명은 원래 짧았으나 과학 기술의 발달로 늘어났다는 사실에 대해《인간에게 수명이란 무엇인가(人間にとって寿命とはなにか)》를 참고하여 설명하겠다.

에도시대(1608~1868년) 일본인의 수명은 약 45세였고 1947년은 약 52세였다. 아마 50세 정도가 인간(생물로서의 인간) 본래의 수명일 것이다. 그런데 이제 일본인의 수명은 80세를 넘었다. 무엇이 인간의 수명을 연장했을까? 의료 기술이 눈부시게 발달하고 상하수도가 완비되어 위생 환경이 개선되었다. 식량이 풍부해졌고 냉난방 시설도 갖춰졌다. 모두 과학 기술의 힘 덕분에 가능한 것들이다.

즉, 오늘날의 장수는 과학 기술이 만들어낸 것이다. 다시 말해, 50세 이상인 사람들은 과학 기술 덕분에 살고 있는 '인공 생명체'라고 할 수 있다.

헬렌 켈러 이야기

헬렌 켈러는 숲속을 산책하고 돌아온 친구에게 물었다. "뭘 관찰했어?" 친구는 "특별히 관찰한 게 없는데?"라고 대답했다. 이 말을 들은 헬렌 켈러는 이렇게 생각했다.

한 시간이나 숲속을 산책하고 와서 흥미로운 것을 하나도 보지 못했다니, 그럴 수 있을까? 눈이 보이지 않는 나조차도 우아하게 대칭을 이루는 수백 개의 나뭇잎, 자작나무 껍질의 부드러움, 거칠고 투박한 소나무 껍질의 늘 새로운 감촉을 발견하는데.

앞을 보지 못하는 제가 눈이 보이는 사람들에게 조언을 드리겠습니다.

내일 갑자기 눈이 멀 것처럼 눈을 사용하세요. 내일 갑자기 귀가 멀 것처럼 인간의 목소리가 자아내는 음악을, 새들의 노래를, 오케스트라의 놀라운 선율을 들어보세요. 내일이면 촉각이 사라질 것처럼 사물을 하나하나 만져보세요. 내일이면 후각도 미각도 잃을 것처럼 꽃내음을 맡고 맛있는 음식을 한 입 한 입 음미하세요.

당신의 모든 감각을 최대한 활용하세요. 세상이 당신에게 드러내는 모든 생김새와 기쁨, 아름다움에 영광과 은혜가 깃들어 있답니다.

오감을 갈고 닦으며 세상과 교류한다

헬렌 켈러는 미국의 교육자이자 사회복지 사업가, 작가, 여성인권 운동가다. 그녀는 생후 19개월 때 발병한 고열과 설사로 인해 시각과 청력을 잃었다. 어린 시절부터 시각과 청각 장애를 함께 갖고 있었지만 이를 극복하고 전 세계 장애인의 교육과 복지 발전에 힘쓴 활동가로 빛나는 생애를 보냈다.

헬렌 켈러는 이렇게 생각했을 것이다. 그 친구에게 산책 시간은 아무 의미가 없는 일이었고 정말 아까운 일이었다고 말이다. 헬렌 켈러는 친구에게 오감을 갈고 닦아 바깥의 풍요로운 세상과 직접 접촉하라고 말하고 싶었을 것이다.

오감은 바깥세상과 자신의 세상을 연결하는 통로다. 그 통로를 막는 것은 자신을 자신만의 세상에 가두는 것이고, 그 통로를 여는 것은 바깥세상(타인, 자연환경, 문화 등)으로 나를 개방하는 것이다. 감각은 항상 개인에 소속된 고유한 것으로, 같은 것을 접해도 저마다 느끼는 바가 다르다. 오감이라는 통로를 열어두고 사는 것이 지금 여기에 내가 사는 것이다.

오감을 갈고 닦는 것과 더불어 숲에 대한 지식의 중요성을 짚어보자. 사물을 아는 첫걸음은 사물의 이름을 아는 것이다. 세상에 존재하는 대부분의 사물에는 이름이 붙어 있다. 그러니 **세상을 안다는 것은 세상을 구성하는 대상 하나하나의 이름을 아는 것을 의미한다.** 이를 통해 세상을 더욱 가깝게 느낄 수 있다.

식물에 전혀 관심이 없는 사람이 숲을 산책하는 것과 식물학자가 숲을 산책하는 것은 시간의 밀도가 사뭇 다를 것이다. 식물에 관심이 많고 이름 하나하나를 알고 있는 식물학자들에게 숲을 걷는 것은 즐겁고 지적인 행위이며 그곳에서 보내는 시간은 의미가 있을 것이다.

인간은 세상의 '밖'에 위치하면서 세상과 대립하는 것이 아니라, 항상 세상과 일체성을 유지하면서 세상의 '안'에 존재한다. 세상과 소원해지면 불편해지고 세상과 친밀해지면 우리 집처럼 편히 쉴 수 있다. 세상과 친밀해지기 위한 첫걸음은 세상을 인식하는 것이며, 구체적으로는 세상을 구성하는 것들의 이름을 아는 것이다.

05 인생의 길이

어느 날 부처님이 제자들을 향해 이렇게 물었다.

"인생의 길이는 얼마나 되겠느냐?"

어떤 제자가 50년 정도라고 대답했다. 그러자 부처님은 "아니다"라고 했다.

이번에는 다른 제자가 "그럼 40년 정도 될까요?"라고 했지만, 부처님은 고개를 저었다.

"30년 정도?"

"20년쯤?"

"10년이요?"

부처님은 여전히 고개를 저었다.

마침내 제자 중 한 명이 "한 시간 정도일까요?"라고 했다. 그런데도 부처님은 고개를 저을 뿐이었다.

"그러면 한 번 숨을 쉬는 시간입니까?"

마지막으로 한 제자가 이렇게 말하자 비로소 부처님은 "그 말이 맞다"라며 크게 고개를 끄덕였다.

인생은 한 호흡의 연속

호흡은 숨을 들이쉬거나 내쉬어서 공기 중의 산소를 마시고 이산화탄소를 배출하는 행위다. 그 과정을 좀 더 자세히 살펴보면 '숨을 들이마신다'(약 1초)→ '숨을 내쉰다'(약 1.5초)→ '휴식기'(약 1초)라는 흐름으로 진행된다.

숨을 한 번 쉬는 데 필요한 시간을 4초라고 하면 우리는 하루에 2만 1,600번 숨을 쉰다.

한 호흡이 쌓여서 하루가 되고, 하루가 쌓여서 일 년이 되고, 일 년이 쌓여서 인생이 된다고 생각하면, 한 호흡이 쌓여서 인생이 되는 셈이다.

교육학자 사이토 다카시는 《호흡 입문》에서 휴식기—숨을 내쉬고 나서 다음 숨을 들이마시기 시작할 때까지의 사이—에 대해 흥미로운 말을 했다. 휴식기는 '살아 있는 시간 속에 이미 죽음이 섞인 가장 신성한 순간'이다. 그것은 임시로 찾아온 죽음의 순간이라고 생각할 수도 있다. 그 순간순간을 담담하게 받아들이는 것이 삶과 죽음을 통찰하는 일종의 연습도 된다. 그렇게 생각하면 한 호흡, 한 호흡이 죽음의 예행연습이다.

06 한단의 꿈

중국 당나라 시대에 노생이라는 가난한 서생이 있었다. 어느 날 볼일이 있어 한단(지금의 허베이성)이라는 지역에 가는 도중 지방의 주막에서 쉬게 되었다. 그때 여옹이라는 도사*를 만났다.

노생은 여옹에게 자신의 한심한 처지를 한탄하며 입신양명의 희망이 없다고 한바탕 푸념했다. 그러는 동안 노생은 졸음이 쏟아졌다.

이때 주막 주인은 수수밥을 짓기 시작하던 참이었다. 졸린 노생에게 여옹은 원하는 대로 부귀영화를 누릴 수 있게 해준다는 신기한 베개를 빌려주었다. 잠이 든 노생은 꿈을 꾸었다.

노생은 대부호의 집에서 절세미인인 아내를 얻었다. 이듬해 과거에 급제한 노생은 승승장구하며 고위직에 올랐다. 이후 국가의 요직에 올랐다가 상관의 미움을 받아 시골 관리로 좌천되기도 하지만, 다시 중앙으로 복귀하여 재상이라는 국정 최고 자리에 등용되었다가 황제 모반자로 의심받아 체포되는 등 우여곡절 끝에 모함이 밝혀져 복권되어 다시 재상 자리에 오를 수 있었다.

말년에는 많은 자식과 손자에게 둘러싸여 행복하게 지냈다. 그러다가 천수를 다해 파란만장한 삶이 끝날 무렵 노생은 하품하며 눈을 떴다.

주위를 보니 자신은 주막에서 자고 있었고 옆에 여옹이 있었다.

주막 주인은 여전히 수수밥을 짓는 중이었다. 눈에 보이는 모든 것이 잠들기 전과 다름없었다.

노생은 벌떡 일어나 "지금 저는 꿈을 꾼 건가요?"라고 물었고, 여옹은 웃으며 "인간의 세상은 이런 것입니다"라고 대답했다.

그 말을 들은 노생은 "명예와 치욕, 부와 가난, 성공과 실패, 살고 죽는 심정을 모두 이해했습니다. 이는 모두 선생님께서 제 욕심을 다스리려고 하신 거겠죠. 앞으로도 이 일을 절대 잊지 않겠습니다"라고 감사 인사를 하고 떠났다.

* 도교 수행에 힘쓰고, 도교 의례를 행하는 사람. 불교의 경우 승려에 해당한다.

꿈에는 두 가지 의미가 있다.

① 잠을 자는 동안은 꿈에서 일어나는 일을 마치 현실처럼 의식하고 행동하지만, 깨어나면 그것이 현실이 아님을 깨닫는 일종의 환각
② 미래에 이루어지기를 바라는 소망이나 공상

①의 의미의 꿈을 〈꿈①〉, ②의 의미의 꿈을 〈꿈②〉라고 정의하고 나서 이 이야기의 흐름을 확인해보자.

노생은 도사에게 〈꿈②〉를 말했다. 실제로는 '자신의 한심한 처지'와 '입신양명의 희망이 없는 것'을 한탄했지만, 뒤집어 말하면 자신의 〈꿈②〉를 말한 것이다. 도사로부터 신기한 베개를 받은 노생은 잠이 들어 〈꿈①〉을 꾼다. 노생은 〈꿈①〉에서 〈꿈②〉를 이룰 수 있었다. 잠시 후 노생은 눈을 뜨며 "이건 꿈(①)이었나요?"라고 묻는다. 이때 그는 두 가지 의미에서 꿈에서 깨어났다. 즉, 잠에서 깨어나 그때까지 꾸었던 〈꿈①〉이 사라졌고, 그와 동시에 진심으로 원하면서도 흔들리던 〈꿈②〉가 없어져 제정신을 찾을 수 있었다.

자, 이 이야기의 주제는 무엇일까? 즉 무엇을 비유하고 있을까? 세 가지 해석이 가능하다.

첫 번째는 사람의 일생은 길어 보이지만 실제로는 꿈이나 환상을 보는 듯이 짧은 시간에 불과하다는 것, 즉 인생은 한순간이라는 점이다. 두 번째는 세상 모든 일은 좋은 일과 나쁜 일이 앞서거니 뒤서거니 하며 일어나니 모두 덧없다는 것이다. 세 번째는 입신양명과 명리를 추구하는 것 같은 세속적인 욕망을 억누를 때만 평온한 인생을 살 수 있다는 것이다.

2장

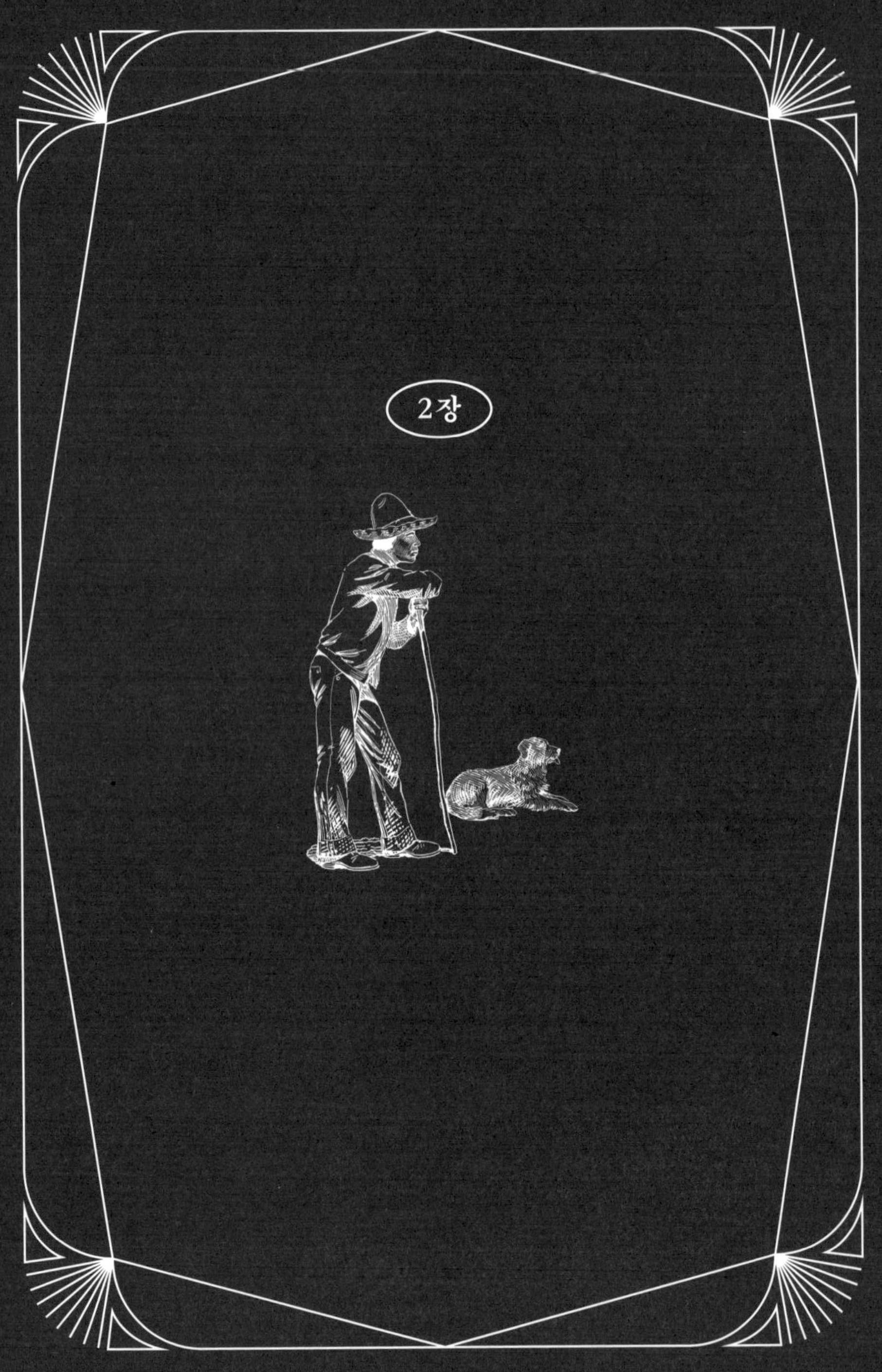

행복해지기
위한
마음가짐

07 ♦ 탐욕스러운 소몰이꾼

08 ♦ 수녀에 관한 연구

09 ♦ 상과 벌

10 ♦ 경험 기계

11 ♦ 두 배의 소원

12 ♦ 우리 집을 넓히는 방법

07 탐욕스러운 소몰이꾼

99마리 소를 키우는 부자가 있었다. 하지만 그는 행복하지 않았다.

한 마리만 더 있으면 백 마리가 된다는 생각이 머릿속에서 떠나지 않았기 때문이다. 그는 99마리나 되는 소를 키우는 것에 만족하지 못하고, 백 마리도 안 된다는 사실에 불만을 품었다.

그래서 그는 일부러 허름한 옷을 입고 소 한 마리를 키우며 근근이 사는 친구 집을 찾아갔다. 부자는 그 친구에게 말했다.

"너는 좋겠다. 나는 소 한 마리도 없는데. 먹을 것이 없어서 힘들어. 앞으로 어떻게 먹고살지 매일 걱정이 끊이지 않아. 네가 참 부럽다."

친구는 깜짝 놀라서 말했다.

"네가 그렇게 형편이 어려운 줄 전혀 몰랐어. 그러면 이 소를 줄게. 나는 이 소가 없어도 그럭저럭 살아갈 수 있으니까."

부자는 속으로 혀를 쏙 내밀며 소를 데리고 돌아갔다. 그날 그는 행복했다. 바라 마지않았던 소 백 마리를 갖게 되었으니 말이다.

친구도 행복했다. 곤궁한 친구를 조금이나마 도울 수 있었기 때문이다.

선한 일에서 기쁨을 찾는다

부자(A라고 하자)도 부자의 친구(B라고 하자)도 행복과 기쁨으로 가득 찼다. 그렇다면 과연 어떤 기쁨이 진짜일까?

우선 A가 기쁜 이유는 소가 백 마리가 되었기 때문이다. 따라서 그 기쁨은 오래가지 않는다. 그는 욕망덩어리 같은 사람이기 때문에 소를 집으로 데려오자마자 "좋아! 다음 목표는 이백 마리다!"라고 생각할 것이다. 그리고 어떻게 하면 손쉽게 그 목표를 달성할 수 있을지 궁리할 것이다. 틀림없이 다음에도 이번처럼 나쁜 짓을 할 것이다.

반면, B가 기쁜 이유는 곤경에 처한 A에게 도움이 되었기 때문이다. 물론 소를 줬으니 실익 측면에서는 마이너스다. 그러나 마음이 넓고(무욕하며) 타인의 기쁨을 자기 일처럼 기뻐할 수 있는 자신이 자랑스러울 것이고 자존감도 높아질 것이다.

악한 일에서 기쁨을 찾는 사람이 아니라 선한 일에서 기쁨을 찾는 사람이 되기를 바란다.

08 수녀에 관한 연구

노트르담교육수녀회에는 1930년대 18세 나이로 수녀회에 들어간 수녀들이 작성한 문서가 남아 있다. 입회 당시 제출한 '자전적 글쓰기'다.

연구자들은 그 글을 분석해 수녀들이 느낀 긍정적 감정의 정도를 순위로 매겼다. 글에 명시된 것은 주로 신앙에 관한 생각이다. 신앙의 기쁨을 중심으로 한 긍정의 정도가 높은 글도 있고, 기독교의 원죄를 비롯한 죄의식 등을 자주 거론한 긍정의 정도가 낮은 글도 있다. 연구자들은 그 단어들을 수집하여 긍정의 정도를 분류하고, 글을 쓴 수녀들의 만년 건강과 생존율과의 상관관계를 살폈다.

입회 시 긍정적인 감정의 정도가 높았던 상위 4분의 1 그룹과 낮았던 하위 4분의 1 그룹을 비교하면, 85세 생존율은 전자가 90%지만 후자는 34%에 그쳤다. 94세 시점의 생존율은 전자가 54%인 데 비해 후자는 11%였다.

평균 수명을 비교해봐도 전자가 후자보다 평균 9.4년이나 오래 사는 등 비슷한 결과를 보였다.

긍정적인 사람이 건강하게 오래 산다

수녀원에서는 기본적으로 모든 수녀가 같은 환경에서 생활한다. 차이가 있다면, 각 개인의 내적 상태—구체적으로는 감정과 사고방식—뿐이다. 이런 특수한 조건이 갖춰졌기 때문에 심리적 요인이 건강과 장수에 어떤 영향을 미치는지 뚜렷이 나타났다.

여기서 중요한 것은 긍정적인 감정과 〈건강과 장수〉 사이의 '상관관계'가 인정될 뿐 아니라, '긍정적인 감정→〈건강과 장수〉'라는 '인과관계'도 인정되었다는 것이다.

건강하게 오래 살기 때문에 긍정적인 감정을 느낀다면 사람들은 그러려니 할 것이다. 하지만 수녀 스스로가 긍정적인 감정을 갖고 살아가자고 생각하고 실천함으로써 건강과 장수를 얻었다면, 사람들은 다르게 받아들인다. 마음 상태가 삶의 현실(건강 상태)과 삶의 길이(수명)까지도 변화시킨다는 뜻이기 때문이다.

09

상과 벌

6세부터 15세 사이의 총 600명 학생에게 교사들은 이렇게 선언했다.

"수업 태도가 나쁘면 밖에 나가서 노는 벌을 받을 거야. 하지만 수업 태도가 좋으면 교실에 남아 공부할 수 있는 상을 받게 될 거야."

결과는 어떻게 됐을까.

선언 하루 이틀 만에 모든 학생은 '자신은 노는 것보다 공부를 더 좋아한다는 사실'을 깨달았다.

그리고 학생들은 수학을 포함한 몇몇 교과목에서 이전보다 학습 능력이 향상되었다는 흥미로운 결과가 나왔다.

일은 재미없는 것이라는 편견에서 벗어나자

이것은 1930년에 심리학자 도널드 헵(Donald O. Hebb)이 실시한 실험이다. 요컨대 공부는 재미없고 노는 것은 재미있다는 인식은 편견에 불과하다.

여기서는 공부를 일로 대체해서 생각해보자. 모든 사람이 '놀기보다 일을 더 좋아한다'고 할 수는 없다. 하지만 일은 재미없고 노는 것은 재미있다는 생각은 편견일 뿐이다. 일하지 않고 노는 것보다 즐겁게 일을 하는 것이 더 행복하다고 생각하는 사람도 있다.

사실 일이 항상 재미없는 것은 아니다. 몰입 상태에서 일하는 어른은 아무 생각 없이 노는 아이처럼 보인다.

반대로 놀이가 항상 재미있는 것만은 아니다. 놀이에 열중하는 사람을 곁에서 지켜보면 '놀이 영역을 넘어서 거의 일하는 차원'으로 보이기도 한다. **일은 재미없고 노는 것은 재미있다는 편견에서 벗어나는 것,** 그것이 행복을 느끼기 위한 첫걸음이다.

10 경험 기계

당신이 원하는 어떤 경험이라도 할 수 있는 '경험 기계'가 방 안에 설치되어 있다고 하자. 사기꾼처럼 보이는 신경심리학자들이 당신의 뇌를 자극해서 위대한 소설을 쓰고 있거나 새로운 친구를 사귀거나 흥미로운 책을 읽는 일이 실제로 일어나는 것처럼 느끼게 할 수 있다.

그러나 당신은 뇌에 전극을 부착한 채 탱크 안에서 떠 있게 될 것이다. 삶의 다양한 경험을 미리 프로그래밍한 후, 이 기계와 평생 연결된 채로 있을 것이다.

평생에 할 경험을 미리 결정하는 것이 부담스럽다면 2년마다 자신이 할 경험을 다시 선택할 수도 있다. 다행히 방 한구석에는 사람들의 삶을 연구하는 영리 기업에서 제공하는 다채로운 '경험 도서관'이 있다. 이 경험 도서관에서 앞으로 2년 동안 경험하고 싶은 것을 자유롭게 선택할 수 있다. 2년이 지나면 일단 탱크에서 나와 다음 2년 동안 경험하고 싶은 것을 선택하면 된다.

자, 이런 기계가 실제로 존재한다면 당신은 이 기계에 접속하고 싶은가?

자신의 경험을 만들어내는 기쁨

철학자 로버트 노직(Robert Nozick)이 《아나키에서 유토피아로》에서 소개한 사고 실험이다.

그는 독자에게 '이 기계 안에서 남은 생애를 살기를 선택할 것인가?'라고 묻는다. 즉 '이런 기계에 연결된 채 인생을 보내는 것이, 당신에게 과연 행복한 일일까요?'라고 묻는 것이다.

사람들 대부분은 이 물음에 '아니오!'라고 대답하지 않을까? 가상 세계에서 아무리 원하는 경험을 할 수 있고, 현실에서는 결코 얻을 수 없을 큰 기쁨을 마음대로 느낄 수 있다 해도, 결코 이런 기계와 계속 연결되고 싶지 않을 것이다.

우리는 기쁨을 느끼는 것만으로는 만족할 수 없기 때문이다. 우리는 외부에서 주어진 경험을 즐길 뿐만 아니라, 고군분투하면서 스스로 **그런 종류의 경험을 만들어내고, 그 경험을 음미하고 싶기 때문이다.**

11 두 배의 소원

길 하나를 사이에 두고 두 정육점이 서로 경쟁하며 장사를 하고 있었다. 어느 날 신이 한 정육점 주인에게 말씀하셨다.

"네 소원을 말해보아라. 무엇이든 들어주마."

정육점 주인이 소원을 빌려고 할 때 신은 이렇게 덧붙였다.

"잠시만 기다려라. 네 소원은 곧 들어줄 것이지만, 건너편 정육점 주인에게는 네 소원의 두 배를 줄 것이다. 네가 1억을 달라고 하면 너에게 바로 1억을 주겠다. 그와 동시에 건너편 정육점에는 2억을 줄 것이다. 잘 생각해보고 소원을 말하거라."

정육점 주인은 고민에 빠졌다. 잠시 생각한 끝에 신에게 이렇게 질문했다.

"그럼 제가 불행하기를 바란다면 건너편 주인은 저보다 두 배 불행해지나요?"

"그렇다. 네 말이 옳다."

"알겠습니다. 그럼 신이시여, 저의 한쪽 눈을 뽑아주세요."

이후 어떻게 됐을까? 신은 주인공인 정육점 주인이 원하는 대로 그의 한쪽 눈을 뽑고 건너편 정육점 주인의 두 눈을 뽑았을 것이다.

객관적으로, 그들은 둘 다 불행해졌다. 하지만 주인공은 그렇게 생각하지 않았다. 자신도 불행해졌으나 길 건너편의 정육점 주인이 자신보다 더 불행해졌으니 자신은 상대적으로 행복해졌다고 생각했다. 어처구니없는 이야기다.

'이웃의 가난은 오리고기 맛', '타인의 불행은 꿀맛'이라는 일본 속담이 있다. 이런 속담이 있을 정도로 우리는 남의 불행을 기뻐하는 경향이 있다. 그 이유는 자신의 행복 수준을 다른 사람의 행복 수준과 비교해서 판단하기 때문이다.

나는 전혀 행복하지 않다. 하지만 저 사람에 비하면 그나마 나은 편이다. 그래서 나는 그럭저럭 행복하다. 이런 식으로 자신을 위로하는 것이다.

우리는 자신의 다양한 욕구를 충족시키는 것, 즉 자신이 행복해지는 것을 목표로 행동한다.

그런데 내가 어떻게 행동할지는 바로 내가 선택한다. 그 말은 내가 행복할 수 있는지에 대한 책임이 나 자신에게 있다는 말이다(비록 모든 것은 아니지만). 어떤 사람이 행복해지는 것에 대한 책임은 그 사람에게만 있다는 뜻이다.

이런 생각을 염두에 두면서 이 우화를 다시 읽어보자. 주인공인 정육점 주인은 어떻게 하면 이웃이 행복해지고 불행해질지를 자신이 좌지우지하려 했기 때문에 일이 이상한 방향으로 가는 것을 느낄 수 있다. 이 우화에서 배워야 할 교훈은 **자신의 행복과 불행과 타인의 행복과 불행을 분리하는 것이 중요하다**는 것이다.

우리 집을 넓히는 방법

12

몹시 가난한 남자가 있었다. 그는 군데군데 기운 누더기 차림으로 랍비(유대교 성직자)의 집에 와서 이렇게 호소했다.

"랍비님, 저는 좁고 지저분한 오두막집에 살고 있습니다. 그 작은 집에 아내와 아이 네 명이 삽니다. 아이들은 항상 빽빽 울기만 합니다. 게다가 아내는 악처여서 저만 보면 바가지를 긁어댑니다. 랍비님, 저는 어떻게 해야 할까요?"

랍비는 턱수염을 어루만지며 이렇게 말했다.

"자네 염소를 키우나?"

"네, 키우고 있습니다."

"그럼 그 염소를 집 안에서 키워보게."

남자는 어리둥절한 표정을 지으며 집으로 돌아갔다. 랍비의 말씀이니 어쩔 수 없지. 이렇게 자신을 타이르며 그대로 했다. 아니나 다를까 집안은 쑥대밭이 되었다. 다음 날 남자는 다시 랍비를 찾아갔다.

"랍비님, 좁은 집에 염소를 들여놨더니 큰일이 났습니다."

"그렇군, 그러면 안 되지. 방법을 생각해야겠네. 그런데 자네는 닭을 키우나?"

"닭이요? 네, 키우고 있습니다."

"키우는 닭을 전부 자네 집에 들여보내게."

남자는 어리둥절한 표정을 지으며 집으로 돌아갔다. 랍비의 말씀이니 어쩔 수 없지. 이렇게 자신을 타이르며 그대로 했다. 아니나 다를까 집안은 엉망진창이 되었다. 다음 날 남자는 다시 랍비를 찾아갔다.

"랍비님, 큰일 났습니다. 염소와 닭과 아이들의 울음소리 때문에 미칠 것 같습니다. 집안 곳곳이 염소와 닭이 싸놓은 똥투성이여서 잠잘 곳도 없습니다."

"그렇군, 정말 고생 많구먼. 방법을 생각해야겠네. 그런데 자네, 소는 키우고 있나?"

"소……말입니까?"

"그 소를 집 안에 들이게. 표정을 보니 하기 싫은가 보군. 자네는 나를 못 믿는 건가?"

"아니, 그런 건 아닙니다. 알겠습니다."

남자는 어리둥절한 표정을 지으며 집으로 돌아갔다. 랍비의 말씀이니 어쩔 수 없지. 이렇게 자신을 타이르며 그대로 했다. 집안이 어떻게 됐는지는 말할 필요가 없다. 다음 날 남자는 다시 랍비를 찾아갔다.

"랍비님, 제게 원한이라도 갖고 계시는가요? 너무하십니다. 집안이 발 디딜 틈도 없습니다. 아이는 소의 등에서 자야 합니다. 음식은 모두 동물들이 먹고 집안이 온통 똥투성이입니다. 아, 정말 못살겠습니다."

"참 딱한 이야기일세. 그럼 이제 동물들을 제자리로 돌려놓게."

남자는 집으로 돌아와 랍비의 말대로 했다. 다음 날 남자가 다시 랍비를 찾아갔다.

“랍비님, 감사합니다. 저는 지금까지 깨닫지 못했습니다. 저희 집은 충분히 넓다는 것을요. 애들도 모두 착하고 제 아내도 상냥하고 좋은 여자입니다. 저는 정말 행복한 남자입니다.”

주인공은 좁고 지저분한 집에서 아내와 아이 넷과 함께 사는 남자다. 지금의 삶에 불만을 품은 남자가 랍비를 찾아가 조언을 구한다. 랍비는 '염소, 닭, 소'를 집 안에 넣으라고 한다. 말할 것도 없이 집안은 엉망이 된다. 발 디딜 틈도 없는 상태에 심지어 똥투성이, 차분하게 식사도 할 수 없다. 음식도 동물들이 마음대로 먹는다. 곤경에 처한 남자는 다시 랍비를 찾아 방법을 알려달라고 호소한다. 그러자 랍비는 동물을 집 밖으로 내보내라고 한다. 랍비의 말대로 한 뒤 남자는 그제야 정신을 차린다.

자신의 집이 꽤 넓고 깨끗하며 아내는 말이 통하는 사람이라는 것, 아이들은 말을 잘 듣는 착한 존재라는 것을 말이다.

이 이야기는 행복의 기준치에 대해 생각하기에 안성맞춤이다.

삶 자체는 전혀 변화가 없는데도 어떤 때는 불행의 구렁텅이에 빠진 듯하기도 하고, 또 어떤 때는 행복으로 가득 차 있는 것처럼 느낀다. 이게 어떻게 된 일일까? 행복의 기준치를 어디에 두고 자신의 현재 위치를 보느냐에 따라 자신이 지금 행복한지 불행한지가 달라진다는 것이다.

다른 관점에서 이 이야기를 고찰해보자. 자신이 지금 행복한지 불행한지는 벡터 방향과 기세에 달렸다는 관점이다.

여기에 〈8점인 남자〉와 〈4점인 남자〉가 있다고 하자. 〈8점인 남자〉는 10에서 6으로 떨어지고 있고, 〈4점인 남자〉는 2에서 6으로 올라가고 있다. 현재 상황만 놓고 보면 〈4점 남자〉보다 〈8점 남자〉가 더 행복하다. 그러나 〈8점 남자〉가 하강하는 동안 〈4점 남자〉는 상승하고 있다. 〈8점 남자〉보다 〈4점 남자〉가 방향이라는 측면에서 행복도가 더 높은 것이다.

또 같은 〈4점 남자〉라도, 3에서 5로 상승하는 〈4점 남자〉와 2에서 6으로 상승하는 〈4점 남자〉를 비교하면 후자가 기세라는 측면에서 더 행복하다.

미국의 사회심리학자 조너선 하이트(Jonathan Haidt)는 《행복의 가설》에서 인간의 뿌리 깊은 특성으로 진보의 원리와 적응의 원리를 꼽으며, 이 두 가지는 행복과 불행과 크게 관련이 있다고 했다.

그의 책을 참조하면서 자세히 설명하겠다.

첫 번째는 '진보의 원리'다. 우리 인간은 현상에 절대 만족하지 않고 항상 '더 행복하게, 더 행복하게'라며 진보를 지향하는 성향을 지닌다.

예를 들어보자. 많은 사람이 명문대에 들어가고 대기업에 입사하여 승진을 거듭하고, 그 또는 그녀와 결혼하고 큰 프로젝트를 성공시키는 것 등 자신의 목표를 향해 일상을 보낸다. 목표를 향해 나아가는 동안에는 '그 목표를 이룰 수 있다면 얼마나 행복할까'라고 생각한다.

하지만 슬프게도 **원하는 것을 손에 넣은 기쁨은 오래가지 않는다.** 하루, 일주일, 한 달 정도는 행복으로 가득 차 있을 수도 있다. 하지만 행복감은 점차 희미해지고 '내가 그렇게 힘들게 얻은 게 겨우 이거란 말인가'라고 생각하기도 한다. 가끔은 '음, 이건 그렇다고 치고 다음에는 어떤 목표를 향해 나아가야 할까'라고 생각한다.

두 번째는 '적응의 원리'다. 도스토옙스키는 그의 저서 《죽음의 집의 기록》에서 "인간은 어떤 것에든 익숙해질 수 있는 존재다"라고 했다. 우리 인간은 어떤 상태에도 적응하려는 성향을 지녔다.

조너선 하이트는 두 가지 극단적인 예, 즉 최고의 미래인 '이천만 달러 복권에 당첨되는 것'과 최악의 미래인 '사고로 목뼈가 부러져 목 아래가 마비되는 것'이라는 극단적인 예를 보여줌으로써 행복과 불행에 대해 고찰했다.

물론 목뼈가 부러지는 것보다 복권에 당첨되는 편이 좋은 것은 분명하다.

반신불수가 되는 사태는 헤아릴 수 없을 정도로 큰 타격을 준다. 반대로 복권에 당첨되면 인생이 완전히 바뀐다. 무엇보다 돈 걱정에서 해방된다. 역세권에 자리한 넓고 깨끗한 집에서 살 수 있다. 돈 때문에 억지로 하는 일을 그만두고 보람 있는 일을 할 수도 있다.

반신불수가 된 사람은 계속 불행의 구렁텅이에서 허우적거리고 복권에 당첨된 사람은 계속 행복의 절정에서 즐겁게 살 것만 같다. 그러나 조너선 하이트는 반드시 그렇게 되진 않는다고 했다. 둘 다 그 상황에 적응해나가기 때문이다.

복권 당첨자는 이전 생활과 지금 생활을 대비하며 한동안은 그 행복을 누릴 것이다.

그러나 점차 대비가 모호해지며 기쁨은 조금씩 옅어진다. 당첨자는 높아진 수준의 삶에 익숙해지고 그것이 새로운 기준치로 자리매김한다. 그런 행운이 다시 오는 일은 없으므로 생활 수준이 그보다 더 좋아질 수는 없다. 오히려 대부분 그 사람의 상황은 점점 나빠진다.

그와 반대로 반신불수가 된 사람은 처음에는 엄청난 상실감을 느낀다. '내 인생은 끝났다'고 한탄하고, 한때 원했던 모든 것을 포기해야 한다는 사실에 상처받는다. 하지만 그는 몇 달 후면 그 상황에 적응하기 시작한다. 훈련을 통해 자신의 능력을 조금씩 향상할 수 있음을 깨닫고 작은 목표를 향해 움직이기 시작할 것이다. 이보다 더 나쁠 수는 없기에 그의 상황은 점점 나아지기만 한다. 한 걸음 한 걸음이 그에게 기쁨을 가져다줄 것이다.

정리해보자. 진보의 원리와 적응의 원리 때문에 우리는 객관적으로는 행복하지만 주관적으로는 불행하다고 느낄 수도 있고, 반대로 객관적으로는 불행하지만 주관적으로는 행복하다고 느낄 수도 있다.

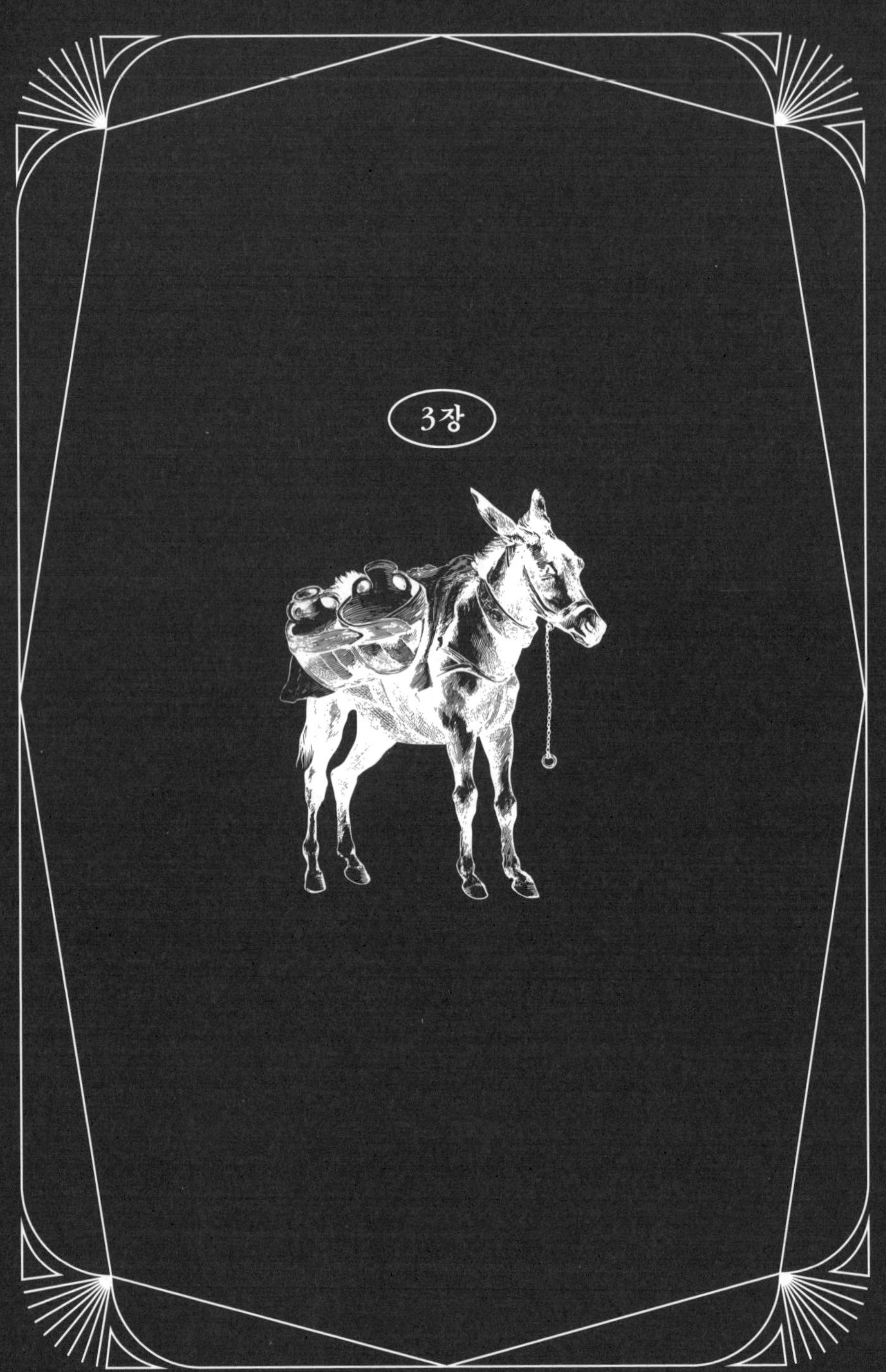

3장

행동과 사고의 선택

13 ♦ 뷰리단의 당나귀

14 ♦ 성공의 비결

15 ♦ 아주 싫어하는 샌드위치

16 ♦ 무신론자와 신앙심이 깊은 남자

17 ♦ 하워드 라이파 이야기

13

뷰리단의 당나귀

배고픈 당나귀가 갈림길에 있었다.

당나귀는 왼쪽 길 끝과 오른쪽 길 끝에 놓여 있는 건초더미를 발견했다.

두 곳 모두 거의 같은 거리였고 거의 같은 양의 건초가 놓였다. 두 건초더미 모두 맛있을 것 같았다.

'어느 쪽의 건초를 먹는 게 좋을까?'

당나귀는 망설였다. 왼쪽으로 두세 걸음 갔더니 오른쪽이 더 좋을 것 같았다.

오른쪽으로 두세 걸음 갔더니 왼쪽이 더 좋을 것 같았다.

그렇게 왔다 갔다 하기만 하다가 당나귀는 결국 굶어 죽고 말았다.

이 우화는 14세기 프랑스 철학자인 장 뷰리단(John Buridan)이 지었다고 한다. 하지만 출처는 명확하지 않다. 자, 이 우화는 어떻게 읽으면 될까? 두 가지 측면이 있을 것 같다.

첫 번째 읽는 방법이다. 당나귀에게는 두 가지 선택지가 있었다. 첫 번째는 왼쪽 길을 따라 건초더미를 먹는 것이고 두 번째는 오른쪽 길을 따라 건초더미를 먹는 것이다. 그런데 당나귀는 어느 하나를 선택하지 못하고 그 자리에 서서 굶어 죽었다.

두 번째 읽는 방법이다. 당나귀에게는 세 가지 선택지가 있었다. 첫 번째와 두 번째는 앞서 말한 대로이고, 세 번째는 그 자리에서 움직이지 않는 것이다. 당나귀는 제3의 선택지를 선택했고 결국 굶어 죽었다.

어떤 식으로 읽든 객관적으로 보면 '그 자리에서 움직이지 않는다는 선택'을 하는 것은 아무리 생각해도 불리하다. 그 자리에 계속 있으면 배를 채울 수가 없다. 그런데 왜 당나귀는 그 자리에 가만히 있었을까?

선택의 벽이 당나귀를 가로막았기 때문이다. 그러면 왜 당나귀는 벽을 뚫지 못했을까? 두 가지 이유를 생각할 수 있다.

첫 번째는 좌우 중 하나를 선택해야 할 뚜렷한 이유를 찾지 못했다는 점이다. 건초더미까지의 거리와 양, 맛이 같아 보였다.

두 번째는 잘못된 선택을 할지도 모른다는 두려움이 생긴 것이다. 어느 한쪽을 선택해 실행에 옮겼을 때 이것보다 저게 더 나았을 거라는 후회를 하게 될까 봐 두려운 것이다.

'선택의 벽'을 마주한 당나귀는 움직이지 못하고 그 자리에 있을 수밖에 없었다. 미래를 예견하는 신의 시점—이야기를 끝까지 읽은 독자의 관점—에서 보면 움직이지 않고 굶어 죽는 것보다는 어느 하나를 선택해 건초더미를 먹는 것이 나았을 것이다. 하지만 당나귀는 자기가 굶주림 끝에 굶어 죽을 것이라고는 예상하지 못했다.

이 우화는 무엇인가를 선택하는 것의 어려움과 동시에 아무것도 선택하지 못하고 그 자리에 머무는 것의 위험성을 알려준다. 사람은 인생 전환점에서 큰 선택을 해야 할 때가 있다. 그런 경우에는 **그 자리에서 움직이지 않는 편이 좋은 선택지가 아닌 경우가 많다.**

성공의 비결

잘나가는 은행장과 인터뷰를 하게 된 기자가 물었다.

"성공의 비결은 무엇인가요?"

"두 단어로 요약됩니다(Two words)."

"그 두 마디가 뭡니까?"

"올바른 결정이죠(Right decisions)."

"어떻게 올바른 결정을 내리나요?"

"경험입니다."

"경험은 어떻게 쌓나요?"

"두 단어로 요약됩니다(Two words)."

"그게 뭐죠?"

"잘못된 결정입니다(Wrong decisions)."

올바른 결정과 잘못된 결정

우리는 평소에 최대한 올바른 결정을 하고 싶어한다. 그러나 갑자기 올바른 결정을 내리는 것은 매우 어려운 일이다. '잘못된 결정을 하는' 경험을 쌓은 다음에야, 비로소 '올바른 결정을 하는' 수준에 도달할 수 있다. 다시 말해 실패라는 경험을 쌓아야 성공할 수 있다.

여기서 얻을 수 있는 것은 실패를 두려워하지 말라는 상투적인 교훈이다. 실패는 자기계발을 위한 불가피한 단계다. 스포츠에서 실력을 늘리려면 실패를 빼놓을 수 없다. 적극적인 플레이를 하는 사람(자신의 틀을 깨고 나오려는 사람)이 실패하는 사람이고, 반대로 적극적인 플레이를 하지 않는 사람(자신의 틀 안에서 머무르려는 사람)은 실패하지 않는 사람이다. 어느 쪽이 발전할지는 분명하다.

실패로 끝난 시도나 노력을 칭찬하자. 스포츠뿐만 아니라 일도 마찬가지다. 고도로 복잡한 기술은 실패를 통한 시행착오를 거쳐서만 습득할 수 있다.

아주 싫어하는 샌드위치

15

중서부의 한 건설 현장. 점심시간을 알리는 호루라기 소리가 울리자 노동자들이 일제히 도시락을 먹기 시작했다.

샘은 도시락이 든 가방을 열자 평소처럼 투덜거리기 시작했다.

"어휴! 또 땅콩버터와 잼 샌드위치야? 난 땅콩버터와 잼이 딱 질색인데!"

샘은 매일 땅콩버터와 잼 샌드위치에 대해 불평했다.

몇 주가 지나자 동료들은 샘이 늘어놓는 푸념을 참을 수 없게 되었다. 마침내 한 동료가 이렇게 말했다.

"그만 좀 해요, 샘. 그렇게 땅콩버터와 잼이 싫다면 아내에게 다른 것을 만들어달라고 하면 되잖아요."

"아내라고?"

샘은 대답했다.

"난 혼자 살아. 도시락은 내가 직접 싸."

어떻게 행동할지 선택하는 것은 나 자신이다

혹시 당신도 자신도 모르게 자기가 싫어하는 재료로 샌드위치를 만들고 불평불만과 푸념을 늘어놓으면서 그것을 계속 먹고 있진 않은가? 나의 현실은 나 자신이 만들고 있으며—물론 전부는 아니지만—, 나에게는 내가 원하는 현실을 만들어낼 수 있는 잠재력이 있음을 잊지 말아야 한다.

이 우화는 우리에게 우리 삶을 개선하기 위한 힌트를 준다. 현재 내 삶에 불평불만을 쏟아내고 있다면, **그 밖에 어떤 삶의 방식이나 일하는 방식이 있는지 알아보자. 각각의 삶과 일하는 방식을 실행하는 데 필요한 경로를 파악한 다음, 겁먹지 말고 용기를 내어 한 걸음 내디뎌 보자.**

무신론자와 신앙심이 깊은 남자

16 

알래스카 설원에 있는 술집에서 두 사내가 술을 마시고 있었다.

한 사람은 신앙심이 깊고 다른 한 사람은 무신론자였다.

그들은 신의 존재에 대해 열띤 논쟁을 벌였다.

무신론자인 친구는 이렇게 말했다.

"글쎄, 내가 아무 이유 없이 신을 믿지 않는 건 아니야. 내가 기도하고 그런 걸 안 해봤을 것 같아? 바로 지난달에도 심한 눈보라에 휘말려 조난했어. 기온은 영하 45도였고 눈보라로 아무것도 보이지 않았지. 모든 것이 끝났다고 생각해서 모 아니면 도라는 심정으로 신에게 간절히 기도했어. 제발 저를 도와주십시오. 그렇지 않으면 저는 죽습니다! 이렇게 말일세."

이 말을 듣고 있던 신앙심이 깊은 사내가 의아한 표정으로 말했다.

"그렇다면 이제 신을 믿겠구만. 자네는 지금 이렇게 살아 있잖아."

그러자 무신론자인 사내는 어이없다는 표정으로 대답했다.

"신은 나를 구해주지 않았어. 마침 에스키모 두 사람이 지나가다가 나에게 길을 가르쳐준 것뿐이야."

어떻게 생각할지를 선택하는 것은 나 자신이다

미국의 대학들은 졸업식에 유명 인사를 초빙해 명예박사 학위를 수여하고 그 답례로 연설을 부탁하는 축사 관례가 있다. 여기서 소개한 이야기는 2005년, 데이비드 포스터 월리스(David Foster Wallace)라는 작가가 캐니언대 졸업식에서 한 연설 중에 선보인 우화다.

월리스는 이 우화의 의미를 차근차근 설명했다. 처음에 월리스는 '두 사람은 전혀 다른 신념을 지녔으며, 그래서 한 가지 사건이 두 사람에게 전혀 다른 의미로 쓰이게 된다'고 해석했다. 물론 이 해석은 틀리지 않았다. 그러나 그는 두 가지 점에서 이 해석이 불충분하다고 지적했다.

첫 번째는 두 사람의 서로 다른 신념이 어디에서 비롯되었는지에 대한 고찰이 없다는 점이다. 이러한 고찰이 없으면 두 사람의 차이는 마치 생물학적인 체격 차이 또는 태어나고 자란 문화로부터 자연스럽게 형성되는 언어 감각처럼, 미리 정해진 것으로 보인다. 그렇게 되면 우리는 자신의 신념을 의도적으로 선택할 수 없다고 착각하게 된다.

두 번째로 부족한 점은 무신론자의 오만함, 혹은 주제넘은 태도를 간과했다는 점이다. 그는 '에스키모가 지나가던 것'과 '신에게 기도한 것'이 완전히 무관하다고 믿는다. 자신의 힘을 초월한 큰 힘이 작용하여 자신을 살렸다고는 생각하지 않았다. 그가 신의 존재를 믿든 믿지 않든 그의 목숨을 구해준 에스키모는 '신'과 같은 사람이다.

여기서 오해하지 않았으면 하는 것은 월리스가 무신론자는 오만한 사람이고 신앙심이 깊은 사람은 오만하지 않은 사람이라는 도식을 믿고 이를 보여주려고 한 것은 아니라는 점이다. 신앙심이 깊은 사람 중에도 오만한 사람들이 많고, 오히려 그런 사람이 더욱 감당하기 힘들다고 느끼는 사람도 많다. 그는 어느 진영에도 '맹목적인 확신과 편협한 생각 때문에 자신이 감옥에 갇혀 있다는 사실조차 깨닫지 못하는 죄수'가 있다고 지적한다.

월리스는 위 이야기가 주는 교훈의 불충분함(얕음)을 지적한 후, 이 우화의 핵심을 "좀 더 겸허해져라. 자신의 존재 자체와 자신이 확신하는 것을 다시 한 번 생각해보라"라고 설명한다. 그는 지금까지 자신이 근거 없이 무조건 옳다고 믿어온 것들은 대부분 틀렸으며, 그 때문에 여러 번 고통스러운 경험을 해야 했다고 말했다.

마지막으로 월리스가 졸업생들에게 전하고자 했던 점들을 내 해석과 보충을 곁들여 정리해보겠다.

일반적으로 대학 교육의 목적은 지식의 축적이 아니라 '스스로 생각할 수 있도록 하는 것'이라고 한다. 여기서 '스스로 생각할 수 있도록 하는 것'의 진정한 의미가 무엇일까? 그것은 생각해야 할 대상을 스스로 선택할 수 있고, 그 사물을 어떻게 보고 어떻게 생각할 것인지를 스스로 선택할 수 있으며, 무엇이 의미 있고 무엇이 의미가 없는지를 의식적으로 결정할 수 있게 되는 것이다.

덧붙여, 무엇을 믿고 살아갈지 스스로 결정할 수 있어야 한다. '나는 신을 믿지 않는다'고 말하는 사람조차 아무것도 믿지 않는 것이 아니라, 많든 적든 무언가를 믿으며 산다. 돈, 물질적 풍요, 신체적 아름다움, 성적 매력, 건강, 권력 등. 문제는 무엇을 믿고 살 것인지를 무의식적으로 선택한다는 것이다.

우리는 본질적으로 자기중심적인 디폴트 설정, 즉 초기 설정에 사로잡혀 있다는 점을 인식하지 못한다. 마치 한 번도 물 밖으로 나온 적이 없는 심해어가 물이라는 존재의 의미를 알지 못하듯이 말이다.

그러므로 **항상 내가 확신하는 것은 그저 가정일지도 모른다는 의심의 눈초리로 나의 마음을 들여다보아야 한다.** 하지만 그건 쉬운 일이 아니다. 강한 의지와 노력이 필요하다. 우리 모두 사회인으로서 의식적으로 삶을 영위해나가자. 교육에는 졸업이라는 것이 없기 때문이다.

"교육은 지금 여기서 시작된다." 이것이 월리스가 보내는 메시지다.

하워드 라이파 이야기

17

컬럼비아대학의 하워드 라이파(Howard Raiffa) 교수는 의사결정 분석 이론의 선구적 연구자로 유명하다.

그런 그가 어느 날 하버드대학에서 스카우트 제안을 받았다. 이 제안에 응해 하버드대학으로 옮기면 그의 명성이 더 높아질 것이 틀림없었다.

그러나 라이파를 놓아주고 싶지 않았던 컬럼비아대학은 연봉을 세 배로 올려서 이적을 막으려고 했다.

두 가지 제안에 좀처럼 결정을 내리지 못한 라이파는 컬럼비아대학 학장인 친구에게 자문했다. 학장은 라이파에게 이런 부탁을 받은 것을 몹시 재미있어하며 이렇게 물었다.

"자네가 하버드대에서 스카우트 제안을 받게 된 의사결정 분석 접근법을 왜 안 쓰는 거지? 몇 개의 구성 요소로 나눈 다음 그들의 관계를 도식화하고 계산해서 최선의 선택지를 도출하면 되잖아."

그러자 라이파는 이렇게 대답했다.

"자네는 이 결정이 내게 얼마나 중요한지 이해하지 못하는군."

자신에 대한 큰 결정을 내리기는 어렵다

이 일화는 《선택의 과학》에서 인용했다. 저자인 쉬나 아이엔가(Sheena Iyengar)는 이 일화를 소개하며 다음과 같이 이어갔다.

이 이야기는……본질적인 진리를 말해준다. 자신의 행복은 항상 극도로 중대한 문제다. 타인에게는 어떻게 의사결정 방법과 전략을 세울 것인지 조언을 해주지만, 막상 자신의 기나긴 미래의 행복이 걸린다고 하면, 그 방법에 의지해도 좋은지 아닌지 모르게 된다. 틀에 박힌 방법으로는 개개인이 지닌 행복의 특이성을 진정한 의미에서 고려할 수 없을 것 같다는 생각이 든다.

하워드 라이파 교수는 미국의 의사결정 분석의 권위자다. 당연히 대학 강의에서 의사결정 방법과 전략을 가르치고 기업과 개인에게 전문가로서 조언하는 것은 일상적인 일이었을 것이다. 그러나 자신에 관한 중대한 결정을 내리는 것에는 그것이 도움이 되지 않았다는 우스갯소리다.

일반적으로 바람직한 의사결정 형태로서 '계획형 유형', 즉 ① 결정사항의 명확화 → ② 정보수집 → ③ 선택지 명확화 → ④ 근거 평가

→⑤ 선택 사항 중 최종 선택→⑥ 행동이 잘 알려져 있다.

예를 들면 친목회 모임 장소를 결정할(①) 때 이 방법을 적용해보자. 먼저 친구와 지인들에게 추천할 만한 가게를 물어보고, 인터넷에서 괜찮아 보이는 가게들을 검색한다(②). 여기서 몇 군데를 추린다(③). 가격, 맛, 분위기, 편리함이라는 측면에서 비교·검토한다(④). 최종적으로 가게를 결정한다(⑤). 이런 흐름이 된다.

이런 작은 일에 관한 의사결정을 위해서는 이렇게만 해도 충분하다. 하지만 큰일(중요한 사항)에 관한 의사결정, 이를테면 결혼 상대나 취직할 곳을 결정하거나 유학 여부를 결정할 때는 '계획형 유형'도 한계를 갖는다. 모든 정보를 충분히 수집하기란 불가능하기 때문이다. 잠재적 정보에는 접근할 수 없고, 과거와 현재의 정보는 차치하더라도 미래에 대한 정보에 의존할 수도 없다. 또, 이성과 감정이 일치하지 않을 수도 있는 것이다.

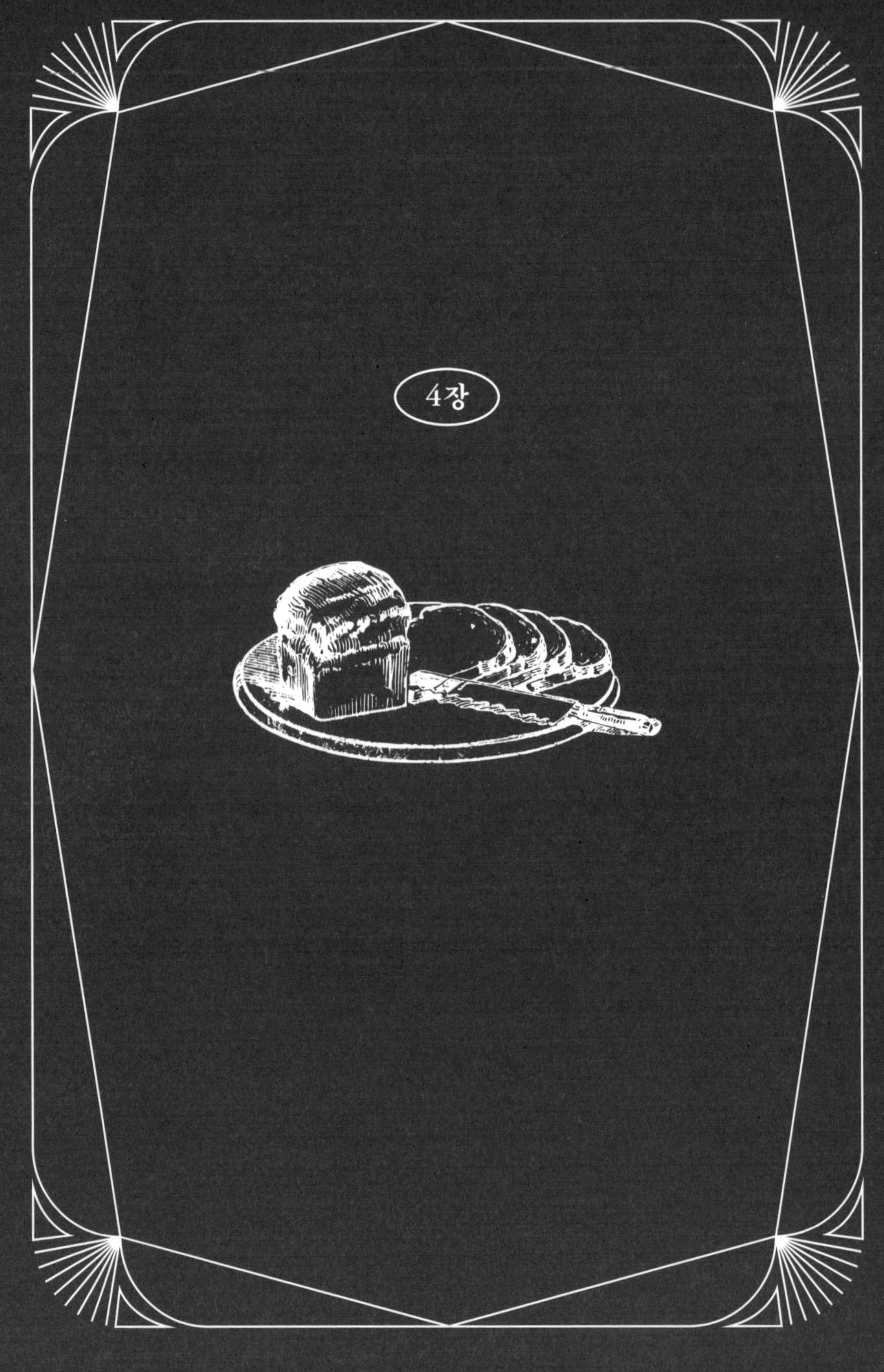

4장

18 ♦ 시골길을 걷는 사나이

19 ♦ 밤도둑질

20 ♦ 산월기

21 ♦ 한 조각의 빵

22 ♦ 두 굴뚝 청소부

18 시골길을 걷는 사나이

한 남자가 시골길을 걷고 있었다.

조금 떨어진 곳의 목초지에서 농부가 일을 하는 것을 발견하고 다음 마을까지 얼마나 걸리는지 큰소리로 물었다.

하지만 농부는 대답하지 않았다.

남자는 의아한 표정으로 다시 걷기 시작했다.

그가 조금 걸었을 때 "30분 정도 걸려!"라는 농부의 목소리가 들려왔다.

남자는 돌아서서 농부에게 물었다.

"30분 정도요? 아까 물어봤을 때는 왜 대답을 안 해줬나요?"

농부는 대답했다.

"당신이 어떤 속도로 걷는지 모르니까요."

능력은 일이 끝난 후에 발견된다

실제로 걷는 모습을 보여주지 않으면 '당신이 어느 정도 속도로 걸을 수 있는지' 내가 알 턱이 없다는 이야기다.

이 이야기는 '나는 어떤 것에 능력이 있는지' 찾을 때 단서가 된다.

인간의 능력은 본인이 주관적으로 '나는 이런 모습이 되고 싶다'고 바라거나 '나는 이것을 할 수 있을 것이다'라고 믿어서가 아니라, 이 세상에서 어떤 객관적인 성과를 이루었는지에 따라서 추후에 결정된다.

여기에는 두 가지 의미가 있다. 첫 번째는 능력은 일 '앞'에서가 아니라 '뒤'에서 발견된다는 것이다. 어떤 일을 '할 수 있었다'는 사실이, 자신에게는 그 일을 할 능력이 있음을 사회에 보여주는 것이다. 두 번째는 능력이 있는지 판단하는 것은 본인이 아니라 주변 사람들 몫이라는 점이다. 대부분 외부의 능력 평가가 본인의 능력 평가보다 객관적이기 때문이다.

19

밤도둑질

어느 마을에 밤도둑이 살고 있었다. 어느 날 밤도둑의 아들이 자기 아버지가 늙어가는 모습을 보고 이렇게 생각했다.

'아버지가 일을 못하게 되면 나밖에 이 일을 이어받을 사람이 없어. 내가 일을 배워야겠어.'

그는 이 생각을 아버지에게 나직이 전달했고, 아버지도 이를 승낙했다.

어느 날 밤, 아버지는 아들을 데리고 부잣집에 가서 담을 부수고 집으로 숨어들어갔다. 아버지는 큰 나무상자(옷과 침구를 보관하는 기다란 나무상자) 하나를 열고 아들에게 이 안에 들어가 옷을 꺼내라고 지시했다. 그런데 아들이 안으로 들어가자마자 아버지는 그 뚜껑을 닫고 열쇠로 굳게 잠갔다.

그런 뒤 아버지는 안뜰로 뛰어나가 도둑이라고 소리치면서 문을 두드려 집안사람들을 모두 깨웠다. 그러고는 담에 난 구멍을 통해 유유히 도망쳤다.

집안사람들은 떠들썩하게 불을 켰지만, 도둑은 이미 도망친 후였다. 그 사이에 상자에 갇혀 있던 아들은 아버지의 무정함을 원망하며 온갖 고민을 하던 끝에 갑자기 좋은 생각이 떠올랐다. 아들이 쥐가 물건을 갉아 먹는 소리를 흉내 내자 사람들은 하녀에게 등불을 가져와서 저 상자를 조사하라고 시켰다.

뚜껑을 열자마자 그곳에 갇혀 있던 아들이 뛰쳐나갔다. 그는 불을 끄고 하녀를 밀쳤다. 그리고 쏜살같이 도망쳤다.

사람들은 그를 뒤쫓았다. 길가에서 우물을 발견한 아들은 큰 돌을 들어올려서 우물 속에 던졌다. 그러자 추격자들은 도둑이 어두운 우물 속에 뛰어든 줄 알고 모두 우물 주위에 모여들었다. 그러는 사이에 그는 무사히 집으로 돌아왔다.

아들은 큰일 날 뻔했다며 아버지의 무정함을 탓했다. 그러자 아버지는 이렇게 말했다.

"그렇게 화내지 말고 어떻게 도망쳤는지 얘기 좀 해다오."

아들이 그 모험의 자초지종을 다 이야기하자 아버지가 말했다.

"바로 그거야. 너는 이제 밤에 도둑질하는 법을 다 배웠다."

말로 전할 수 없는 지혜가 있다

세계적인 불교 철학자인 스즈키 다이세츠가《선과 일본문화(禅と日本文化)》에서 소개한 일화다.

무슨 의도로 이 일화를 소개했을까? 이 이야기가 선의 정신과 수행을 이해하는 데 큰 도움이 될 것으로 생각했기 때문이다. 스즈키 다이세츠는 체계적인 이론을 배워봤자 피상적인 곳에 머무를 뿐 핵심에 이르기는 어렵다고 생각하고 몸소 체험하는 것의 중요성을 강조했다.

선의 교리를 단적으로 내세운 말에 불립문자(不立文字)와 교외별전(教外別傳)이라는 말이 있다(《선어입문(禅語入門)》). 불립문자란 글자나 문장을 사용하지 말라는 뜻이고, 교외별전은 교본이 아니라 스승에서 제자로 실천과 체험을 통해 전하라는 것이다. 선의 진리를 터득하기 위해서는 당연히 말이 필요하지만 그것에만 의존해서는 안 된다. 이를테면 스승의 거동과 행동을 보고 배우고 자기 자신의 좌선과 사경 등의 체험과 같이 말 이외의 다른 방법으로 배우지 않으면 진리에 도달할 수 없다는 뜻이다.

지금까지 말한 내용을 더 깊이 이해하기 위해서는 형식지와 암묵지 개념을 아는 것이 유용하다. 형식지(形式知)는 문서로 언어화할 수 있는 지식 또는 노하우, 암묵지(暗默知)는 언어화할 수 없는 지식을 의미한다. 암묵지는 과거 과학철학자 마이클 폴라니(Michael Polanyi)가 《암묵적 영역》이라는 책에서 사용한 개념이다. 그는 "우리는 말할 수 있는 것보다 더 많은 것을 알고 있다"라고 했다. 이 말을 뒤집어 이해한다면 '우리는 우리가 아는 모든 것을 말할 수 없다, 즉 우리 안에는 말로 할 수 없는 지혜라고 불러야 할 것이 있다'는 뜻이다.

계속해서 암묵지에 대해 살펴보자. 예를 들어, 다른 사람에게 자전거 타는 법을 가르친다고 치자.

몸의 균형을 어떻게 잡고, 오른발과 왼발은 어떻게 페달을 밟으며 어느 정도의 힘으로 브레이크를 밟는지 등 이런 것을 언어로 가르치는 것은 어려운 일이다. 어렵다기보다는 불가능하며 아무리 말해도 거의 도움이 되지 않는다. 이론을 배우기보다는 익숙해져야 하니 일단 타보라고 하는 것이 맞다. 자전거를 탈 수 있는 사람은 타는 방법에 대한 지식을 가지고 있지만, 그 지식의 대부분은 '말로는 표현할 수 없는 지혜(암묵지)'다.

자전거 타는 법뿐만 아니라 공 던지는 법이나 야구 배팅 자세, 테니스 서브 치는 법, 스키나 스노보드 타는 법도 마찬가지다.

스포츠계에서는 왕년의 명선수가 은퇴하고 코치가 되었을 때 자신의 뛰어난 기술을 선수에게 전수하려고 해도 좀처럼 잘 안 되는 경우가 많다. 기술적인 팁은 그 모든 것을 말로 표현할 수 있는 게 아니기 때문이다. 그 말로 표현하기 어려운 부분을 습득할 수 있느냐가 뛰어난 선수가 될 수 있느냐를 결정한다.

언어화할 수 없는 비결에는 어떤 것들이 있을까. 힘을 조절하는 법, 거리감, 각 부위의 연동성, 상황에 따른 임기응변 등이 그에 해당할 것이다. 흔히 사람들은 '어렴풋이 알지만 말로 하기 힘든 것'을 암묵지라고 생각한다. 하지만 '몸이 아는데 머리가 모르는 것'도 있다는 사실을 잊지 말아야 한다.

스포츠를 예로 들었던 '경험에서 오는 배움'의 중요성은 전통 예능이나 공예 기술, 장기와 포커 등의 지적 게임, 교사의 가르치는 기술, 영업사원의 판매 능력, 연구원의 기량 등으로 확장할 수 있다.

사람은 평생에 걸쳐 계속 발전한다. 발전을 위해서는 학습이 필수적이다. 우리는 무언가를 배울 때 교과서나 매뉴얼 등의 문자로 쓰인 것에 의지한다. 그러나 그것만으로는 충분하지 않으며, 형식지와 더불어 암묵지를 어떻게 습득할 것인지를 의식해야 한다.

암묵지는 개인의 경험을 통해 습득하는 것이 중요하다. 롤 모델의 행동을 잘 관찰하고 자신의 경험 속에서 스스로 발견하는 것이다. 그러기 위해서는 많은 시간이 필요하고, 그 과정에서 발생하는 시행착오와 좌절을 통해 새로운 존재로 거듭나는 경우가 많다.

산월기

중국 당나라 시대에 이징이라는 사내가 있었다. 이징은 학식이 깊고 재능이 뛰어나 젊은 나이에 어려운 시험에 합격하여 관리가 되었다. 그러나 그는 먼 마을에서 안전을 지키는 일에 재미를 느끼지 못했고, 자신의 능력에 걸맞지 않은 하찮은 일이라는 불만을 참지 못해 곧 관직을 그만두었다.

이징은 고향에 돌아와 남들과 교분을 끊고 오로지 시를 지으며 살았다.

하지만 시인으로 유명해지기가 쉽지 않았고 생활은 날이 갈수록 어려워졌다.

몇 년 후, 이징은 더 이상 가난을 견딜 수 없었다. 처자식을 부양하기 위해 원칙을 굽히고 다시 도읍에 올라 지방 관리로 임명되었다. 시인으로 먹고사는 것에 반은 절망했기 때문이기도 했다.

하지만 그는 다시 취임한 관리 일에 늘 불만을 품었고, 협조성이 모자란 성격 탓에 결국 불만을 통제할 수 없게 되었다. 일 년이 지난 후, 일로 여행을 떠나 여수라는 강가에 숙소를 잡았을 때였다. 이징은 결국 이성을 잃고 깊은 밤에 소리를 지르며 어둠 속으로 달려갔다. 그대로 그는 돌아오지 않았다.

이듬해 원참이라는 고위 관리가 황제의 명을 받고 남쪽 변방으로 가는 길에 여수 근처의 고을에 머물렀다. 다음 날 아침, 아직 어둑어둑한 숲속 초지를 지나던 중 호랑이 한 마리가 풀숲에서 달려들었다. 그 호랑이는 원참에게 덤벼들 듯하다가 곧 몸을 돌려 풀숲으로 몸을 숨겼다.

그리고 "큰일 날 뻔했다"라고 중얼거리는 소리가 들렸다. 원참에게는 귀에 익은 목소리였다. 풀숲으로 돌아간 것은 친구 이징이었다.

원참이 어떻게 이런 신세가 되었느냐고 물었더니, 이징은 자신이 호랑이가 된 날 밤의 일을 대략 이야기해주었다. 지금은 하루 중 몇 시간은 인간의 마음이 돌아오지만, 그 시간이 날이 갈수록 점점 짧아지고 있으니 자신이 완전히 인간이 아니게 되기 전에 자신이 지은 시를 기록해달라고 했다.

원참은 부하에게 명하여 풀숲에서 나는 목소리에 따라 장단을 맞추며 서른 편의 시를 썼다. 오래된 시를 토한 이징은 자신을 비웃듯 동굴에 누워 꿈을 꾸듯 이야기했다. 그리고 지금의 생각을 그 자리에서 시로 표현했다. 원참 또한 부하에게 명하여 그 시도 받아 적었다.

그 후 이징은 천천히 입을 열었다.

인간이었을 때, 나는 애써 사람들과의 교제를 피했네. 사람들은 나를 이기적이고 거만하다고 말했지. 하지만 사실은 그것이 대부분 수치심, 즉 깊은 수치심에 가까운 것임을 사람들은 몰랐어. 물론 예전에 고향에서 천재라고 불렸을 때 자신을 자랑스러워하는 마음이 없었던 것은 아니야. 하지만 그건 그저 소심한 자존심이라고도 할 수 있을 걸세.

나는 시를 써서 명성을 얻고자 했으면서도 스승을 찾지도 않았고 벗들과 더불어 절차탁마하지도 않았네. 그렇다고 해서 속물의 반열에 오르는 것도 허용할 수 없었네. 이것은 모두 소심한 자존심과 거만한 수치심 때문이었어.

내가 닦으면 빛이 나는 보옥이 아닐 것을 두려워하여 굳이 고통 속에서 닦으려 하지 않았고, 또 내가 보옥임을 반쯤은 믿었기 때문에 평범한 돌멩이들과 섞이지도 못했네. 나는 점점 세상과 멀어지고 수치심과 분노로 몸부림치면서 점점 내면의 소심한 자존심만 키우고 말았네.

인간은 누구나 맹수를 다스리는 조련사일세. 사람의 성질과 심정이 바로 그 맹수라고 할 수 있네. 나의 경우 이 거만한 수치심이 맹수였어. 이것이 나를 해치고 처자식을 괴롭히고 친구에게 상처 주고 나의 모습을 이렇게 내 마음에 걸맞은 것으로 바꾸어놓았네.

돌이켜보면 나는 내가 가진 얼마 안 되는 재능을 낭비하고 말았어. 인생은 아무 일이나 하기에는 너무 길지만, 무슨 일을 하기에는 너무 짧다고 말로만 떠들고 놀았지. 사실은 나의 부족한 재능을 들킬지도 모른다는 비겁한 두려움과 고생을 싫어하는 게으름이 나의 전부였던 것이야. 나보다 훨씬 재능이 부족하지만 그 재능을 온 힘을 다해 갈고 닦아서 훌륭한 시인이 된 사람들은 얼마든지 있어.

이징은 원참에게 작별 인사를 하면서 아내와 아이들에게 자신은 이미 죽었다고 말해달라고 부탁했다. 그리고 오늘 일만큼은 밝히지 말아달라고 덧붙였다. 원참은 풀숲을 향해 작별 인사를 하고 말에 올라 눈물을 흘리며 출발했다.

소심한 자존심과 거만한 수치심

나카지마 아쓰시의《산월기(山月記)》를 요약한 내용이다.

산월기의 키워드가 무엇이냐고 묻는다면 의심할 여지 없이 '소심한 자존심'과 '거만한 수치심'일 것이다. 국어사전을 참고하면서, 말의 의미와 뉘앙스를 정리해보자.

자존심은 ① 자신이 상당한 존재이고 평범하지 않다고 보는 모습(=자만심), ② 자신이라는 존재에 자부심을 느끼는 모습(=자존감)이라는 두 가지 의미가 있다. 자만은 부정적인 의미고 자존감은 긍정적인 의미다.

자부심을 가지고 사는 태도는 필요하지만, 자만심은 인간의 성장을 방해하므로 조심해야 한다. 왜 그럴까? 인간은 사회적 동물이기 때문에 본인 능력에 관한 자기평가와 타자평가—무책임한 어른이 아니라 신뢰할 수 있는 어른에 따른—를 서로 바꿔 나가는 작업이 필수적이다. 타인의 평가를 무시하는 자기평가는 거의 의미가 없다. 타인의 평가에 비해 자기평가가 지나치게 높은 사람은 과도한 자존감을 느끼게 되고, 그것은 삶의 어려움과 직결된다. 따라서 타인의 평가와 일치하는 자기평가를 하도록 노력해야 한다.

소심함은 '겁이 많거나 걱정이 많아 필요 이상으로 조심스러워서 충분히 사태에 대처하지 못하는 모습'이다. 그 반대말은 용기인데, 용기는 무모함과 소심함 사이에 자리한다. 용기를 내어 일에 대처하는 태도는 대부분 옳다.

거만함은 그럴 만한 지위나 능력도 없으면서 필요 이상으로 자기를 드러내고 남을 깔보는 말투를 쓰는 것이다. 거만함과 오만함은 의미가 가깝고, 그 반대말은 겸허함이다. 겸허한 태도는 정직한 태도로 바꾸어 말할 수 있다.

수치심은 ① 세상 물정에 어둡거나 열등감이 강하거나 몸이 안 좋은 일이 있거나 해서 사람들 앞에 나서거나 무언가를 하는 것이 망설여지는 감정이다. 또한 ② 자신의 능력·결점·과실 등을 인식하여 자신을 초라하게 느낀다는 뜻이다. 인간인 이상 누구나 어느 정도 수치심을 가진다. 그러나 과도한 수치심을 가지면 결국 자신의 껍데기에 갇혀 능력을 발휘하지 못하게 된다.

말의 의미와 느낌을 정리하여 주인공의 행보와 심리를 분석해보자.

주인공은 시인이 되고 싶었다. 그렇다면 기꺼이 스승을 따라 수행하거나 시를 지으려는 벗들과 어울려 절차탁마했어야 했다. 하지만 주인공은 그렇게 하지 않았다. 소심하기 때문이다. 스승과 시우 앞에서 자신의 작품을 선보이는 것은 자신의 능력을 모두에게 드러내는 것이다. 스승에게 부족한 점을 지적받거나 벗들이 지은 시와 비교당할 수도 있다. 이런 과정에서 주인공은 남다른 부끄러움을 느낀다.

마음속에 거만함과 오만함이 있기 때문이다. 그리고 무엇보다 자신의 과도한 자존감이 상하고 자신의 코가 납작해질까 봐 극도로 두려웠다.

그리고 소심한 데다가 '고생을 싫어하는 게으름'이 겹쳤다. 온 힘을 다했는데 시인이 되지 못하면 자신에게 재능이 없었던 것으로 드러나고 또다시 자존심을 크게 다칠 것이다. 그게 두려워서 노력하지 못했다. 그렇다면 처음부터 노력하지 않는 편이 낫다. 재능은 있지만 노력하지 않아서 결실을 보지 못했을 뿐이라고 변명할 수 있기 때문이다.

'하고 싶은 것이 있다.' 하지만 그것을 위해 행동하지 않는다. 이럴 때, 그 이유를 자신의 능력이나 성격 등 내면적 성질이 아니라 그때그때의 상황이나 환경이라는 외적 요인으로 귀결시키면, 자존심이 상하지 않을 것이다. 이런 심리를 심리학 전문용어로 셀프 핸디캐핑(Self Handicapping)이라고 한다.

예를 들어, 시험이 임박했다고 치자. 지금부터 죽기 살기로 공부하면 그럭저럭 괜찮은 성적을 받을 수 있다. 하지만 친구들과 놀러 다니거나 SNS로 시간을 보내면서 시험공부를 할 수 없는 상황을 스스로 만들어버린다면, 이런 행위는 셀프 핸디캐핑 이론으로 설명할 수 있다.

시험 결과가 나빴더라도 '공부를 안 해서 그렇다'고 변명하면 되기 때문이다. '시간이 있고 마음을 고쳐먹어서 열심히 하면 나는 좋은 결과를 낼 수 있다'라고 생각할 여지를 남길 수 있다. 게다가 시험 결과가 좋지 않아도 '공부도 안 했는데 이 정도 점수를 받다니 나는 머리가 좋아!'라고 기뻐할 수도 있다.

즉 셀프 핸디캐핑을 하면 결과가 좋든 나쁘든 자존심을 지킬 수 있다. 그러나 이런 행동을 반복하다 보면 공부를 하지 않기 때문에 실력이 오르지 않고 자신의 실력이 어느 정도인지 가늠할 기회도 얻지 못하기 때문에 전혀 생산적이지 않다. 실패와 성공의 원인이 항상 자신의 능력이나 성격이 아니라 외부 환경에 있다고 바꿔치기하는 행위이기 때문이다.

꿈이나 목표를 달성할 수 있을지 아닐지(결과) 가늠하기 전에, 꿈이나 목표를 향해 한 걸음을 내딛고 계속 나아갈 수 있게(과정) 하는 것은 무엇일까? **과도한 자존심을 갖지 않는 것, 소심함이 아니라 용기를 갖는 것, 거만함이나 오만함이 아니라 겸허함을 갖는 것, 게으름을 다스리고 꾸준히 노력하는 것.** 그런 것이 중요한 요소가 아닐까.

한 조각의 빵

제2차 세계대전 당시 조국 루마니아는 독일과 동맹을 맺고 있었다. 이웃 나라 헝가리도 독일 동맹국이었고, 나는 헝가리 수도 부다페스트의 수운 회사에서 다뉴브강을 오가는 바지선(대형선과 육지 사이를 왕복해 화물이나 승객을 나르는 작은 배)에서 일하고 있었다.

어느 날, 나는 수상 경찰 손에 붙잡혔다. 그리고 루마니아가 동맹국인 독일과 절연하고 소련과 손을 잡았기 때문에 적국인으로 체포되었다는 사실을 알게 되었다. 많은 동료와 함께 어디로 가는지도 모른 채 답답한 화물차에 쑤셔 넣어졌다.

역을 출발한 화물차 안에서 나는 머리를 깎은 키 작은 노인과 친해졌다. 그는 유대인 랍비(유대교 성직자)였다. 그는 유대인이 아닌 루마니아인으로서 체포되어 매우 기뻐했다.

우리를 태운 화물차가 밤에 연합군의 공습을 받아 발이 묶였다. 이때 나를 포함한 몇몇 사람들이 탈주를 시도했다. 함께 가고 싶어하는 랍비에게 나는 화물차에 남아 있으라고 조언했다. 이번에 잡히면 유대인임을 들켜서 더 큰 곤욕을 치를지도 모르고, 루마니아인으로 붙잡혀 있는 것이 더 안전하기 때문이다. 랍비는 내 말이 옳다고 대답하고 화물차에 남았다.

헤어질 때 랍비는 내 충고에 감사를 표하고 싶다며 작은 손수건 꾸

러미를 내밀었다.

“손수건 안에는 빵이 한 조각 들어 있네. 뭔가 도움이 될 거야.”

랍비는 이렇게 덧붙였다.

“하지만 빵을 바로 먹지 말고 가능한 한 오래 보관하시게. 빵을 한 조각 갖고 있다고 생각하면 훨씬 참을성이 강해지거든.”

어둠을 틈타 호송 열차를 빠져나온 포로들은 집단 이동은 위험하다고 생각해 각자 따로 도망치게 됐다. 나 외의 동료들은 차례차례 나치에 발각되어 죽임을 당했다.

위기일발 상황을 어떻게든 빠져나가면서 나는 계속 도망쳤다. 배가 너무 고파서 도중에 몇 번이나 랍비에게 받은 빵을 먹으려고 했다. 하지만 빵을 먹어버리면 아무것도 남지 않으니 필사적으로 배고픔을 참고 고향으로 향했다. 그리고 마침내 우리 집에 도착했다. 사랑하는 아내와 재회한 나는 아내에게 탈출의 전말을 털어놓았다. 그리고 나를 지탱해준 것은 이 한 조각의 빵이었다며 손수건을 풀었다. 그러자 안에서 굴러떨어진 것은 빵이 아니라 나무토막이었다.

만약 주인공이 도중에 배고픔을 견디지 못하고 손수건을 풀었다면 어떻게 되었을까?

그는 그 시점에서 손수건의 내용물이 빵이 아니라 나무토막이라는 것을 알고 절망의 구렁텅이에 빠졌을 것이다. 그 결과 계속 도망칠 용기를 잃고 밖에서 죽었거나, 자포자기해서 달려들었다가 나치에게 죽임을 당했을지도 모른다.

인간이란 존재는 희망만 있으면—그것이 아무리 작은 희망일지라도, 혹은 이 이야기처럼 거짓된 희망이라도—자신이 처한 어려움에 맞설 수 있다. 이 이야기는 희망을 품는 것이 얼마나 중요한지 알려준다. 희망은 용기의 원천이며 앞으로 나아갈 힘을 준다. 희망만 있으면 고통과 고뇌를 견뎌낼 수 있다.

희망의 반대말은 절망이다. 두말할 것도 없이 절망은 부정적인 감정이고 희망은 긍정적인 감정이다. 절망은 힘을 앗아가고 희망은 힘을 준다. 그런데 희망이라는 감정은 다른 긍정적인 감정과는 많이 다른 점이 있다. 대부분의 긍정적인 감정은 자신의 상황이 좋을 때 일어나는 반면 희망은 자신의 상황이 좋지 않을 때 일어난다는 점이다.

좋지 않은 상황에서 희망을 품는 것은 사태가 악화할까 두려워하면서도 현 상황을 더 나은 상태로 바꾸겠다는 각오를 다지는 것이다.

과거 미국 대통령 선거에서 버락 오바마가 국민에게 '희망과 변화'를 한 세트로 호소했던 기억이 난다.

희망을 품으려면 '사물은 바꿀 수 있다. 그리고 좋은 방향으로 변할 수 있다'는 신념이 전제되어야 한다. 달리 말하면, 희망은 저절로 생기는 것이 아니라 희망을 품겠다고 '내가 선택하는' 것이다.

나아가 **희망을 품는 것은, 그것을 실현하기 위한 실제적 행동—작은 걸음이라도 좋으니까—도 포함한다는 점에 주목해야 한다.** 희망은 행동을 통해 무엇인가를 실현하려는 마음이다. 실제 행동도 포함한다는 점에서 생각만 하고 행동하지 않는 '낙천적'인 것과는 차이가 있다.

두 굴뚝 청소부

22 

한 프랑스 청년이 유대인 딸을 좋아하게 되어 결혼하고 싶어했다. 하지만 딸의 부모는 엄격한 유대교 신자였기 때문에 '유대교도에게만 딸을 시집보낼 수 있다'고 단언했다. 딸을 사랑하던 그 청년은 유대교도가 되기로 결심하고 랍비(유대교 성직자)를 찾아 조언을 구했다.

"저는 정말로 유대교인이 되고 싶습니다. 어떻게 하면 좋을까요?"

랍비는 다음과 같이 대답했다.

"유대교도가 되려면 여러 가지 번거로운 절차가 있네. 그중 몇 가지는 이미 자네도 알 걸세. 하지만 진정으로 유대인이 되었다고 할 수 있는 것은 유대인의 지성을 습득했을 때네. 지금부터 테스트를 해볼 테니 몇 가지 질문에 대답해보게.

먼저 첫 번째 질문일세. 유대인 굴뚝 청소부 두 명이 지붕 위를 산책하다가 실수로 굴뚝에서 벽난로 안으로 떨어지고 말았네. 한 명은 여기저기 검댕이 묻은 채 굴뚝에서 나왔고 다른 한 명은 여전히 하얀 채로 나왔네. 누가 몸을 씻으러 갈 것 같은가?"

청년은 이렇게 대답했다.

"물론 검댕이 묻은 사람이죠."

그 말을 들은 랍비는 입을 열었다.

"아닐세. 자네는 유대적 지성이 무엇인지 전혀 모르는구만. 하얀 남자가 씻으러 갈 게 뻔하지 않은가. 둘 다 자신의 얼굴을 볼 수 없는 상태야. 하얀 남자는 눈앞의 검은 남자를 보고 자신도 새까맣다고 생각하고 몸을 씻으러 갈 걸세. 하지만 검은 남자는 상대방의 얼굴이 희기 때문에 자신도 희다고 생각하겠지. 어떤가. 자네의 대답이 틀렸다는 걸 잘 알겠지?"

이어 랍비는 "그럼 두 번째 문제……"라고 하며 똑같은 질문을 되풀이했다.

"그건 간단합니다. 방금 답을 들었잖아요. 하얀 사람은 씻으러 갔지만 검은 사람은 씻으러 가지 않았습니다."

"이봐, 젊은이, 자네는 유대적 지성이 무엇인지 전혀 모르는군. 왜 하얀 사람이 일부러 몸을 씻으러 간다고 생각하는 건가. 그럼 마지막 기회를 주겠네."

랍비는 다시 한 번 같은 질문을 반복했다.

"이제 뭐가 뭔지 모르겠습니다. 음, 둘 다 몸을 씻으러 간 게 아닙니까?"

"여전히 자네에겐 유대인의 지성이 없는 것 같군. 왜 몸을 씻어야 하나? 그들은 아직 하루의 일을 끝내지 못했네. 더 더러워질지도 모르는데 왜 몸을 씻겠나."

"아, 저는 유대인의 지성이 뭔지 전혀 모르겠습니다. 랍비께서는 같은 이야기를 세 번이나 했습니다. 하지만 대답이 매번 다릅니다. 같은 질문에 다른 세 가지 대답. 이게 무슨 뜻인가요?”

“아, 유대인의 지성을 조금이나마 이해하기 시작한 것 같군. 맞아. 같은 문제에 대해 세 가지 답이 있는 것. 하지만 이런 발견은 대수롭지 않네. 더 중요한 사실이 있어. 첫째, 두 유대인은 지붕 위를 산책할 어떠한 이유도 없다는 것일세. 둘째, 그들이 함께 같은 굴뚝에서 벽난로에 떨어졌는데 왜 한 사람은 까맣고 다른 한 사람은 하얀 채로 있을까? 이건 아무리 생각해도 이상하지. 이 두 가지를 생각해보면 이 이야기가 사실과 거리가 멀다는 것, 즉 비현실적이라는 걸 알 수 있네. 그래서 자네는 그것을 먼저 알아차렸어야 했네.”

질문 자체가 틀릴 수도 있다

이 우화가 전하고자 하는 가르침은 두 가지다. 첫 번째는 '질문에 대한 답이 항상 하나만 있는 것은 아니다'이고, 두 번째는 '질문 자체가 틀릴 수도 있다'는 것이다.

그럼 누구나 한 번쯤 들어봤을 퀴즈부터 소개하겠다.

첫 번째 질문: 눈이 녹으면 무엇이 될까?

초등학교 과학 문제라면 '물이 된다'가 답이다. 하지만 국어 시간의 시 수업이라면 '봄이 된다'나 '진창이 된다'가 더 좋은 답이 될 것이다.

두 번째 질문: 1+1은 무엇일까?

상식적으로는 2가 답이다. 하지만 이것은 십진법으로 계산하는 경우일 뿐이다. 이진법에서 '1+1'은 10이 된다. 인터넷으로 검색해보면 '1+1=전(田)'이라는 논리도 나온다. 무슨 말이냐 하면 '1+1' 위아래에 등호(=) 가로줄을 하나씩 더하면 밭 전자가 된다는 것이다. 이렇게 되면 이제는 수수께끼 문제다.

자, 우리는 인생의 각 단계에서 여러 선택지 중 하나를 선택해야 하는 상황을 마주하게 된다. 그때 우리는 '나에게 맞는 정답은 무엇일까?' 하고 머리를 쥐어뜯는다. 이런 경우 정답은 하나가 아니라는 점에 주의하자. A, B, C 중 하나를 고를 때 A는 틀렸지만 B와 C는 둘 다

정답일 수도 있고 A, B, C 모두 정답일 수도 있다.

또 수학 문제나 수수께끼와 달리 인생의 문제는 무엇이 정답인지 아무도 알려줄 수 없다. 그건 자신이 판단해야 한다. 그렇다면 자신의 커리어를 정할 때는 '내가 선택한 길을 정답으로 만들자!'라는 기개도 필요할 것이다.

이 우화에서 읽을 수 있는 두 번째 가르침, 즉 질문 자체가 틀릴 수도 있다는 것을 살펴보자. 대학입시에서 문제의 답에 오류가 있어서 수험생 전원의 답을 정답으로 처리했다는 뉴스를 보거나 들은 적이 있을 것이다. 하지만 입시 문제나 자격증 시험에서 질문 자체가 틀린 경우는 거의 없다.

그럼 비즈니스에서는 어떨까? 경영학자인 피터 드러커는 자신의 저서에서 다음과 같은 명언을 남겼다.

중요한 것은 올바른 답을 찾는 것이 아니다.
올바른 질문을 찾는 것이다.
잘못된 질문에 대한 올바른 대답만큼
위험하다고는 할 수 없어도 쓸모없는 것은 없다.

새로운 사업을 계획할 때 가장 중요한 것은 올바른 질문을 던지는 것이다. 원래 질문과 답은 한 세트다. **질문이 있어야 답이 있기 때문이**

다. 잘못된 질문을 던져놓고 그에 맞는 정답을 제시하고 사업을 진행해봐야 잘 되지 않는다.

할 그레거슨(Hal Gregersen)의 《질문이 곧 답이다!(Questions are the answer)》에는 '시간과의 대화(Dialogue with time)'라는 전시가 등장한다.

이는 완전히 빛을 차단한 순도 100%의 어둠 속에서 시각장애인 안내로 시각 이외의 다양한 감각과 소통을 즐기는 소셜 엔터테인먼트다. 지금까지 세계 50여 개국에서 개최되었고 900만 명이 넘는 사람들이 체험하고 시각장애인 일자리를 창출하며, 비장애인들이 시각장애인의 일상생활을 이해할 수 있도록 돕고 있다.

이 비즈니스 모델의 시작은 질문이었다. 약 30년 전 라디오 방송국에서 근무했던 안드레아스 하이네케(Andreas Heinecke)는 상사로부터 전 직원 중 한 명이 회사에 복귀하게 되었다는 말을 들었다. 그 직원은 교통사고로 실명해 일단 퇴사했지만 재활치료를 마치고 다시 회사에서 일하기를 희망했다. 그가 직장에 복귀할 수 있게끔 지원을 맡은 하이네케는 곧바로 '어떻게 하면 시각장애가 있는 사람도 나름대로 일을 할 수 있을까'라는 문제 해결을 위해 고민했다. 하지만 새로운 동료와 가까워지면서 자신이 세운 질문이 너무 부정적임을 깨닫고 더 긍정적인 질문을 하기로 했다. 시각장애인이 자신의 강점을 발휘하려면 어떤 직장 환경을 조성해야 하느냐는 질문이었다. 그때 '시간과의 대화'에 대한 아이디어가 떠올랐다.

그런데 질문이 틀렸다는 건 무슨 뜻일까? 두 가지 양상으로 나눌 수 있다. 첫 번째는 질문의 전제가 잘못된 경우다.

예를 들어 '직장 동료와 친해지려면 어떻게 해야 할까?'라고 고민하는 사람이 있다고 치자. 이 고민에는 '직장에서 같이 일하는 사람과는 친해져야 한다'는 전제가 숨어 있다. 이 전제가 반드시 옳은 것은 아니다. 회사는 다양한 사람들이 모여 일을 하는 곳이다. 다양한 유형의 사람이 존재하는 곳이니, 싫거나 마음에 들지 않는 사람이 있는 것이 정상이라고 생각하는 것이 좋다. 업무를 원활하게 진행할 수 있는 인간관계를 구축할 수 있다면 그것으로 충분하지 않을까?

두 번째는 질문이 본질적이 아니라 피상적인 경우다. 피상적인 질문은 대부분 전혀 쓸모가 없다.

예를 들어, '어떻게 하면 부하에게 동기부여를 할 수 있을까'라는 과제로 고민하는 관리자가 있다고 하자. 그 사람의 부하직원들은 물건이 아니라 개성을 지닌 사람이기 때문에 모두에게 적용되고 지속적인 효과를 낼 수 있는 답을 기대하기 힘들 것이다. 따라서 '그 직원들은 어떤 가치관과 관심사, 욕구를 가지고 일하나요? 또, 어떤 커리어 플랜을 그리고 있나요?'라는 본질적인 질문을 하지 않으면 해결되지 않을 것이다.

사람은 수많은 질문을 하면서 살아간다. 남을 향한 질문도 있고, 자신을 향한 질문도 있다. **그 질문에 대해 좋은 답을 얻지 못한다면 질문 자체가 틀렸을 수도 있다는 것을 기억하자.**

5장

재능과 지속과 노력

23 ♦ 로제티와 노인

24 ♦ 설법사가 되고 싶었던 아이

25 ♦ 오하아몽

26 ♦ 척박한 땅을 원하라

27 ♦ 재수 없는 진지로베에

28 ♦ 문어와 고양이

29 ♦ 토끼와 거북이 ①

30 ♦ 토끼와 거북이 ②

23 로제티와 노인

은퇴 후 여가를 즐기는 한 노인이 최근 그린 자신의 그림을 유명한 화가인 로제티에게 보여주었다.

로제티는 예의 바르게 "꽤 잘 그리셨네요"라고 대답했다.

그러자 노인은 그 밖에도 몇 점의 그림을 보여주었다.

분명히 젊은이의 솜씨임을 알 수 있는 그 작품에 매료된 로제티는 "이 그림에는 분명 위대한 재능이 보입니다. 잘 배우고 연습한다면 훌륭한 화가가 될 수 있을 겁니다"라고 극찬했다.

노인이 숨을 죽이고 있는 것을 보고 로제티는 "이 그림을 그린 사람은 아드님인가요?"라고 물었다.

노인은 이렇게 대답했다.

"아니요, 이것들은 제가 젊었을 때 그린 그림입니다. 하지만 주변 사람들에게 설득당해 다른 일을 하게 되었지요."

아쉽게도 노인의 재능은 사라져버렸다. 사용하지 않으면 잃는 법이다.

재능은 쓰지 않으면 사라진다

'재능이 꽃을 피운다'라는 표현이 있다. 정확히 말하면 '재능의 싹이 오랜 수련을 거친 끝에 꽃을 피운다'는 뜻이다. 식물은 시간이 지나면 자연스럽게 꽃이 피지만 인간은 그렇지 않다. 이른바 '10년 법칙'은 고도의 지식과 기술을 습득하기 위해서는 약 10년(1만~2만 시간)에 걸친 부단한 연습과 경험이 필요하다는 법칙이다(《'배움'의 인지 과학 사전》).

이 우화의 주인공은 주변 사람들 설득으로 화가의 길을 포기하고 다른 일을 하게 되었다. 그는 첫발을 내디뎌 부단한 수련을 이어가며 경험을 쌓아가는 길을 택하지 않았다. 타고난 재능이 아무리 훌륭해도 쓰지 않으면 점점 사라진다.

주인공에게는 '자기 마음대로 하려는 성향'이 부족했다. '내 마음대로 하는' 삶이 아니라 '남의 마음대로 하는' 삶을 선택했다. 재능이 꽃피려면 타고난 능력 외에 자기 마음대로 하려는 성향도 필요하다.

24

설법사가 되고 싶었던 아이

어떤 사람이 아들에게 말했다.

"너는 불경을 설파하는 설법사*가 되거라."

아들은 부모의 가르침대로 설법사가 되기로 했다.

아들은 우선 말 타는 법을 배웠다.

"제사를 지낼 때 상대가 말을 타고 오라고 보내줄 것이다. 말을 탈 줄 몰라서 말에서 떨어지기라도 한다면 낭패야."

또한 아들은 노래 연습도 열심히 했다.

"제사가 끝나면 주연이 벌어질 수도 있어. 그때 아무런 재주가 없으면 불러준 사람이 흥이 깨졌다고 생각할 거야."

아들에겐 승마와 노래 재주가 점점 늘었다. 실력이 늘수록 재미있어져서 더욱 열심히 했다. 그러나 설법사를 목표로 했던 아들은 설법을 배울 틈도 없이 나이가 들어버렸다. 아들은 뒤늦게 후회했다.

* 부처의 교리와 가르침을 설파해 사람들에게 포교하는 승려

한 우물만 파라

《쓰레즈레구사》 제188단의 전반부를 소개했다. 저자 요시다 겐코는 이렇게 이어 말했다.

주인공뿐 아니라 세상 사람들은 대체로 이렇게 된다. 젊었을 때는 무슨 일을 해서 세상에 이름을 떨치자, 큰 분야에서 대성하자, 재주를 익히자, 학문에 임하자고 먼 장래를 계획한다. 하지만 인생을 느긋하게 여겨 나태하게 지내다가 닥쳐오는 일에만 급급해 세월을 보내다가, 정신을 차려보면 아무것도 이루지 못하고 나이만 먹고 있다. 늙어서 후회해도 이미 늦었다. 아무것도 이루지 못한 채 언덕을 굴러 내려가는 바퀴처럼 점점 쇠락할 것이다.

자신의 일생을 생각해보고 하고 싶은 것을 적어보자. 그중에서 자신에게 가장 중요한 것을 선택하고, 그 한 가지에만 몰두하고 나머지는 포기하자. **아무것도 버리지 않고 모든 것에 충실해지려 하면 단 하나도 이룰 수 없다.**

25 오하아몽

삼국시대에 오나라왕 손권의 부하 중에 여몽이라는 장수가 있었다. 여몽은 무용은 뛰어났으나 학문에는 전혀 관심이 없었다. 사람들은 여몽의 학식 없음을 비웃으며 오하아몽(吳下阿蒙)이라고 놀렸다.

이를 보다 못한 손권은 여몽에게 학문을 권했다. 여몽은 열심히 학문에 힘썼다. 이윽고 공부가 업인 유학자들을 능가할 정도로 공부에 힘썼고, 교양을 쌓았다.

지식인 노숙은 용맹함이 유일한 장점이고 무지한 여몽을 경멸했다. 그러나 여몽의 평판이 날로 높아지는 것을 듣고 여몽을 찾아가기로 했다. 여몽과 이야기를 나누어보니 그는 이전과는 비교할 수 없을 정도로 학식이 풍부한 사람으로 성장해 있었다. 놀란 노숙은 "옛날 오나라 시골에 있을 때의 여몽이 아니로군." 하고 칭찬했다.

이 말을 들은 여몽은 이렇게 답했다.

"선비란 사흘만 떨어져도 눈을 비비며 다시 대해야 합니다(괄목상대 刮目相對)."

즉, 선비는 헤어진 지 사흘만 되어도 상대가 깜짝 놀라 눈을 비비고 다르게 쳐다볼 정도로 성장한다는 뜻이다.

성장은 사흘 전과는 다른 사람이 되는 것

성장이란 무엇일까? 성장한다는 것은 자신이 점점 좋은 쪽으로 변하는 것, 즉 사흘 전과는 다른 사람이 되는 것이다. 이 이야기의 핵심은 여몽이 자신을 변화시키기 위해 노력했다는 것, 구체적으로는 면학에 힘썼다는 것이다. 또 하나 잊지 말아야 할 점은 그가 주군인 손권의 충고를 순순히 받아들인 것이다.

자, 나답게 산다는 건 어떤 것일까? 자기 분수를 알고 그 분수에 맞게 사는 것일까? 이는 자신은 변화하기 어렵고 변화를 원하는 것은 바람직하지 않다는 생각으로 이어진다. 상당히 갑갑하고 불편한 삶이 될 것이다.

나답게 사는 것은 그와 정반대다. **자기 분수를 생각하지 않고 분수를 뛰어넘어 사는 것이 아닐까?** 이는 스스로가 변화할 수 있고 변화를 원하는 것은 바람직하다는 생각으로 이어진다. 그렇게 생각할 수 있다면 자유로운 인생으로 가는 통로가 열릴 것이다.

26 척박한 땅을 원하라

한 남자가 병에 걸려 곧 숨을 거둘 처지가 되었다. 그는 임종 때 아들에게 이렇게 타일렀다.

"왕은 나에게 영지를 주려고 여러 번 애를 썼지만 나는 받지 않았다. 내가 죽으면 왕은 너에게 영지를 주려 할 것이다. 그때 기름지고 부유한 땅을 받으면 안 된다. 초나라와 월나라 사이에 침구라는 곳이 있다. 척박하고 이름도 좋지 않은 곳이다. 초나라 사람은 죽은 자의 영혼을 두려워하고, 월나라 사람은 신의 계시를 믿는다. 그러니 이곳만이 네가 오랫동안 소유할 수 있는 땅이다."

남자가 죽자 왕은 아니나 다를까 그의 아들에게 비옥하고 풍요로운 영지를 주려 했다. 하지만 아들은 사양하고 초나라와 월나라 사이에 있는 땅을 달라고 요청했다. 덕분에 지금까지도 그 땅을 빼앗기지 않고 소유하고 있다.

죽은 남자는 현명한 사람이었기 때문에 사람들이 생각하는 이점을 이점으로 여기지 않았고, 사람들이 꺼리는 것을 잘 활용하는 법을 알고 있었다. 이는 또한 도덕심이 있는 사람과 세속적인 사람 간의 차이점이기도 하다.

불리한 조건을 잘 활용한다

후손을 위해 어떤 땅을 남기겠는가? 일반적으로는 풍요로운 땅을 선택할 것이다. 하지만 이야기 속의 남자는 그렇게 하지 않았다. 풍요로운 땅은 누구나 원하는 땅이기 때문에 다툼이 일어날 수 있다. 반드시 장점만 있는 것은 아니다.

그렇다면 척박한 땅은 어떨까. 척박한 땅 따위는 아무도 탐내지 않는다. 원하는 사람이 없으니 다툼도 일어나지 않는다. 그뿐만이 아니다. 후손들은 척박한 땅을 풍요로운 땅으로 바꾸기 위해 열심히 노력하기 때문에 후손들 사이에 결속력이 강해진다.

이 이야기의 교훈은 **유리한 조건은 오히려 화근이 될 수 있고, 반대로 불리한 조건이 복을 가져올 수 있다는 것이다.**

불리한 조건과 유리한 조건에 대해 살펴보자. 불리한 조건(핸디캡)을 극복하고 살아남은 것일수록 뛰어나며, 그런 개체가 더 매력적이라는 견해가 있다. 흔히 '핸디캡 이론'이라고 한다.

공작새를 예로 들어보자. 수컷 공작새는 왜 크고 화려한 깃털을 갖고 있을까? 답은 암컷을 유혹하기 위해서다. 길고 큰 깃털은 번식기의 수컷만이 가지고 있는데 깃털이 화려할수록 암컷에게 인기가 많다.

그렇다면 왜 암컷은 수컷의 화려한 깃털에 끌릴까? 깃털을 뽈이라고 생각하면 이해할 수 있다. 뿔은 적을 물리치는 무기 역할을 한다. 그것은 강인함의 증표이며 강한 수컷의 유전자를 원하는 암컷에게는 아주 매력적으로 보일 것이다. 하지만 적을 쓰러뜨리는 데 깃털은 도움이 되지 않는다. 오히려 싸움에 방해가 되지 않을까? 게다가 크고 화려한 깃털은 눈에 띄고 천적에게 가장 먼저 표적이 된다. 훌륭한 깃털이 방해되어 도망치기도 어렵다. 아무리 봐도 생존에는 불리한 점뿐이다.

여기서 두 마리의 수컷 공작새를 상상해보자. 하나는 크고 화려한 깃털을 뽐내는 수컷(A)이고 다른 하나는 보통 크기에 그럭저럭 봐줄 만한 깃털을 가진 수컷(B)이다. A는 B에 비해 압도적인 핸디캡(크고 화려한 깃털은 눈에 띄며 도망치는 데 방해가 됨)을 가졌다. 그런 핸디캡이 있는데도 A는 잘살고 있다. 이것이야말로 강한 수컷임을 입증하는 것이 아닌가. 따라서 강한 수컷을 선택하려는 암컷은 B가 아닌 A를 선택한다. 그리하여 A가 B보다 더 인기가 많은 것이다.

재수 없는 진지로베에

27

옛날 옛적에 작은 일에도 신경을 쓰고 매사에 망설이는 진지로베에라는 남자가 있었다.

어느 날, 진지로베에가 무씨를 뿌리기 위해 밭으로 향하던 중 볼을 잡고 얼굴을 찌푸린 딸과 마주쳤다. "무슨 일이냐?"고 묻자 딸은 "벌레 먹은 이가 아파서 지금 치과에 가고 있어요"라고 답했다.

그러자 진지로베에는 "뭐야? 벌레 먹었다고? 재수 없이. 잎을 벌레가 먹어서 벌레 먹은 잎이 되면 큰일이잖아. 오늘은 글렀다"라며 집으로 돌아갔다.

다음 날, 진지로베에가 마음을 가다듬고 밭으로 나갔다. 그러자 옆집 노인이 와서 말을 걸었다.

"아침 일찍부터, 하바카리상(일본 간사이지역의 사투리로 '수고했다'라는 뜻)."

진지로베에는 이 말을 듣자 "뭐야? 하바카리라고? 무가 '잎만 있으면(하바카리)' 무슨 소용이 있지? 오늘도 글렀다"라며 다시 집으로 돌아갔다.

다음 날은 아무도 만나지 않도록 아침 일찍 밭에 나갔다. 이번에야말로 씨를 뿌리려고 하던 참에 절의 주지 스님이 지나갔다.

"진지로베에 씨, 이렇게 이른 아침부터 무슨 일인가요?"

그는 어제와 그제 일을 이야기했다. 그러자 이 주지 스님은 박장대소하면서 "그렇게 밑도 끝도 없는 말에 넘어가면 어떻게 합니까." 하고 주의를 주었다.

진지로베에는 이 말을 듣고 "스님, 그건 아니죠! 아무리 그래도 그렇지 밑도 끝도 없는 무라뇨!"라며 그 자리에 주저앉고 말았다.

재수를 태만의 구실로 삼지 않는다

이야기 속 남자에게 재수 없는 일이 연달아 일어나 좀처럼 일을 시작하지 못했던 이야기인지, 아니면 일을 하기 싫어서 '재수가 없는' 이유를 연이어 꾸며낸 이야기인지 궁금하다. 후자라고 생각하고 읽으면 이 이야기의 교훈은 '재수 없음(징크스)을 태만의 구실로 삼지 말 것'이 되겠다.

자, 재수가 없다고 생각되어 피하거나 미신에 집착하는 것은 많든 적든 누구나 하는 일이다. 일본인은 시험이나 경기 전에 합격을 비는 마음에서 재수가 좋다고 하는 것들을 먹곤 한다.

돈까스 덮밥(카츠동의 '카츠(勝)'가 승리를 뜻해서), 주먹밥(노력이 결실을 본다고 하여), 낫토(끈끈하게 붙으라고), 오크라(이것도 끈끈하고 오각형이라 합격을 의미해서), 비엔나소시지(일본어로는 '윈나'라고 발음하며 영어 'winner'와 같은 발음이어서), 이요칸(いよかん, 귤의 한 종류로 일본어의 '좋은 예감'과 발음이 같아서) 등 다양하다. 물론, 이 정도 미신은 애교로 생각할 수 있다.

그런데 모리타요법의 창시자인 모리타 마사타케는 '잡념 즉 무상'이라는 말을 자주 했다(《날마다 좋은 날(日々是好日)》). 인간인 이상 잡념이 떠오르는 것은 피하기 어렵다. 이 이야기의 주인공이 재수에 집착하는 것도 잡념에 사로잡히는 현상의 일종이다.

모리타 마사타케는 잡념을 다루는 방법에 대해 이렇게 조언했다. 잡념이 생기면 억지로 없애려 하지 말고 잡념을 받아들이고 제 할 일을 한다.

비록 그것이 하기 싫은 일이거나 내키지 않는 공부라 하더라도, 잡념에 사로잡혀 일이나 공부로부터 도망쳐서는 안 된다. **잡념은 잡념으로 머리 한구석에 두고, 일이나 공부를 시작하는 것이 중요하다.** 일이나 공부를 시작해서 시동이 걸리면 그 잡념은 어디론가 사라져버릴 것이다.

문어와 고양이

어느 날 문어 한 마리가 뭍으로 올라와 낮잠을 자고 있었다.

그러자 덩치 큰 길고양이가 와서 문어 다리를 닥치는 대로 먹기 시작했다.

느낌이 이상했지만 피곤했던 문어는 자기 다리가 먹히는 줄도 모르고 계속 잠에 빠져 있었다.

일곱 개까지 먹고 배부른 고양이가 앞발로 세수할 무렵에서야 문어는 눈을 떴다. 문어는 자기 다리를 보고 분해서 죽을 지경이었다. 어떻게든 고양이를 끌어당겨 남은 다리로 꽉 조여주리라 생각했다.

"고양이야, 고양이야, 다리 한 개만 남기지 말고 이왕이면 다 먹어."

문어는 상냥하고 부드러운 목소리로 말했다.

그러자 고양이는 뒷다리로 일어서며 말했다.

"그만둬. 그 수법은 통하지 않거든. 옛날에 그 수법에 두 번이나 넘어갔지."

고양이는 부른 배를 쓰다듬더니 콧노래를 부르며 돌아갔다.

이 이야기의 교훈은 '욕심내지 마라! 아무리 신나도 도를 넘지 말라'는 것이다.

작가 이로카와 다케히로는《겉과 속의 인생록(うらおもて人生録)》에서 '9승 6패의 법칙'을 이야기했다.

프로는 평생 그 일로 먹고살아야 한다. 따라서 프로의 기본적인 자세는 꾸준함이 축이어야 한다. 하지만 모든 것이 잘될 수는 없다. 그러니 스모에 비유하자면 '모든 경기에서 9승 6패로 이기는 사람'을 지향해야 한다는 것이다.

스모는 한 경기에서 열다섯 번을 싸울 수 있다. 전부 이기려 하지 말고 이기는 게 아홉, 지는 게 여섯, 즉 9승 6패를 노리면 된다. 전승을 목표로 하면, 몸과 마음을 혹사하다가 경기 중에 무너질 수도 있다. 설령 그 경기를 전승에 가까운 성적으로 마쳤다고 해도, 몸에 무리가 와서 다음 대회를 휴장하거나 출전해도 질 수 있기 때문이다.

토끼와 거북이 ①

토끼와 거북이가 달리기 속도를 놓고 다투다가 경주 날짜와 장소를 전하고 헤어졌다.

자, 승부의 날이다. 경주가 시작되었다.

날 때부터 달리기를 잘하는 토끼는 열심히 달리지 않고 옆길로 샜다가 잠이 들었다.

거북이는 자신이 걸음이 느리다는 것을 알고 있어서 끊임없이 계속 달렸다.

거북이는 토끼가 누워 있는 곳을 지나쳐 목적지에 도착했다.

이 우화에서는 두 가지 교훈을 얻을 수 있다. 토끼에 초점을 맞추면 '방심은 큰 적'이라는 교훈이다. 즉 강자도 방심하면 약자라고 얕보던 상대에게 질 수도 있다는 교훈을 얻게 된다. 그리고 거북이에 초점을 맞추면 약자라도 꾸준히 열심히 노력하면 때로는 행운이 찾아와 강자를 이길 수도 있다는 교훈을 얻게 된다.

그런데 경주는 본래 공정해야 하는데 이 승부에는 공정성이 없는 것 같다. 거북이는 육지가 아닌 물(연못 등)에서 승부를 가리자고 제안할 수도 있었다. 당연히 수영을 잘 못하는 토끼는 거부할 것이다. 그렇다면 뭍에서 승부하냐, 물에서 승부하냐를 놓고 의견을 조율했어야 하지 않을까. 아예 철인 3종 경기처럼 수영과 달리기를 결합한 승부가 공정한 경주라 할 수 있지 않을까.

토끼와 거북이 ②

30

토끼와 거북이는 경주할 날짜를 정했다. 토끼는 경주에 신경 쓰지 않고 신나게 놀았다. 반면 거북이는 친척을 찾아다니며 경주하는 날 아침 일찍 그곳에 모여달라고 부탁했다.

경주 당일이 되자 거북이는 행사장에 모인 친척 거북이들에게 일정한 간격으로 길가에 숨어 있으라고 부탁했다.

드디어 경주가 시작되었다. 토끼는 여유롭게 달렸다. 거북이가 아무리 애를 써도 자신을 당할 리가 없다고 생각했다. 잠시 달리다가 이미 충분히 거리가 벌어졌을 것으로 생각하고 멈춰서 뒤를 돌아보며 말을 걸었다.

"거북이 군, 아직 잘 따라오고 있어?"

그러자 근처에 숨어 있던 친척 거북이 한 마리가 "네, 바로 뒤에 있어요"라고 대답하는 게 아닌가.

토끼는 깜짝 놀랐다. 내 귀가 어떻게 된 것일까? 거북이가 나를 따라올 수 있을 리가 없는데.

토끼는 정신을 차리고 이번에는 더 빨리 달리기 시작했다. 잠시 후 잠시 쉬고 싶어진 토끼는 멈춰 서서 다시 물었다.

"거북이 군?"

그런데 이럴 수가. 또 그 근처에 숨어 있던 거북이가 나와서 "나 여기 있어요, 토끼 씨"라고 대답하는 게 아닌가.

완전히 당황한 토끼는 엄청난 속도로 달리기 시작했다. 발이 거의 땅에 닿지 않을 정도였다. 이렇게 해서 토끼는 결승선의 절반까지 왔다. 토끼는 숨을 헐떡거리며 말을 걸었다.

"거북이 군?"

그런데 이럴 수가. 또 그 근처에 숨어 있던 거북이가 나와서 "왜 그래요, 토끼 씨"라고 대답했다.

이게 도대체 어떻게 된 일이야! 토끼는 뭐가 뭔지 모르는 채 다시 달리기 시작했다. 그러고는 도중에 멈추지 않고 오로지 결승선을 목표로 계속해서 달렸다.

마침내 토끼는 결승선으로 뛰어들었다. 하지만 결승선에 닿자마자 탁 쓰러져 죽고 말았다.

준비, 지혜, 연대로 강자를 물리친다

이 이야기는 아프리카 우화다. 이 이야기에서는 지혜를 발휘하고 준비하며 동료와 협력하면 약자도 강자를 이길 수 있다는 교훈을 얻을 수 있다.

간단히 복습해보자. 먼저 거북이는 '정상적으로 싸워서는 이길 수 없다'는 냉철한 상황 판단을 했다. 그리고 어떻게 하면 이길 수 있을지 지혜를 짜냈다. 그러고는 친척 거북이들을 길에 배치한다는 묘책을 세웠다. 거북이는 즉시 친척 집을 찾아가 사정을 이야기한 뒤 작전을 설명했다. 그리고 경주 당일 이른 아침에 대회장에 모여달라고 부탁했다. 당일 모인 친척 거북들은 경주가 시작되기 전에 일정한 간격을 두고 길가에 몰래 숨었다. 이렇게 뛰어난 팀워크 덕분에 토끼를 이길 수 있었다는 이야기다.

토끼와 거북이 ①과 토끼와 거북이 ②를 비교해보자. 둘 다 신체적 능력이 떨어지는 사람이 월등한 사람을 이긴다는 이야기다. 그렇다면 차이점은 무엇일까? 토끼와 거북이 ①에서 약자인 거북이가 이길 수 있었던 것은 어디까지나 상대방이 방심했기 때문이다. 어떤 지혜를 발휘한 것도 아니고, 그저 우직하고 성실하게 내가 할 수 있는 일을 했을 뿐이다. 승리의 요인은 우연에 불과했고 행운이 날아들었기에 가능했다.

한편 토끼와 거북이 ②에서 거북이가 이길 수 있었던 것은 지혜를 다하여 만반의 준비를 하고 동료와 협력했기 때문이다. 신체적 능력으로 이길 수 없는 상대에 맞서려면 머리를 써야 한다. 그래도 이길 수 없다고 생각되면 다른 사람의 힘을 잘 받아들여 단체로 도전해야 한다.

토끼와 거북이 ①과 토끼와 거북이 ②는 모두 약자가 강자를 이기는 우화다. 그러나 약자가 강자를 이길 수 없다는 정반대 우화도 있다. 예를 들면, 이솝 우화의 〈독수리와 까마귀와 양치기〉가 여기에 해당한다. 자신의 분수를 모르고 독수리를 흉내 내 양을 잡으려던 까마귀가 양치기에게 혼난다는 내용이다. 이 이야기의 마지막은 "이렇게 뛰어난 자와 경쟁하려고 하면 아무것도 얻을 수 없을 뿐만 아니라 곤욕을 치르고 비웃음당하기 마련이다"라고 끝난다.

여기서 주목할 점은 우화는 이야기에 따라 서로 모순되는 정반대의 교훈이 설파된다는 것이다. 약자라도 강자를 이길 수 있다고 가르치는 우화도 있고, 약자가 분수를 모르고 강자와 겨루려 하면 망신을 당할 뿐 아니라 큰코다친다고 가르치는 우화도 있다. 이는 우화가 여러 가지 구체적 상황을 예로 들어 그때는 어떻게 행동해야 할지 알려주는 처방전을 제공하기 때문이다. 상황을 고려하지 않고 오직 한 방법만 믿고 실행하는 것은 위험하며, 여러 가능성을 모두 염두에 두고 적절한 것을 선택하라고 암시하는 것이다.

6장

의욕과 강인함과 자유

31 ♦ 두 시계

32 ♦ 토끼를 쫓는 개

33 ♦ 자나카 왕과 아슈타바크라

34 ♦ 볏짚 부자

35 ♦ 장을 보는 모녀

31

두 시계

미국의 한 시골 역에 시계 두 개가 걸려 있었다. 그런데 이 두 시계는 항상 다른 시각을 가리켰다.

어느 날 한 승객이 역장에게 불만을 이야기했다.

"이 두 시계는 항상 제각각이네요. 왜 시간을 맞춰놓지 않는 거요?"

그러자 역장이 이렇게 말했다.

"두 시계가 같은 시간을 가리킨다면 굳이 두 개 있을 필요가 없지 않습니까?"

다르다는 것은 멋진 일이다

여기서는 시계를 인간에 대한 우의(寓意)라고 생각해보자. 똑같이 생각하고 똑같이 행동하는 사람들이 있다면 그런 사람은 필요하지 않을 수도 있다.

일본인은 특히 남과 다른 의견을 표현하거나 다르게 행동하는 것을 두려워한다. 하지만 **'서로 다르기 때문에 존재 가치가 있다'**는 생각에 무게를 두면 어떨까.

다르다는 것은 멋진 일이다.

"모든 게 잘못되었다는 것은 불가능하다. 아무리 고장난 시계라도 하루에 두 번은 제대로 된 시간을 가리킨다."(마크 트웨인)

32 토끼를 쫓는 개

개 한 마리가 동료 개들에게 '나는 누구보다 빨리 달릴 수 있다'고 자랑했다.

그런데 어느 날, 그 개는 토끼를 쫓았지만 놓치고 말았다.

그 모습을 보던 동료 개들이 그 개를 비웃었다.

"내 말 좀 들어봐." 그 개는 이렇게 덧붙였다.

"물론 내가 너희들에게 자랑했던 것처럼 되진 않았어. 하지만 생각해봐. 토끼는 목숨을 걸고 죽기 살기로 뛰었어. 하지만 나는 고작 저녁 식사를 위해 뛰었을 뿐이었지."

의욕 = 기대 × 가치

토끼는 '죽기 살기로' 도망쳤다. 반면 개는 목숨을 걸고 뒤쫓을 마음이 애당초 없었다. 절박한 정도가 달랐다. 즉 의욕의 차이다.

미국의 심리학자 윌리엄 앳킨슨(John William Atkinson)은 다음과 같은 기대가치이론을 제시했다.

의욕 = 기대 × 가치

의욕은 목표를 달성하기 위한 실행력이고, 기대는 그 행동을 통해 목표를 달성할 수 있는 확률, 가치란 목표를 달성함으로써 얻을 수 있는 이익을 말한다. 여기서 '기대'와 '가치'가 덧셈이 아니라 곱셈 관계라는 점에 주목하자. 그렇다면 하나가 0일 때는 다른 하나가 아무리 커도 의욕이 0이 될 것이다.

토끼와 개의 의욕 차이는 '가치' 차이에서 비롯된다. 토끼에게 도망치지 못하는 것은 죽음을 의미하므로 우선순위가 가장 높은 가치에 해당한다. 하지만 개는 어떨까? 물론 저녁 식사를 하면 기분이 좋겠지만, 토끼를 놓친다고 죽는 것은 아니며 다른 먹이를 노리면 되는 것이다.

33 자나카 왕과 아슈타바크라

옛날 인도에 자나카 왕과 아슈타바크라라는 대신이 있었다. 가끔 왕이 아슈타바크라에게 조언을 구하면 항상 같은 대답이 돌아왔다.

"왕이시여, 일어난 일은 모두 최고입니다. 일어나지 않은 일도 모두 최고입니다."

왕은 의미를 잘 이해하지 못했지만 그 말을 들으면 왠지 마음이 놓였다.

자나카 왕은 다른 어떤 대신보다 아슈타바크라를 총애했으므로 다른 대신들은 그를 눈엣가시처럼 여겼다.

"왜 왕은 항상 같은 말만 하는 아슈타바크라를 총애하시는가. 언젠가 그 코를 납작하게 해주겠다"라고 생각하며 호시탐탐 기회를 노렸다.

어느 날 왕이 손가락을 다쳤다. 대신들은 기회를 놓칠쏘냐 아슈타바크라에게 물었다.

"왕께서 다치셨는데 어떻게 생각하십니까?"

그러자 아슈타바크라는 언제나처럼 "일어난 일은 모두 최고입니다"라고 답했다.

즉시 대신들은 이 말을 왕에게 보고했다. 그를 신뢰하는 왕도 이번만큼은 그런 대답에 실망하여 아슈타바크라를 불러들여 물었다.

"너는 내가 손가락을 다쳤다는 소식을 듣고도 그것이 최고라고 대답했다더군."

"네, 왕이시여. 항상 말씀드리지만 일어난 모든 일은 일어난 일 중의 최고입니다."

왕은 자신의 부상이 최고라는 말을 듣고 화가 나서 아슈타바크라를 감옥에 가두었다.

다음 날 사냥을 나간 왕은 식인종들에게 사로잡혔다. 식인종들은 왕의 옷을 벗기고 나무에 묶은 다음 불을 붙이려 했다. 그들은 불을 붙이기 전에 왕의 몸을 확인했다. 그러자 한 남자가 소리쳤다. "이놈의 손가락에 흠집이 있다!"

이 식인종들은 부족 이외의 사람을 잡아들이고 불태워서 신에게 바치는 제물로 삼았다. 다만 신에게 바치는 제품에는 흠집이 없어야 한다는 규칙이 있었다.

"손가락에 흠집이 있는 놈을 제물로 바치면 큰일 날 것이다."

이렇게 해서 왕은 가까스로 풀려났다.

궁전으로 돌아온 왕은 아슈타바크라를 풀어주고 사죄했다.

"네 말대로 손가락을 다친 것은 가장 좋은 일이었다. 다쳤기 때문에 목숨을 건질 수 있었지. 하지만 내겐 한 가지 후회스러운 일이 있구나. 바로 너를 감옥에 가둔 것이다."

그러자 아슈타바크라는 미소 지으며 대답했다.

"왕이시여, 항상 제가 말씀드리지 않습니까. 일어난 일은 모두 최고라고요. 제가 감옥에 갇히지 않았다면 저도 함께 사냥하러 갔을 것입니다. 사냥할 때 저는 왕의 곁을 한시도 떠나지 않았을 터이니 저도 함께 잡혔겠지요. 그리고 저는 아무 데도 다치지 않았으므로 그들은 분명 저를 화형에 처했을 것입니다. 그러니 왕이시여, 저는 감옥에 갇힌 것을 다행으로 생각합니다."

일어난 일은 최고! 일어나지 않은 일도 최고!

아오키 야스테루의 《해결 지향의 실천 매니지먼트》에 등장한 우화다. 저자는 자신의 심리상태가 불쾌한 상태로 접어들어서 그것을 기분 좋은 상태로 바꾸거나 중립 상태로 되돌리고 싶을 때는 '일어난 일은 모두 최고다, 일어나지 않은 일도 모두 최고다'라는 '디톡스 주문'을 외운다고 한다.

이 우화의 주제는 '과거에 일어난 일을 어떻게 바라보아야 하는가'이다.

과거에 일어난 일 중에서 좋지도 나쁘지도 않은 일들은 기억 속에서 사라진다. 기억나는 것은 좋은 일이나 나쁜 일 중 하나이다. 좋은 일은 소중한 보물과 같아서 언제든 꺼낼 수 있는 곳에 저장해두었다가 가끔 마음속에서 꺼내 음미하면 힘이 난다.

문제는 나쁜 사건을 다루는 법이다. 전제조건으로 다음 사항을 알아두자. 과거에 나에게 일어난 나쁜 사건을 바꿀 수는 없다. 따라서 그 일 자체는 받아들일 수밖에 없다. 우리가 할 수 있는 일은 과거를 바라보는 시각을 바꾸는 것뿐이다.

이런 전제를 이해한 후에 과거의 나쁜 사건을 어떻게 다루는 게 바람직한지 생각해보자.

바람직하지 않은 것은 툭하면 그 일을 떠올리며 '아, 정말 재수가 없었어. 그것만 아니었더라면 괜찮았을 텐데 왜 그렇게 되었을까.' 하고 끙끙 앓는 태도다. 이러면 아무리 세월이 지나도 과거에 눈을 돌린 채로 지내게 된다.

바람직한 것은 그 일이 떠올랐을 때 '일어난 일은 모두 최고다. 일어나지 않은 일도 모두 최고다'라고 자신에게 말하는 태도다. 전적으로 그렇게 생각하기가 힘들다면 '그렇게 생각할 수도 있지. 그렇다고 치자'라고 생각해도 된다. 일단 자신의 과거를 받아들이는 것이 중요하다.

과거를 받아들이지 않는 것은 지금의 자신을 부정하는 것이다. 반대로 과거를 받아들이는 것은 지금의 자신을 긍정하는 것이다. 지금의 자신을 긍정하는 경지에 이르면 마음에 여유와 기운이 생기고 미래에 시선을 돌릴 수 있다. 다시 말해 미래가 열린다.

과거는 과거를 위해 있는 것이 아니다. 과거는 미래를 위해 있다.

다음으로 '자신의 미래'에 대해 생각해보자. 일단, 과거는 바꿀 수 없지만 미래는 바꿀 수 있다는 전제를 이해하자. 왜 이렇게 말할 수 있을까? 자신의 사고와 행동은 자신이 선택할 수 있기 때문이다. '나는 무엇을 어떻게 생각하는가?', '나는 어떤 목표를 세우고 어떻게 행동하는가?'는 스스로 통제할 수 있다. 자신의 통제에 따라 미래가 바뀐다.

물론 그런 사고방식을 선택하지 않을 수도 있다. 세상에는 신의론(미래의 모든 것은 신이 결정한다), 숙명론(미래의 모든 것은 그렇게 되도록 예정되어 있다), 우연론(미래의 모든 것은 결국 우연으로 귀착된다) 등을 신봉하는 사람도 있다.

이 세 가지 태도는 '내 미래에 관한 모든 것은 내 뜻대로 되지 않는다'고 생각한다. 모두 극단적인 생각이며 우리의 실제 느낌과는 거리가 있다. 전부는 아니더라도 대체로는 자신의 선택과 노력을 통해 미래를 바꿀 수 있지 않을까?

자신의 선택과 노력에 따라 미래의 양상은 서서히 바뀌어가고, 그에 따라 과거에 대한 견해도 달라진다. 나쁜 일이 일어난 직후는 차치하더라도, 3년 후, 5년 후, 10년 후에 그 일을 반드시 나쁜 일로만 기억할 필요는 없다. 그 후 인생을 살아가면서 '그 일이 있었기 때문에 나는 이렇게 성숙할 수 있었다'라거나 '그 사건이 있었기 때문에 이렇게까지 노력할 수 있었다'라고 회상할 수 있기 때문이다. 나쁜 일일지라도 그 나쁜 일이 있었기 때문에 전체적으로 좋은 삶이 되기도 한다. 최악의 사건이라도 그 최악의 사건이 있었기 때문에 전체적으로 최고의 인생이 될 수도 있다. 이렇게 생각하는 경지에 도달하면 나쁜 사건은 좋은 사건으로, 최악의 사건은 최고의 사건으로 변환된다.

34 볏짚 부자

옛날 옛적, 한 젊은이가 절에서 관음보살에게 소원을 빌었다.

"제발, 부자가 되게 해주세요."

그러자 관음보살이 말했다.

"여기를 나가서 처음 잡은 것이 너를 부자로 만들어줄 것이다."

젊은이는 절을 나와 걷기 시작했다. 한참을 가다 돌부리에 걸려 넘어지면서 볏짚 한 뭉치를 잡게 되었다.

"관음보살님이 말씀하신 처음에 잡은 게 이것일까? 이걸로 부자가 될 것 같진 않은데……."

젊은이가 고개를 갸우뚱하며 걷고 있는데 붕~하는 소리가 나면서 등에가 날아왔다. 젊은이는 그 등에를 잡아서 손에 있던 볏짚으로 묶어 가지고 놀았다.

그러자 저쪽에서 귀족이 탄 가마가 다가오더니 안에 타고 있는 아이가 말했다.

"그 등에를 갖고 싶다."

"아, 좋고말고요."

젊은이가 아이에게 등에를 묶은 볏짚을 건네자 하인이 답례로 귤을 세 개 주었다.

"볏짚이 귤이 되었네."

다시 걸어가자 길가에서 신분이 높아 보이는 여자가 목이 마르다며 계속 물을 마시고 싶어했다.

젊은이는 여자에게 다가가 갖고 있던 귤을 주었다. 그러자 여자는 기운을 되찾아 답례로 값비싼 옷감을 주었다.

"이번에는 귤이 옷감이 되었군."

젊은이가 그 천을 가지고 걸어가는데 말이 쓰러져 곤란해하는 남자가 있었다.

"무슨 일인가요?"

"말이 병들어 쓰러졌어요. 마을에 가서 이 말과 옷감을 교환할 예정이었는데. 오늘 안에 옷감을 구해야 하는데 큰일이네요."

"그럼 이 옷감과 말을 교환하시겠어요?"

젊은이가 이렇게 말하자 남자는 매우 기뻐하며 옷감을 가지고 돌아갔다.

젊은이가 말에 물을 주고 몸을 쓰다듬어주자 말은 점점 기운을 되찾았다. 자세히 보니 아주 훌륭한 말이었다.

"이번에는 옷감이 말이 되었구나."

그 말을 데리고 걷고 있는데 이번에는 이사를 하는 집 앞을 지나가게 되었다.

그 집 주인이 젊은이의 말을 보고 말했다.

"갑자기 여행을 떠나게 돼서 말이 필요하네. 그 말을 우리 집과 밭하고 바꾸지 않겠나?"

젊은이는 좋은 집과 넓은 밭을 얻어 큰 부자가 되었다.

성장은 스텝 바이 스텝

일본의 전래동화 '볏짚 부자'의 줄거리를 소개했다. 먼저 이야기 내용을 살펴보자. 젊은이가 우연히 갖게 된 '볏짚'에 '등에'를 묶고 걷다 보니 그것이 필요한 사람을 만나 '귤'과 교환한다. 귤을 손에 쥐고 걷다 보니 그것이 필요한 사람을 만나 '옷감'과 교환한다. 옷감을 갖고 걷다 보니 그것이 필요한 사람을 만나 '말'과 교환한다. 말을 데리고 걷다 보니 그것이 필요한 사람을 만나 '좋은 집과 넓은 밭'을 얻는다. 즉 그의 소유물이 볏짚+등에→ 귤→ 옷감→ 말→ 집과 밭으로 변화하는 이야기다.

이 이야기의 다른 패턴으로 자신의 소유물이 볏짚→ 연잎→ 삼 년 묵은 된장→ 칼로 변하고 마지막에는 '부잣집 딸'과 결혼한다는 이야기도 유명하다.

이런 옛이야기는 우화와 달리 우리에게 명확한 교훈을 보여주진 않는다. 그러나 넓은 의미에서 우리에게 도움이 되기 때문에 아주 오래전부터 지금에 이르기까지 전해져 내려오고, 또한 일종의 교훈이 내포되어 있을 것이다. 옛이야기 연구가인 오자와 도시오는 '볏짚 부자'라는 옛이야기를 사회 진출을 앞둔 젊은이들에게 용기를 주는 이야기로 해석했다(《일하는 아버지의 옛이야기 입문》).

처음에는 하찮은 섯만 가지고 있어도 걷다 보면 그에 맞는 어떤 것을 만나게 되고, 그것을 완전히 자신의 것으로 만들면, 또 다음에 그에 맞는 것을 만나게 된다. 그렇게 인생의 길을 점점 열어간다. 그러니 겁먹지 말고 인생이라는 길을 씩씩하게 걸어가자. 오자와는 이 이야기에 이런 메시지가 숨어 있다고 말한다.

요컨대 이 이야기는 인간의 발달이란 어떤 것인가를 다루고 있다. 발달은 인간이 기능적인 면에서 더욱 유능하게, 구조적인 면에서 더욱 복잡한 존재가 되어가는 과정이다.

여기서 잊지 말아야 할 것은 발달에는 순서가 있다는 것이다. 즉 한 번의 도약으로 발달하는 것이 아니라 단계를 거쳐 조금씩 발달한다는 것이다. 요컨대 발달은 스텝 바이 스텝(Step by Step)이다.

어떤 단계에서 생존하는 힘은 그 전 단계에서 획득되기 때문이다.

예를 들면, 학령기→ 청년기→ 성년기→ 장년기(중년기)→ 성숙기(노년기) 등의 발달단계를 생각할 때, **성년기를 살아내는 힘은 청년기에서 획득한 힘이 바탕이 되고, 장년기를 살아내는 힘은 성년기에 획득한 힘이 바탕이 된다.**

이제 우리는 마법과 일을 대조하여 이 이야기를 생각할 수 있다. 젊은이는 처음에 관음보살에게 제발 부자가 되게 해달라고 기도했다. 이때 젊은이는 한마디로 '마법'을 요구한 셈이다. 순식간에 부자가 되기를 바란 것이다.

그러나 관음보살은 젊은이에게 자립을 촉구하고 사회에 참여하여 일하라고 요구했다. 어린이나 젊은이가 주인공인 옛이야기에는 종종 마법이 등장한다. 하지만 마법은 이야기 속에는 존재해도 실생활에서는 존재하지 않는다. 인생에 마법의 지팡이 따위는 존재하지 않는다.

마법 지팡이는 없다는 것을 깨달으면서 청춘은 끝이 난다. 그리고 꾸준히 일할 각오를 다졌을 때부터 성숙을 향한 발걸음은 시작된다.

35 장을 보는 모녀

한 모녀가 슈퍼마켓에서 장을 보고 있는데 어린아이가 큰소리로 울기 시작했다. 어머니는 조용히 말했다. "이제 몇 개만 더 사면 돼, 샤론. 그러면 끝날 거야."

하지만 아이의 짜증은 가라앉지 않았고 전보다 더 큰 소리로 울었다. 그래도 어머니는 온화하게 말했다.

"이제 끝났어, 샤론. 돈만 내면 돼."

아이는 계산대에서 더욱 심하게 울부짖었다. 어머니는 침착한 모습으로 말했다.

"조금 있으면 끝이야, 샤론. 이제 차로 돌아갈 수 있어."

그래도 계속 우는 아이는 차로 돌아와서야 겨우 울음을 그쳤다.

젊은 남자가 어머니에게 다가가 이렇게 말했다.

"가게에 있을 때부터 지켜봤어요. 샤론이 떼를 쓰는 동안 줄곧 침착하게 대응하시는 모습에 매우 감명받았습니다. 저는 중요한 것을 배운 것 같습니다."

어머니는 남자에게 감사의 마음을 전하고 이렇게 덧붙였다.

"그런데 아이 이름은 샤론이 아니에요. 샤론은 저랍니다."

나에게 하는 말이 나를 구해준다

미국의 농담에는 다양한 유형이 있다. 이 일화는 읽는 이의 의표를 찌르는 유형이다.

독자는 당연히 어머니가 아이에게 말을 걸고 있다고 예상한다. 그런데 그 예상은 보기 좋게 빗나갔다. 어머니가 말을 걸었던 대상은 바로 자기 자신이었다. 이 의외의 전개는 상식적인 견해나 틀에 박힌 발상에 영향을 미치는데 바로 그때 '재미'가 생긴다.

타인에 대한 배려와 마찬가지로 자신에 대한 배려도 중요하다. 자신과 타인과의 관계를 좋게 하는 것도 중요하지만, 그 이상으로 자신 스스로와의 관계를 좋게 하는 것도 중요하다.

자신과 좋은 관계를 맺고 싶다면 자신에게 감사와 격려의 말을 해주자.

"오늘 하루도 고마워!"

"너는 매일 잘하고 있어!"

"정말 열심히 하네!"

"진짜 수고했어!"

이렇게 흔한 말도 상관없다.

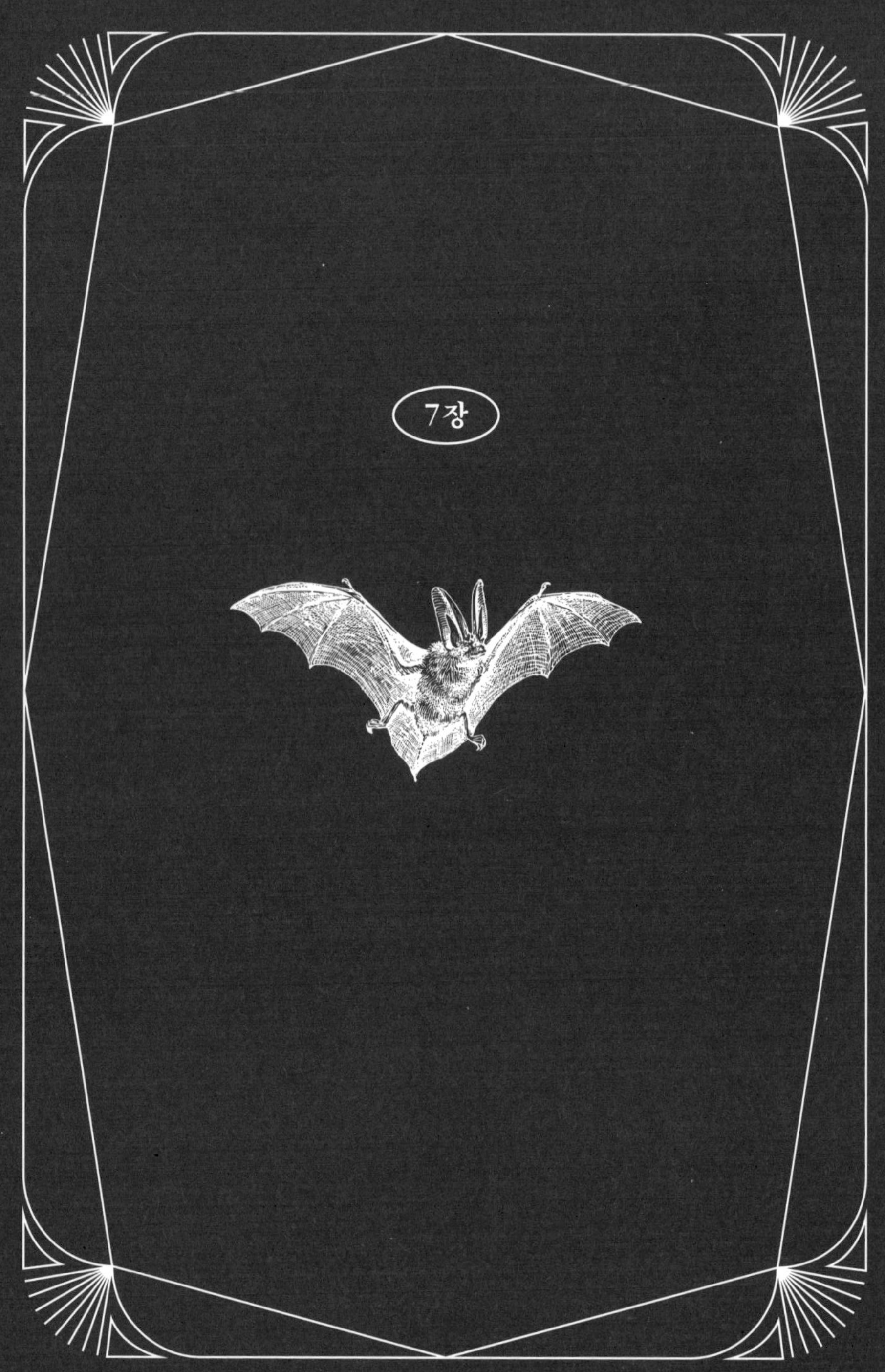

7장

인간관계의 기본 원칙

36 ✦ 가루약

37 ✦ 바보

38 ✦ 은혜 갚는 흡혈박쥐

39 ✦ 최후통첩 게임

40 ✦ 사교도와 부처님

41 ✦ 늑대와 어린 양

36 가루약

옛날 옛날, 매일같이 시어머니에게 구박받는 며느리가 있었다. 젓가락질부터 걸레질하는 방식에 이르기까지 이러쿵저러쿵 잔소리를 들었다. 시어머니는 이웃집에 가서도 있는 말 없는 말 할 것 없이 며느리 욕을 하고 다녔다.

'이런 시어머니와는 더 이상 함께 살 수 없어. 어머님이 죽지 않으면 내가 죽겠구나.'

그렇게 생각한 며느리는 어느 날 스님을 찾아갔다.

"무슨 좋은 방법이 없을까요?"

"그런 시어머니라면 죽이는 게 상책이야"라고 스님이 말했다.

"자네는 시어머니를 죽이고 싶겠지?"

고개를 끄덕이는 며느리를 보고 스님은 계속했다.

"그럼, 약을 주겠네. 이것을 매일 매일, 백 일 동안 시어머니 밥 위에 솔솔 뿌려서 드시게 해. 그렇게 하면 백일째에는 반드시 죽게 되네. 그 대신 지금까지 건강하던 시어머니가 갑자기 돌아가시면 며느리가 죽였다고 의심받을 수도 있겠지. 그렇게 되지 않도록 앞으로 백 일 동안 시어머니가 무슨 말을 해도 '네, 네' 하고 대답하고, 팥으로 메주를 쑨다고 해도 '네'라고 하시오. 시어머니가 좋아할 만한 것을 찾아서 해주고 시어머니가 잘 먹는 음식을 만들어드리게. 아무튼 시어머니를 잘 대해주시오."

백일만 참으면 뭐든지 할 수 있다고 생각한 며느리는 아침저녁으로 밥에 그 가루를 솔솔 뿌리며 지냈다. 그리고 스님의 말씀을 잘 지켜 시어머니를 잘 모셨다. 한 달, 두 달이 지나면서 시어머니 마음이 변하기 시작했다.

"우리 며느리는 참 착한 아이야."

시어머니는 이웃에게 이렇게 말하고 다녔다. 뭔가를 받아오면 며느리에게 반을 나눠주었다. 밤이 되면 "피곤할 텐데 먼저 자거라." 하며 며느리를 먼저 재워주었다.

구십오 일, 구십육 일, 구십칠 일이 지나면서 며느리는 초조해졌다.

'이렇게 좋으신 어머님을 죽이면 나는 지옥에 갈 거야.'

그래서 스님을 찾아가 부탁했다.

"스님, 부탁드립니다. 시어머니를 죽이기 전에 제가 먼저 죽어야 할 것 같습니다. 저에게도 그 약을 주세요. 모두 한꺼번에 먹고 저도 어머님과 함께 저승으로 가겠습니다."

스님이 웃었다.

"걱정할 것 없네. 그건 설탕이라는 가루야."

메아리의 법칙

고부 갈등은 결혼한 여성(며느리)과 배우자인 남성의 어머니(시어머니) 사이에 일어나는 불화나 다툼을 말한다. 마빈 토케이어의 《유대오천 년의 지혜》에는 "염소와 호랑이가 같은 헛간에서 살 수 있는가. 대답은 '아니오'다. 사람도 시어머니와 며느리는 한 지붕 밑에서 살 수 없다"는 문구가 나온다. 고부 갈등은 시대와 나라를 초월한 주제일 것이다. 며느리와 시어머니가 한 지붕 밑에서 살면 물론이고 따로 살더라도 말썽이 일어나기 마련이다.

그러니 억지로 친해지려고 하지 않고, 물리적·심리적으로 거리를 두는 것이 실질적 처방이 아닐까? 이 옛이야기처럼 며느리가 시어머니를 모신다고 해도 '시어머니 태도는 절대로 바뀌지 않는다', '세대 차이에 따른 가치관 차이는 메워지지 않는다', '마흔이 넘으면 사람의 성격은 변하지 않는다'는 식의 지적이 잇따르리라는 것은 잘 알고 있다. 맞는 말이다.

자, 여기서는 며느리와 시어머니 관계에서 한 사람과 다른 한 사람의 관계로 범위를 넓혀서 '좋은 인간관계를 맺는 요령'을 알려주는 이야기로 해석해보자.

그렇게 하면 이 이야기는 '메아리의 법칙'을 빗댄 이야기로 읽을 수 있다. 메아리는 산이나 골짜기에서 소리가 반사되어 되돌아오는 현상이다. 등산을 하다가 산꼭대기에 도달했을 때 '야호'라고 큰소리로 외치면 그 소리가 산기슭에서 반사되어 '야호'라고 되돌아온다. 그 현상이 바로 메아리다. 메아리는 결코 다른 말로 돌아오지 않는다. '바보야'라고 외치면 '바보야'라고 되돌아오고, '고마워'라고 외치면 '고마워'라고 돌아온다. 그런 이유로 타인에게 취한 자신의 모든 언행이 자신에게 되돌아오는 것을 '메아리의 법칙'이라고 부르게 되었다.

예를 들어, 지인에게 '안녕'이라고 인사하면 그 사람도 '안녕'이라고 말할 것이다. 그 사람을 보았지만 못 본 척 말을 걸지 않으면 그 사람도 같은 태도를 취한다. 당신이 주변 사람들을 미소로 대하면 그들도 당신에게 미소를 지을 것이고, 반대로 당신이 언짢은 얼굴로 대하면 그들도 언짢은 얼굴로 대할 것이다. 좋은 언행도 나쁜 언행도 모두 자신에게 그대로 돌아온다는 뜻이다.

37

바보

어느 날 며느리와 시어머니가 바느질을 하고 있는데, 맞은편 산에 동물 한 마리가 보였다.

"어머님, 맞은편 산에 말이 있어요."

며느리가 말했다.

이를 들은 시어머니는 이렇게 말했다.

"무슨 말을 하는 거니. 그건 사슴이잖아."

"저건 말이에요."

"아니, 저건 사슴이라니까."

두 사람은 하루 종일 말다툼했다.

다투기만 하고 결론이 나지 않자 그들은 판관에게 가서 시시비비를 가려달라고 하기로 했다.

두 사람은 각기 재판 전날 밤에 흰 옷감을 뇌물로 보냈다.

드디어 재판 당일이었다. 판관은 "저것은 말도 아니고 사슴도 아니다. 바보라는 것이다"라고 했다.

흰 옷감 두 벌은 아무 소용이 없게 되었다. 길바닥에 버린 것이나 마찬가지였다.

판관의 '말도 아니고 사슴도 아니다. 바보라는 것이다'라는 판결은 '말이든 사슴이든 상관없다. 그런 일로 대립하는 너희들이 바보다'라는 것이다.

이 우화의 교훈은 집안싸움에서는 흑백을 가리지 않는다는 것이 아닐까. 물론 직장 회의에서 'A안으로 할지 B안으로 할지' 정할 때는 둘 중 하나를 선택해야 한다. 그러나 친구들과의 잡담, 가족 간의 대화에서 흑백을 가려야 할 사안은 거의 없다. 크게 상관없는 일에 굳이 흑백을 가릴 필요가 없다.

물론 애매한 상태보다는 흑백을 가리는 것이 낫다고 생각할 수도 있다. 하지만 승자는 기분이 좋겠지만 패자는 기분이 나쁠 것이다. 그러니 **자신의 생사에 관한 일이 아닌 한 흑백을 가리지 말고 모호하게 하는 것이 현명하다.** 또, 뜻하지 않게 흑백을 가리게 되어 상대의 잘못이 명백해졌을 때는 일종의 '도망갈 구멍'을 마련해주어서 상대를 막다른 골목으로 몰지 않는 것이 어른스러운 태도다.

38

은혜 갚는 흡혈박쥐

중남미에 서식하는 흡혈박쥐는 이름 그대로 동물의 피를 빨아먹고 산다. 이 흡혈박쥐는 야행성으로 동굴을 보금자리 삼아 백 마리 정도 무리 지어서 산다.

그들은 매일 밤 이 보금자리에서 식량이 될 피를 찾아 어둠 속으로 날아간다. 흡혈박쥐의 경우 대사 속도가 매우 빨라서 48~60시간 이내에 먹이를 얻지 못하면 바로 굶어 죽는 약점을 갖고 있다.

연구자의 관찰 결과에 따르면 다음과 같은 사실을 알 수 있다.

모든 흡혈박쥐가 매일 저녁 먹이를 구하러 가는 것은 아니며 20% 정도는 먹이를 찾지 못하고 굶주린 채 동굴로 돌아온다. 그리고 놀랍게도 배부르게 돌아온 흡혈박쥐는 피를 토해내어 배고픈 동료에게 이를 나누어준다. 그러나 모든 동료에게 피를 나누어주는 것이 아니라 과거에 먹이를 나누어준 개체만을 골라 나누어준다.

요컨대 과거에 자신을 도와준 개체에 '보은'을 하는 것이다.

반보성의 원리

사냥으로 잡는 먹이의 양은 그날그날 다르기 마련이다. 흡혈박쥐도 하루에 다 먹을 수 없을 정도로 많은 먹이를 구할 수도 있고, 며칠 동안 사냥감을 찾지 못할 수도 있다. 전자의 경우, 남은 먹이를 사냥감을 찾지 못한 동료에게 빌려주고 자신이 사냥감을 찾지 못한 날 돌려받는다는 전략을 취함으로써 자신의 생존율을 높일 수 있다.

여기서 소개한 이야기는 '반보성의 원리'의 가장 좋은 예이다. 반보성의 원리는 상대로부터 받은 호의나 적의에 대해서 '답례'—이때 호의에는 호의로 적의에는 적의로—를 하고 싶은 인간의 심리를 말한다.

예를 들어, 내가 어려울 때 동료가 도와줬다면 동료가 어려울 때는 내가 도와주겠다고 생각할 것이다. 반면, 동료가 나에게 불쾌한 행동을 하면 나는 '기회가 되면 되돌려주겠다'는 생각을 하게 된다. 이는 매우 자연스러운 심리다. 이러한 반보성의 원리에 근거한 교류가 쌓이면서 집단 내에 협조적인 네트워크가 구축되는 것이다.

그런데 어느 집단에든 사기꾼과 같은 인간, 즉 받기만 하고 돌려주지 않는 인간이 반드시 섞여 있다. 다른 사람을 돕는 것은 자신의 시간과 돈과 노력을 제공하는 것이라서 자신의 이득이 감소하는 것처럼 느껴지기 때문이다.

그러나 단기적으로는 이득의 감소를 동반할 수 있지만, 결국 신용이라는 자산이 늘어나 협조적 네트워크에서 자신의 입지가 공고해진다. 사기꾼처럼 행동하면 단기적으로는 이득이 증가하는 것처럼 보이겠지만, 장기적으로는 집단 내에 적을 만들고 신용이라는 자산을 감소시키기 때문에 협조적 네트워크에서의 지위를 떨어뜨리는 것이다.

인간은 사회적 동물이다. 일은 타인과의 관계 속에서 실행되고 사람들 대부분은 일상적으로 집단의 일부로서 일한다. 이러한 전제를 이해한 후에 자신의 능력은 어디에 있는지 다시 한 번 생각해보면, 자신의 능력만이 아니라 '동료와 상사, 부하직원과 어떤 연관성을 가졌는가'라는 점도 그 사람의 능력에 포함되어 있음을 알 수 있다.

신뢰와 호의의 연결고리가 많으면 그 사람의 능력은 본래 가진 능력보다 몇 배나 커진다.

반대로 불신과 적의의 연결고리에 둘러싸이면 그 사람의 능력은 본래 능력보다 크게 떨어진다.

최후통첩 게임

생면부지의 두 사람이 '어떤 실험'을 위해 소집된다. 서로에 대한 모든 정보를 알 수 없도록 각자 다른 방에 틀어박혀 화면 속 글자만으로 소통하게 된다. 물론 이 두 사람은 실험이 끝난 후에도 만날 수 없다. 실험 규칙은 다음과 같다.

① 연구자는 A(제안자)에게 100만 원을 준다. A는 그 돈을 B(응답자)와 나눠 갖는다.

② A는 B에게 분배할 금액을 자유롭게 결정하고 그 금액을 한 번만 B에게 전달할 수 있다.

③ B는 A의 제안을 수락할지 거부할지 선택하여 응답한다. 단, B는 A가 100만 원을 받은 것을 알고 있다. A의 제안을 B가 수락하면 B는 그 금액을 가져갈 수 있고, A는 100만 원에서 B에게 준 금액의 차액만큼을 가져갈 수 있다. 하지만 A의 제안을 B가 거부하면 양쪽 모두 돈을 한 푼도 가져갈 수 없다.

④ 둘 중 누가 제안자(A)가 되고 누가 응답자(B)가 될지는 동전을 던져 결정한다.

이 실험을 위해 백 쌍이 동원되었다. 실험 결과는 어땠을까?

어떤 결과를 얻었을까? 경제적 합리성이라는 관점만 고려하면 자신의 이익을 최대화하는 것이 제일 나은 선택이므로 다음과 같은 결론에 이를 것이다.

제안자(A)는 최대한 0에 가까운 금액을 제시하고, 응답자(B)는 자신이 받을 수 있는 돈이 0이 아닌 한 A의 제안을 모두 받아들인다는 결론이다. 자신이 A가 될지, B가 될지는 동전을 던져서 결정할 수 있으니 운에 따라 다르며, 만일 자신이 B가 되었을 때라도 10원이라도 가져갈 수 있다면 도움이 되기 때문에 A의 제안을 수락하는 편이 이득이다.

하지만 실험 결과는 그렇지 않았다. 이 게임을 전 세계에서 실시한 결과, A로부터 제안받은 금액이 30만 원(전체의 30%) 이하로 떨어지면 협상이 결렬될 가능성이 크다고 나왔다. 왜 그렇게 되는지 살펴보자.

B는 다음과 같이 생각한다. A가 될지 B가 될지는 운에 달렸으니, A는 우연히 제안자로 결정되었을 뿐이다. 그런데도 자신(B)의 몫이 상대방(A)의 몫에 비해 너무 적은 것은 불공평하다. 이런 억울함과 A에 대한 분노의 감정은 '내가 비록 한 푼도 받지 못하더라도, 저렇게나 많은 돈을 A가 가져가게 할 수는 없다'는 생각으로 이어진다.

요점을 정리해보자. 사실 응답자(B)는 20만 원이든 10만 원이든 만

원이든 천 원이든 0만 아니라면 A의 제안을 수락하는 편이 경제적으로 합리적이다. 하지만 응답자(B)는 경제적 합리성(=손익 계정)만으로 의사결정을 하지 않는다. 진적으로 감정에 따라 의사결정을 한다.

우리는 이 연구에서 인간에겐 자신만 이득을 보려 하는 상대방의 요구를 거부하는 특성이 있다는 것을 알 수 있다. **인간은 손익을 계산하는 동물인 동시에 감정에 휘둘리는 동물이기 때문이다.**

40 사교도와 부처님

어느 날 사교도*인 젊은이가 부처님께 와서 마구 욕을 했다.

잠자코 듣고 있던 부처님은 그가 욕을 다 하자 조용히 물었다.

"너는 명절에 친척들을 초대하여 음식을 대접하는 일이 있느냐?"

"그럼요, 있죠."

"친척이 그때 네가 내놓은 음식을 입에 대지 않으면 어떻게 하겠느냐?"

"먹지 않으면 식탁 위에 있을 뿐입니다."

"네가 내 앞에서 욕을 해도 내가 받아주지 않으면 그 욕은 누구의 것이 되겠느냐."

"아니, 아무리 받지 않아도 준 것은 준 것입니다."

"아니다, 그런 건 줬다고 할 수 없다."

"그렇다면, 어떤 것을 받았다고 하고 어떤 것을 받지 않았다고 하나요?"

"욕을 먹으면 똑같이 욕을 해주고, 누가 나에게 화를 내면 나도 화를 내고, 맞으면 맞받아친다. 싸움을 걸면 맞받아친다. 이럴 때 준 것을 받았다고 한다. 그러나 그와 반대로 아무 대응도 하지 않을 때는 주어도 받지 않은 것이다."

"그렇다면 당신은 아무리 욕을 먹어도 화가 나지 않는다는 건가요."

부처님은 엄숙하게 불덕을 찬미하는 게송으로 답하였다.

"지혜로운 자에게는 분노가 없다. 부는 바람 거칠어도 마음속이 평온하다. 분노에 분노로 보답하는 것은 참으로 어리석은 짓이니."

"저는 어리석었습니다. 부디 용서해주십시오."

사교도인 젊은이는 눈물을 흘리며 엎드려 귀의했다고 한다.

* 사회 질서를 해친다고 여겨지는 종교(사교)를 믿는 사람

타인에게 욕을 먹었다는 사실을 타인에게 '욕이라는 것'을 넘겨받으려고 하는 상황이라고 생각해보자. 그러면 우리는 욕을 받을 수도 있고 욕을 안 받을 수도 있다.

타인에게 욕을 받는다는 것은 그 사람에게 욕을 되받아치는 행위를 말한다. 요컨대 당하면 되갚아주는 행동이다. 부처님은 이것이야말로 미련한 태도라고 한다. 그렇다면 욕을 받지 않는 것은 어떤 행동일까? 그것은, **그 욕에 대해 '아무 대응도 하지 않는' 것이다.** 이것이 바로 '지혜로운 자'의 태도라고 부처님은 설파한다.

그럼 욕을 먹어도 아무렇지 않게 하려면 어떻게 해야 할까? 부처님은 여러 곳에서 '첫 번째 화살'과 '두 번째 화살'이라는 비유를 사용한다.

예를 들어, 길을 걷고 있을 때 자신의 어깨와 다른 사람의 어깨가 부딪쳐서 아팠다고 하자. 생리현상이라고도 할 수 있는 아픔의 감정이 바로 '첫 번째 화살'이다. 이것은 '지혜로운 자'와 '어리석은 자' 모두에게 동일하다. 살아 있는 한, 이것은 어쩔 수 없는 일이다.

문제는 두 번째 화살이다. 어리석은 자는 순간적으로 '아파!'라고 느낀 뒤 부딪친 상대에게 "야, 이 자식아! 어디를 보고 다니는 거야!" 라고 분노의 감정을 표출한다. 이 분노는 한층 더 고조되어, "야! 사과도 하지 않고 그냥 가냐! 용서할 수 없어!"라는 감정, 즉 세 번째 화살에 맞는다. 이를 그냥 두면 이 연쇄작용은 계속 반복된다.

반면 지혜로운 자는 첫 번째 화살에서 두 번째 화살로 이어지는 회로를 차단하는 데 주목한다.

'아파!'라고 느낀 후 신체적 손상 여부를 확인하고 필요하면 병원에 가고, 별일 없으면 "이거 다행이다!"라며 부딪쳤다는 사실을 잊어버린다.

내가 좋아하는 중동 지역 속담에 '개가 짖어도 기차는 간다'는 말이 있다. 개가 아무리 짖어도 기차는 아랑곳하지 않고 목적지를 향해 나아간다는 뜻이다.

도스토옙스키도 '어느 터키 속담'에서 다음과 같이 기술했다.

만약 목적지를 향해 출발하는 길에 짖어대는 개에게 일일이 돌을 던지려고 그때마다 멈춰 서 있다면 당신은 결코 목적지에 도착하지 못할 것이다.

(작가의 일기 2)

요컨대 누군가 내게 욕을 한다 해도 '또 개가 짖는구나~' 정도로 생각하고 자기 일에 힘쓰자는 것이다.

한 가지만 덧붙이자. 부처님의 시대와 달리 21세기를 살고 있는 우리는 현실에서의 세상뿐 아니라 가상 현실에서도 살고 있으며, 사실상 후자에서 유통되는 욕설의 양이 훨씬 많다. 이에 대한 대처도 마찬가지다.

누군가가 당신을 욕하려 해도 그것을 받지 않는 것, 즉 처음에 끓어오른 감정이 연쇄적으로 부풀어오르는 회로를 끊는 것은 '현실 세계'를 살아가는 예법 같은 것이다.

아울러 되도록 '나에 대한 욕'에 접하지 않겠다는 마음가짐이 중요하다. 인터넷에서 자신의 이름이나 관련 단어를 검색해 평판을 확인하고 자신에 대한 욕설을 적극적으로 수집하는 것은 백해무익한 일이다. 사람은 익명이 되면 무책임하고 난폭하게 행동한다. 슬프지만 이것이 인간의 본성이다.

늑대와 어린 양

한 어린 양이 강에서 물을 마시고 있었다.

이를 발견한 늑대는 그럴듯한 구실을 만들어 이놈을 먹어 치우자고 생각하며 강가에서 다가갔다.

"야! 야! 왜 강물을 흐리게 하나. 내가 물을 마실 수가 없잖아."

늑대는 이렇게 시비를 걸었다.

"저는 그저 강가에서 물을 마셨을 뿐이에요. 그리고 강 하류에 있는 제가 상류에 있는 당신이 마시려는 물을 더럽힐 수는 없어요." 어린 양이 말했다.

트집잡기가 통하지 않은 늑대는 다음 트집을 잡았다.

"하지만 넌 작년에 내 아버지에게 욕을 했어!"

어린 양은 "일 년 전, 저는 태어나지도 않았는데요"라고 대꾸했다.

화가 난 늑대는 말했다.

"네가 아무리 변명을 잘해도 나로서는 안 잡아먹을 수가 없는 거지!"

불편한 사람과는 거리를 둔다

강 상류에 어린 양이 있고 하류에 늑대가 있었다면 모를까, 상류에 늑대가 있고 하류에 어린 양이 있었으니, 이 트집은 불합리하다. 또 어린 양이 아직 태어나지도 않은 시기에 어린 양이 늑대의 아버지에게 욕을 했다는 것 또한 불합리한 트집이다. 이 우화는 나쁜 짓을 하려는 자는 언제나 어떤 구실이라도 찾으려 한다는 것을 알려준다. 그러니 악당이 있다면 도망가는 것이 상책이다.

악당이 가까이 있는 사람은 드물겠지만, 싫어하는 사람이 주변에 있는 것은 결코 드문 일이 아니다.

예를 들어, 자신이 속한 집단(학교나 직장, 자치회, 친척 등)을 떠올렸을 때, '불편한 사람, 마음이 맞는 사람, 어느 쪽도 아닌 사람', '싫어하는 사람, 좋아하는 사람, 어느 쪽도 아닌 사람', '치사한 사람, 정직한 사람, 보통 사람'은 각각 비율이 어떻게 될까. 물론 일반적인 비율을 내는 데는 무리가 있다. 단, 확실한 점이 하나 있다. 그것은 불편한 사람, 싫어하는 사람, 교활한 사람은 일정한 비율로 반드시 존재한다는 것이다.

그렇다면 그런 사람과는 어떻게 교류해야 할까? **자신이 노력해서**

싫어하는 사람을 마음이 맞는 사람으로 바꾸거나 싫어하는 사람을 좋아하는 사람으로 바꾸기는 무척 어려운 일이다. 하물며 교활한 사람을 개심시키는 것은 불가능에 가깝다. 그러니 그런 사람과는 물리적이고 정신적인 거리를 두는 것이 최선일 것이다. 거리두기가 잘 되지 않으면 힘든 사람, 싫어하는 사람, 교활한 사람은 반드시 내게 상처를 주고야 만다.

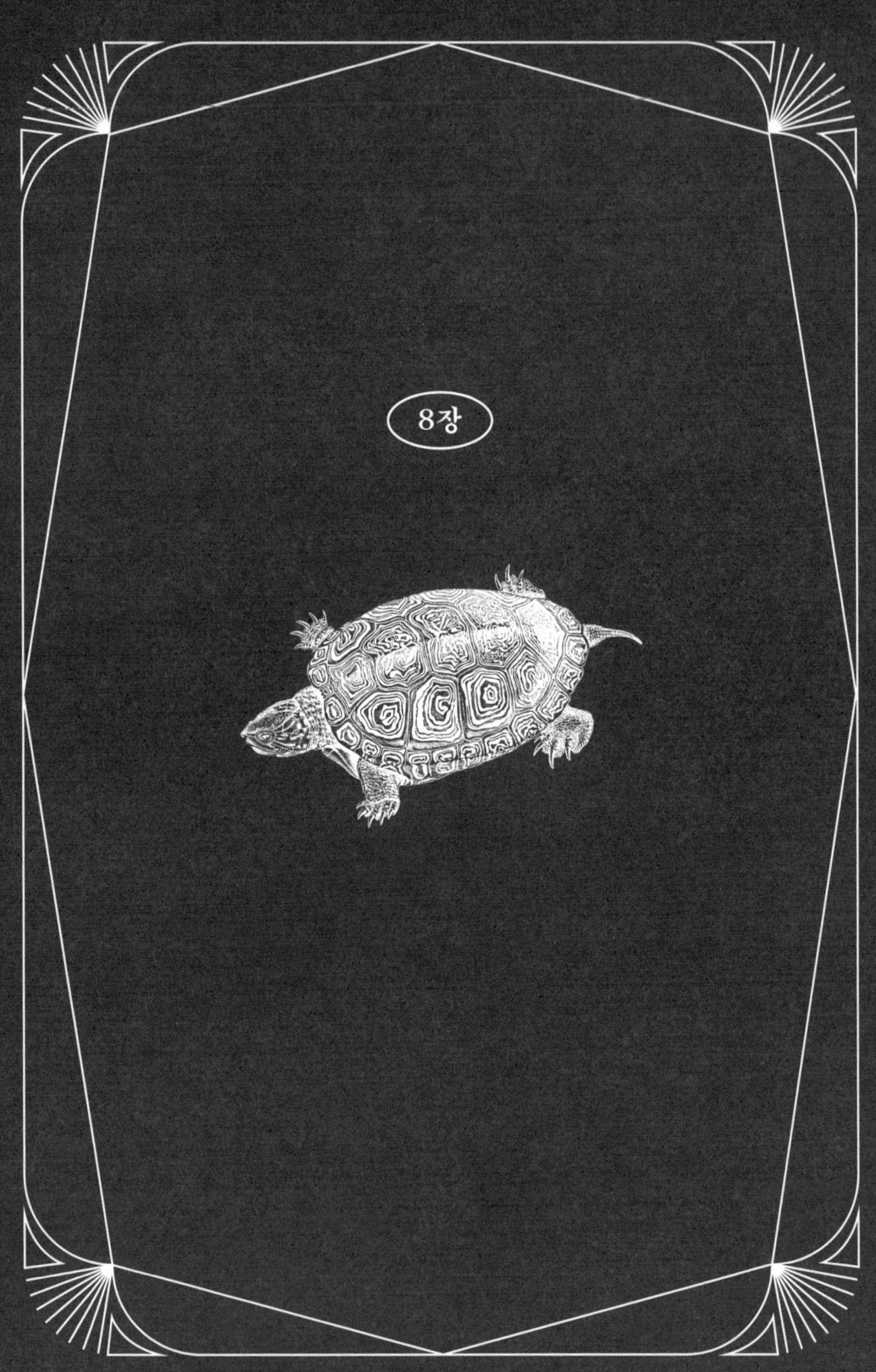

8장

체념과 패배의 미학

42 ✦ 교수대를 향하는 남자

43 ✦ 석공

44 ✦ 진흙 속의 거북이

45 ✦ 행복한 한스

42

교수대를 향하는 남자

한 남자가 사형을 선고받고 말 두 마리가 끄는 수레에 태워졌다. 그 옆에는 교수형 집행관이 앉아 있었다.

그는 자신의 운명이 불가피한 것임을 알았다. 그는 말이 잠시도 멈추지 않고 자신이 탄 짐마차가 교수대 쪽으로 가고 있다는 사실도 알고 있었다.

하지만 그는 얼마나 있으면 그곳에 도착하는지는 알 수 없었다.

한 시간 뒤일 수도 있고, 하루 뒤일 수도 있다. 다른 것은 모두 명확했다.

만약 그런 운명인 남자가 길가에서 뭔가 이상한 것을 보게 된다면 그것에 주의를 기울일까?

바로 이것이 우리 모두의 상황이다.

우리는 누구나 그가 죽어야 한다는 것과 두 마리의 말이 밤낮으로 쉬지 않고 달린다는 것을 알지만, 우리 모두 그의 최후가 가까운지, 먼지는 알지 못한다.

그러나 우리 모두 그때를 향해 여행하고 있다는 것은 확실하다.

단 한 명의 예외도 없이 곧 죽는다

주인공은 사형선고를 받은 남자다. 남자는 수레에 실려 교수대가 설치된 곳으로 이송되고 있다. 그러나 남자는 그 수레에서 도망칠 수 없고, 거기까지 얼마나 걸릴지도 모른다.

모든 인간은 이 남자와 같은 상황에 부닥쳐 있다. 우리는 단 한 명의 예외도 없이 모두 언젠가 죽을 것이다.

물론 이렇게 생각하는 사람도 있다. 인간은 몇 번이든 환생할 수 있다. 혹은 죽더라도 천국에서 영원히 살 수 있다. 둘 다 영원히 살 수 있다는 이야기다. 하지만 이런 종류의 이야기를 진심으로 믿는 사람은 소수일 것이다.

내가 나로 영원히 살 수 있다면 내 시간을 소중히 쓰겠다는 생각은 좀처럼 들지 않는다.

인생의 유한함을 강하게 의식할수록 시간의 가치는 점점 커진다.

43

석공

한 석공이 살고 있었다. 그는 일을 마치고 돌아가 술을 마시면서 이렇게 푸념했다.

"석공보다 보잘것없는 것이 어디 있겠는가. 이렇게 우둔한 일이라니. 같은 인간으로 태어났는데 임금은 나라의 주인이고 나는 하루살이 석공이구나."

이렇게 투덜거리며 술병을 베개 삼아 벌렁 드러누웠다. 그러자 흰 수염이 긴 노인이 나타나 말했다.

"석공이여, 네가 원하는 대로 해주마. 이 지팡이를 너에게 주겠다. 네가 되고 싶은 것의 이름을 세 번 말하고, 이 지팡이를 세 번 흔들면 된다."

노인이 사라지자마자 석공은 눈을 떴다. 머리맡에는 지팡이가 놓여 있었다.

석공은 즉시 지팡이를 세 번 흔들며 외쳤다.

"왕이 되어라, 왕이 되어라, 왕이 되어라."

석공은 그대로 잠이 들었다.

"임금님, 임금님, 임금님."

석공은 이 소리에 잠에서 깼다. 정신을 차려보니 눈이 휘둥그레질 정도로 으리으리한 궁전에서 누워 있었다.

많은 궁녀와 하인들이 번갈아가며 그의 안색을 살폈다.

어느 날 넓은 정원을 산책하며 하늘을 바라보니 해가 쨍쨍 빛났다. 눈이 부셔서 볼 수가 없을 정도였다.

"왕보다 위대한 것이 없다고 생각했는데 태양이 더 위대하구나."

이번에는 태양이 되고 싶어서 지팡이를 사용했다. 몸이 둥둥 뜨면서 태양이 되었다.

이윽고 남자는 구름이 자신을 쉽게 숨겨버린다는 것을 알게 되었다.

"태양만큼 위대한 것이 없다고 생각했는데 구름이 더 좋구나."

남자는 구름이 되고 싶어서 지팡이를 흔들었다. 남자는 땅에 비를 주룩주룩 내리고 모든 것을 씻어내리는 자신의 힘에 만족했다. 그런데 엄청나게 강한 바람이 불어와 구름이 밀리고 말았다.

"구름만큼 위대한 것이 없다고 생각했는데 바람이 더 대단하구나."

남자는 바람이 되고 싶어서 지팡이를 흔들었다. 바람이 된 남자는 서쪽으로 동쪽으로 북쪽으로 마음대로 움직이다가 큰 바위에 부딪혔다. 아무리 세게 불어도 바위는 꿈쩍도 하지 않았다.

"바람보다 바위가 강하구나. 이번에는 바위가 되어야겠다."

그런데 바위가 되어보니 구름과 바람처럼 마음대로 움직일 수가 없었다. 같은 곳에 고정되어 백년 천년 그 자리에 있어야 했다.

어느 날 한 석공이 도구를 가지고 다가왔다. 그는 도구로 바위를 깨기 시작했다. 바위는 아파서 죽을 지경이었지만 사람이 아니니 아프다고 말할 수가 없었다.

"바위가 가장 강하다고 생각했는데 이 남자가 더 강하구나. 이 남자가 되어라!"

석공은 자신의 오두막에서 술병을 베개 삼아 자고 있었다.

"이제 다시는 쓸데없는 생각을 하지 않겠어. 역시 석공이 최고야."

그 후 남자는 자기 일을 열심히 했다.

석공은 돌을 자르고 돌을 다듬고 돌담을 만드는 일 등을 하는 장인으로 인류 문명 초기부터 존재해온 직업 중 하나다.

간단하게 이야기를 복기해보자. 주인공인 석공은 자신의 직업에 불만을 품고 다른 직업을 동경했다. 그때 흰 수염을 길게 기른 노인이 나타나 석공의 소원을 들어준다.

석공은 처음에 왕이 되기를 바랐다. 하지만 소원이 이루어져도 새로운 역할에 만족하지 않고 다시 다른 것에 시선을 돌린다. 태양 다음에 구름이 되고, 바람이 되고, 바위가 되는 식으로 모습을 바꾸어간다. 그리고 마지막으로 남자는 '석공이 되고 싶다'며 지팡이를 휘두르고, 본래 자신의 역할과 처지를 받아들인다.

주인공은 기묘한 노인 덕분에 평범한 일상생활에서 벗어나 자신에게 보기 드문 비일상의 세상으로 뛰쳐나간다. 좁은 세상을 일단 떠나 광대한 세상에 몸을 던지고 거기서 다양한 역할을 하면서 자신이라는 존재를 재조명한다. 결국, 자신은 자신 이외에는 아무것도 될 수 없다는 진리를 깨닫게 되고, 많은 사람이 펼쳐가는 웅장한 이야기 속에 자신의 소소한 이야기를 자리매김하기에 이른다.

앨런 치넨(Allan B. Chinen)은《어른의 마음에 효과 있는 동화 테라피》

에서 동화 속 주인공의 나이에 따라 동화를 청년동화, 중년동화, 노년동화로 나눈다.

이 분류에 따르면, 여기서 소개한 석공의 이야기는 중년동화에 들어갈 것이다. 치넨의 고찰을 참고하면서 청년동화와 중년동화의 차이점을 정리해보자.

청년동화와 중년동화의 가장 큰 차이점은 운명을 대하는 방식이다. 여기서 운명이란 인간의 의지와 선택을 초월하여 사람에게 행복, 불행을 주는 힘을 의미한다.

청년동화의 주인공은 운명과 대결하려고 분투한다. 자신의 시간은 무한히 있고 능력도 끝없이 늘려갈 수 있다고 생각하기 때문이다. 어떤 인생이든 실현해나갈 수 있고, 자신의 인생은 스스로 상당한 정도 통제할 수 있다고 확신한다. 하얀 캔버스에 내 삶의 궤적을 마음대로 그릴 수 있을 것처럼 몽상하는 것이다.

가와바타 야스나리의 〈모국어 기도〉라는 단편소설이 있다. 이 소설 첫머리에 '줄을 지팡이 삼아 살아 있는 마음가짐'이라는 표현이 나온다. 밧줄은 자신을 묶고 있는 것의 비유다. 예를 들어 태어난 나라나 지역, 모국어, 가족 등을 들 수 있다. 요컨대 자기가 선택할 수 없는 운명 같은 것이다. 사람은 그런 운명 같은 것에 '묶여' 살아가는데, 젊을 때는 그 밧줄을 풀고 가능한 한 자유로워지려고 필사적으로 발버둥친다. 하지만 어느 나이가 되면 인간은 나를 묶은 그 밧줄을 지팡이로 삼고 살고 있다는 것, 즉 그것에 힘입어 살고 있다는 사실을 알게 된다.

밧줄은 우리를 속박하여 자유를 빼앗는 것이므로 나쁜 것이라고만 생각하기 쉽다. **그러나 밧줄은 우리를 묶는 동시에 우리를 지탱해주는 지팡이일 수도 있다.**

44

진흙 속의 거북이

장자*가 강에서 낚시하고 있는데, 초나라 왕이 신하를 보내 뜻을 전했다.

"부디 나랏일을 맡아주십시오."

장자는 낚싯대를 잡은 채 뒤를 돌아보지도 않고 이렇게 말했다.

"초나라에는 죽은 지 삼천 년이나 되는 신령한 거북이 있는데 왕가의 상자에 넣어서 모셔놓았다고 하더군요. 제가 하나 묻겠습니다. 그 거북이는 자기가 죽어서 그렇게 등딱지를 남기고 귀하게 제사 지내주기를 바랐을까요? 아니면 최대한 오래 살면서 진흙 속에서 꼬리를 끌고 자유롭게 돌아다니고 싶어했을까요?"

신하가 말했다.

"그거야 물론 최대한 오래 살면서 진흙 속에서 꼬리를 끌고 자유롭게 돌아다니기를 원했겠지요."

그러자 장자가 곧바로 이렇게 말했다.

"돌아가십시오. 저도 최대한 오래 살면서 진흙 속에서 꼬리를 끌고 다니고 싶습니다."

* 중국, 전국시대의 사상가. 도가 사상의 중심인물로 유교의 인위적인 면모를 부정하고 자연으로 돌아갈 것을 주장했다.

장자와 같은 도가의 현자들은 유학자들과 달리 현실 정치에 참여하여 개혁을 실행하거나 선정을 펴는 데는 거의 관심이 없었다. 즉, 도교는 아웃사이더 사상으로 정권에 참여하는 내부 인사의 사상과는 다르다.

중국의 작가 임어당(린위탕)은 자신의 저서《중국인》에서 유교와 도교의 차이를 다음과 같이 정리했다.

유교의 인생관은 적극적이고 도가의 인생관은 소극적이다. 유교는 위대한 긍정이고 도교는 위대한 부정이다. 유교는 본질적으로 도시 철학이고, 도교는 본질적으로 전원 철학이다. 유교는 인류의 문화와 규칙을 변호하고 도교는 그것들을 부정한다.

현대 사회에서도 우리는 유교적인 삶의 방식과 도교적인 삶의 방식 중 하나를 무의식중에 선택하고 있지 않을까?

어떤 인생관을 선택하는지는 그 사람의 성격이나 가치관에 달려 있다. 또, 둘 중 하나를 쉽게 선택하는 사람도 있고, 이 두 사상이 자신 안에서 상충하는 사람도 있을 것이다.

45 행복한 한스

옛날에 한스라는 부지런한 사람이 살았다. 7년간 일을 한 한스는 주인에게 이렇게 말했다.

"고향의 어머니에게 돌아가고 싶습니다. 이제 일한 대가를 주시지요."

그러자 주인은 한스의 머리통만 한 금덩이를 주었다. 한스는 수건으로 금덩이를 싸매고 그것을 어깨에 메고 걸었다.

잠시 후 말을 탄 남자가 보였다. 그 남자가 말했다.

"말을 타면 의자에 앉아 있는 것 같아서 돌부리에 걸려 넘어지지도 않고 신발도 닳지 않고, 가만히 있는데도 앞으로 나아갈 수 있어요."

한스는 금덩이와 말을 바꿔주었다. 한스는 모든 일이 자신이 원하는 대로 되고 있다고 생각했다.

그런데 말을 탄 한스는 잠시 후 달리기 시작한 말에서 내동댕이쳐져 도랑으로 굴러떨어지고 말았다. 그때 소를 모는 농부가 보였다. 한가롭게 걸으면서 우유와 치즈를 얻을 수 있는 소를 부러워한 한스는 말을 소와 바꾸기로 했다. 한스는 느긋하게 소를 몰며 운 좋은 거래를 했다고 생각했다.

한참을 걷던 한스가 심한 더위로 목이 말라 소젖을 짰다. 그러나 젖은 한 방울도 나오지 않았다. 게다가 한스의 서툰 솜씨에 화가 난 소는 뒷발로 한스의 머리를 걷어찼다.

바로 그때 손수레에 새끼 돼지를 끌고 나온 푸줏간 주인이 지나갔다. 한스는 푸줏간 주인에게 무슨 일이 있었는지 이야기했다. 그러자 푸줏간 주인이 말했다. "이 소는 너무 늙어서 젖이 나오지 않을 거요. 죽여서 고기로 먹으면 모를까."

한스는 소고기는 기름기가 부족하니 새끼 돼지가 좋겠다고 생각해 소와 새끼 돼지를 바꾸었다. 한스는 걸으면서 곰곰이 생각했다.

'모든 일이 내가 원하는 대로 되고 있어.'

그러다가 흰 오리를 옆구리에 끼고 가던 젊은이와 길동무가 되었다. 한스의 이야기를 들은 젊은이가 이렇게 겁을 주었다.

"이 돼지는 마을에서 도둑맞은 딱 그 돼지 같아요."

호인인 한스는 도둑으로 몰릴까 봐 무서워져서 돼지와 오리를 바꾸기로 했다.

"잘 생각해보면 이 교환에서도 나는 이득을 본 셈이야."

한스는 이렇게 중얼거렸다.

드디어 마지막 마을을 지나는데 손수레 옆에서 칼을 가는 일을 하는 아저씨를 보았다. '칼갈이만큼 돈이 궁하지 않은 일은 없다'는 말을 들은 한스는 오리를 주고 대신 숫돌을 받았다.

덤으로 길가에 나뒹굴고 있던 무거운 돌도 받았다.

한스는 그 돌을 메고 기분 좋게 걸어갔다.

"나는 복을 타고난 게 틀림없어. 행운의 일요일에 태어난 아이처럼 내가 바라는 것은 뭐든지 다 이루어지네."

이리하여 머리통만 한 금덩이가 말이 되고 소가 되고 돼지가 되고 오리가 되고, 마침내 두 개의 돌이 되었다. 한스는 진심으로 만족하며 집으로 향했다.

그런데 새벽부터 걸어간 데다가 무거운 돌을 메고 있는 탓에 한스는 매우 지쳐 있었다. 기어가다시피 하여 다다른 샘가에서 물을 마시려고 몸을 굽혔을 때, 무심코 돌을 만졌는데 돌은 둘 다 샘에 떨어지고 말았다.

한스는 탄성을 질렀다. "나처럼 운이 좋은 사람은 이 세상에 다시 없을 거야."

무거운 짐이 말끔히 사라져서 마음이 가벼워진 한스는 춤추는 듯한 걸음걸이로 어머니에게 돌아갔다.

세상의 가치관은 절대적이지 않다

그림동화의 '행복한 한스'라는 이야기의 줄거리다. 이 이야기는 독일인들에게 가장 사랑받는 걸작으로 알려져 있다. 이야기의 핵심은 한스가 점점 가난해져가지만 한스 자신은 물건을 교환할 때마다 기뻐하며 '나는 운이 좋다'고 생각한다는 데 있다. 모든 교환이 객관적으로는 손해를 보고 있지만, 주관적으로는 이득을 보았다고 생각하며 기뻐한다. 거기에서 오는 기묘함이 이야기를 흥미롭게 만든다.

만약 이 물물교환 이야기가 역방향이었다면 한 남자의 성공담이 되어 이해하기 쉬웠을 것이다. 성공담이라고 하면 6장에서 다룬 '볏짚 부자' 이야기가 생각난다. 한 가난한 남자가 처음에 들고 있던 볏짚에 등에를 묶은 것을 '귤→ 옷감→ 말→ 집과 밭'으로 물물교환을 하면서 결국 부자가 되는 옛이야기다. 볏짚 부자가 성공담이라면 행복한 한스는 실패담이라고 부를 수도 있다. 두 이야기의 내용은 정반대이기 때문이다.

독일 문학자 아이자와 히로시는 이 이야기를 '메르헨의 상식과는 반대로 가는 이야기'라고 규정하고(《그림의 우스갯소리》), '반(反)메르헨'이라는 제목을 붙여 소개했다. 메르헨은 공상과 현실이 일체가 된 짧은 이야기로, 주로 구전으로 이어진 민중 문학이다. 그렇다면 반메르헨이란 어떤 것일까? 아이자와의 설명에 귀를 기울여보자.

보통 메르헨은 주인공인 젊은이가 아버지의 병을 고칠 생명의 물을 구한다든가, 마법에 걸린 공주를 구출한다든가, 행방불명된 오빠를 찾는다든가 하는 큰 임무를 갖고 있으며 그 임무를 완수하기 위해 집이나 고향을 떠나 사회로 뛰쳐나가고, 가는 곳마다 난쟁이나 마녀, 초능력을 가진 동물의 도움을 받아서 수많은 위험을 극복하고 목적을 이룬다.

그런데 행복한 한스의 경우는 두 가지 점에서 보통 메르헨과 다르다. 우선, 보통 메르헨이 고향을 등지고 모험을 떠나지만, 이 이야기는 직장에서 고향의 어머니에게 돌아가려고 한다. 방향이 정반대다. 다음으로 여행 도중 한스가 만나는 것은 평범한 장인이나 평민이다. 일반적인 메르헨에 반드시 등장하는 난쟁이, 마녀, 초능력을 가진 동물이 나오지 않는다.

또한, 행복한 한스에서 권선징악(착한 행실을 권하고 나쁜 행실을 벌하는 것)의 교훈을 읽기는 어렵다.

한스는 처음에 적지 않은 돈을 가지고 있었다. 그러나 상식을 벗어난 다섯 번의 물물교환, 다시 말해 사기성 짙은 거래로 인해 결국 빈털터리가 되고 만다. 여기서는 한스에게 돈은 중요하지 않았다는 점이 핵심이다. 돈이 중요하다는 것은 세상의 가치관이다. 한스에게 돈은 필요한 것이지만 그다지 중요한 것은 아니었다. 한스에게는 한스만의 가치관이 있다는 말이다.

세상의 가치관과 자신의 가치관이 맞지 않는 사람은 세상의 가치관이 짐이라고 느낀다. 물론 세상의 가치관 속에서 행복하게 살 수 있는 사람도 있으므로 그런 사람은 그 가치관을 따르면서 행복해지면 된다. 그러나 한편으로는 세상의 가치관에 융화되지 못해 힘들어하는 사람도 많다.

그런 사람은 세상의 가치관은 절대적인 가치가 아니라는 것, 즉 특정 시대와 지역에서 다수를 차지하는 가치관에 불과하다는 것을 알아야 한다. 세상의 가치관이 전부가 아니며 **세상의 가치관과는 다른 자신의 가치관을 소중히 여기면서 살아가는 길도 있다. 그것은 그 나름대로 행복하다.** 한스는 그것을 가르쳐준다.

9장

리더십과 어른의 지혜

46 ♦ 꺼진 연등

47 ♦ 세 개의 거울

48 ♦ 연금술사의 지혜

49 ♦ 산 위의 불

50 ♦ 두 개의 선물

46 꺼진 연등

한 맹인이 밤에 외출하는데 잠깐 연등을 좀 켜주면 안 되겠냐고 부탁했다.

"자네는 눈도 안 보이는데, 왜 연등이 필요한가?"

"나는 필요 없지. 다만 눈이 보이는 사람이 나한테 안 부딪히게 갖고 가려는 거야."

"그 말도 맞군."

맹인은 켜진 연등을 갖고 지팡이를 휘두르며 걸어갔다.

한참을 걷는데 어떤 남자가 맹인에게 쿵 하고 부딪쳤다.

맹인은 "이 바보 같은 놈. 이 연등이 안 보이냐!"면서 등불을 내밀었다.

그런데 공교롭게도 연등은 꺼진 상태였다.

"무슨 소리야? 꺼져 있잖아!"

상대는 이렇게 대꾸했다.

타인이 아닌 자기에게 시선을 돌리자

사와키 코도(澤木興道, 1880~1965. 조동종 승려)의 《선담(禪談)》에 나오는 일화다.

사와키는 이 이야기를 소개한 뒤 "아들은 꺼진 연등을 휘두르는 듯한 아버지의 설교를 절대로 귀담아듣지 않을 것이다. 절에서 꺼진 연등을 휘두르며 설교하면 누가 들으러 오겠는가. 바보라고 비난하기 전에, 자신의 연등이 켜져 있는지 먼저 확인해야 한다"라고 기술했다.

부모가 자녀에게, 교사가 학생에게, 상사가 부하직원에게 무엇인가 전달하려고 할 때, 잘 되기도 하고 그렇지 않기도 한다. 잘 되지 않으면 부모나 교사, 상사는 아이나 학생, 부하를 탓하는 경향이 있다.

하지만 상대를 향하던 눈을 다시 한 번 자신에게 돌리자. 상대를 바보라고 부르기 전에, 자신이 바보가 아닌지 확인하자. 상대의 능력이나 의욕이 부족하다고 푸념하기 전에, 자신의 기술이나 의욕, 방법이 충분한지 확인해보자.

47 

세 개의 거울

중국 당나라의 제2대 황제인 이세민은 태종으로 불리며, '정관의 치(治)'로 불리는 이상적인 통치를 한 황제로 유명하다. 태종은 어느 날 신하들에게 말했다.

"구리로 거울을 만들면 의관을 단정히 할 수 있다. 옛날을 거울로 삼으면 세상의 흥망성쇠를 알 수 있다. 사람을 거울로 삼으면 선악을 밝힐 수 있다. 나는 항상 이 세 개의 거울을 가지고 허물을 막아왔다. 그러나 지금 위징이 세상을 떠났으니 마침내 거울 하나를 잃어버린 것이다."

태종은 눈물을 흘리며 위징의 죽음을 애도했다. 그리고 신하들에게 알렸다.

"지금까지는 오직 위징만이 항상 내 잘못을 밝혀왔다. 그가 죽으니 비록 나에게 잘못이 있더라도 이제 그것을 밝혀줄 사람이 없다. 과거에만 잘못이 있고, 지금은 다 옳다는 것이 말이 되겠는가. 이는 관리들이 내 말을 무조건 따르고 역린을 건드리기를 꺼리기 때문일 것이다. 앞으로 각자가 그 성의를 다하라. 내게 잘못이 있다면 주저하지 말고 직언해서 숨기는 일이 없도록 하라."

외관, 역사, 타인의 의견

제왕학의 최고 걸작으로 꼽히는《정관정요》에서 인용한 내용이다. 태종은 다스리는 동안 폭정에 빠지지 않도록 자신의 과실과 결점을 지적해주는 측근을 여럿 두었다.

그 측근 중 한 명이 위징이었다. 태종은 통치에 관한 모든 일을 그와 상의하고 거리낌 없는 의견을 구했으며 결과적으로 훌륭한 선정을 베풀었다고 한다. 그런데 어느 날 위징이 병으로 세상을 떠났다. 이를 한탄하는 태종의 모습과 그때 한 말이 이 이야기에 나온다. 세 개의 거울에 대해 간단히 설명하겠다.

① **구리 거울:** 이것은 우리가 일상적으로 사용하는 '일반적인 거울'이다. 거울에 자신을 비추어보고 몸가짐을 정돈하고 건강하고 밝고 즐거운 얼굴을 하고 있는지 확인한다.

② **옛 거울:** 이것은 '역사의 거울'이라고 표현하면 쉽게 이해할 수 있다. 미래가 어떻게 될지는 아무도 잘 모르는 법. 하지만 과거의 사례를 공부해두면 현 상황과 대조하면서 미래를 유추할 수 있다.

③ **사람 거울:** '당신은 틀렸다'라고 직언해줄 사람을 곁에 두어야 한다. 그런 부하직원이 없으면 상사는 자신의 진짜 모습을 볼 수 없다. 자신에게 기분 나쁜 말을 해주는 사람을 멀리하다 보면 주위에는 기

만하는 사람과 '예스맨'으로 가득할 것이다.

역사의 거울과 사람 거울에 대해 자세히 살펴보자.

독일의 초대 재상 비스마르크는 '현명한 사람은 역사에서 배우지만 어리석은 사람은 경험에서 배운다'는 명언을 남겼다. 어리석은 사람은 자신의 경험에서만 배운다. 반면 현명한 사람은 타인의 경험, 즉 역사적 인물들이 지닌 삶의 방식으로부터 배우고 그것을 자기 삶의 방식에 활용한다. 비스마르크가 남긴 말은 그런 뜻을 담고 있다.

경험을 쌓는 것이 중요한가 아니면 지식을 습득하는 것이 중요한가에 대한 논쟁이 있다. 물론 자신의 경험을 통해 무엇인가를 배우면서 사는 것은 중요하다. 그러나 개인이 경험할 수 있는 일은 너무나 좁고 특수하며 편협한 경우가 많다. 나아가 자신의 경험을 확장하고 축적하려면 그만큼 시간이 걸린다. 인생이 무한하다면 그래도 되겠지만, 인생의 시간은 한정되어 있다. 우리 개인의 경험은 좁고 우리의 인생은 짧다. 따라서 다른 사람의 경험, 즉 성공담과 실패담을 배우는 것이 중요하다.

덧붙이자면, 지식에 따라 경험의 질이 달라진다. 1장의 헬렌 켈러 일화에서 말했듯이 식물에 관심 없는 사람이 숲을 산책하는 것과 식물학자가 숲을 산책하는 것은 그 시간이 갖는 밀도가 완전히 다르다.

시간의 밀도가 다르다는 것은 경험의 질이 다르다는 것을 의미한다.

리더가 잘못된 길을 가지 않기 위해서는 사람 거울이 중요하다. 이 점을 알고 있어도 막상 부하직원이 상사의 과실이나 결점을 지적하려면 많은 용기가 필요하므로 보통 사람은 주저할 수밖에 없다. 비판하는 쪽과 비판받는 쪽에 신뢰 관계가 형성되어 있지 않으면 불가능할 것이다. 또 때와 장소도 가릴 줄 알아야 한다.

상당수 사람은 상사와 부하직원 사이에 끼어서 일한다. 이는 윗사람에게 간언하는 처지인 동시에 직원들에게 간언받는 처지라는 뜻이다. **간언을 받아들일 만한 유연함과 자신의 실수를 인정하는 도량이 있는지가 성공과 성장의 관건이다.**

48 연금술사의 지혜

옛날 옛적에 늙은 아버지가 아름다운 딸과 살고 있었다. 딸은 잘생긴 청년과 사랑에 빠졌고, 두 사람은 아버지의 축복을 받으며 결혼했다.

행복하게 살던 부부에게는 딱 한 가지 문제가 있었다. 남편이 흔한 금속을 금으로 바꾸는 연금술에 푹 빠져 있었던 것이다. 얼마 지나지 않아 재산은 없어지고 두 사람은 일용할 양식을 사는 것도 어려워졌다.

아내는 남편에게 어서 일자리를 구하라고 다그쳤다. 하지만 남편은 이렇게 대꾸했다.

"이제 조금만 더 하면 성공이야. 성공만 하면 엄청난 부자가 될 수 있다고."

이런 날이 계속되었다.

마침내 젊은 아내는 아버지에게 고민을 털어놓기로 했다. 아버지는 사위가 연금술에 열중하는 것을 알고 깜짝 놀랐다. 아버지는 딸에게 어떻게든 해보자고 말했고, 다음 날 사위를 만나기로 했다. 청년은 질책받을까 두려워 장인어른에게 가기를 꺼렸다. 하지만 그를 만난 장인은 뜻밖에 이렇게 털어놓았다.

"사실은 젊었을 때, 나도 연금술사가 되고 싶었다네."

노인은 청년에게 이것저것 질문을 했다. 두 사람은 시간 가는 줄 모르고 연금술에 관해 이야기했다.

노인은 흥분으로 몸을 떨며 말했다.

"자네는 내가 한 일을 모두 달성하고 있구만! 이제 앞으로 한 걸음만 더 가면 성공이라는 지점에 도달하겠어. 하지만 흔한 물질을 금으로 바꾸려면 또 다른 성분이 필요하네. 나는 얼마 전에 그 비밀을 발견했지."

노인은 말을 끊고 한숨을 쉬었다.

"하지만 나는 이미 늙어서 그것을 실행할 수가 없어. 꽤 힘든 일이어서 말이지."

"저는 할 수 있습니다, 장인어른!"

노인은 눈을 반짝이며 말했다.

"아, 자네라면 할 수 있겠지."

그리고 청년에게 얼굴을 가까이 대고 속삭였다.

"바나나 잎에 묻은 은빛 가루가 필요하네. 이 가루를 얻으려면 자네가 직접 바나나를 심고 마법의 주문을 외워야 하네."

청년이 "가루가 얼마나 필요한가요?"라고 묻자 "1킬로라네"라는 대답이 돌아왔다.

"그렇다면 바나나 수백 그루를 심어야겠군요."

5년 후, 드디어 청년은 마법의 가루를 1킬로 모을 수 있었다. 그는 장인어른 집으로 달려갔다.

“드디어 마법의 가루를 1킬로 모았습니다.”

“잘했네!” 노인은 소리치며 말을 이었다.

“그럼 흔한 금속을 금으로 바꾸는 방법을 알려주겠네. 딸을 여기로 데려오게. 그 아이의 도움이 필요하다네.”

딸이 오자 늙은 아버지가 물었다.

“네 남편이 바나나 가루를 모으는 동안 너는 열매를 가지고 무엇을 했니?”

“물론 시장에서 팔았지요. 그 돈을 생활비로 썼어요.”

“돈은 좀 모았니?”

“네.”

“얼마나 모았는지 볼 수 있겠니?”

노인의 말을 들은 딸은 서둘러 집으로 돌아와 자루를 몇 개 가지고 왔다.

노인이 그 자루를 열자 거기에는 바닥에 쏟아질 정도로 금화가 가득했다. 노인은 흙을 한 줌 떠서 금화 옆에 놓았다. 그리고 사위에게 말했다.

“이보게, 자네는 그냥 흙을 금화로 바꿨어!”

어안이 벙벙해진 청년은 잠시 입을 다물었다. 그리고 노인의 책략과 거기에 담긴 지혜를 깨닫고 껄껄 웃기 시작했다.

먼저 연금술에 대해 살펴보자. 연금술은 일반적인 금속을 귀금속인 금으로 바꾸려고 시도하는 화학적 기술이다. 고대 이집트와 그리스에서 유래되었다고 여겨지는 연금술은 기원전 이집트에서 이슬람 지역으로 전해져 발전했다고 한다. 이런 관점에서 '흔하고 가치 없는 것을 귀중한 것으로 만들고 바꾸는 방법'이라는 의미도 갖게 되었다.

이 이야기를 요약하면, 현명한 노인이 사위의 야심을 다른 방향으로 돌리기 위해 지혜를 발휘해 젊은이의 꿈 같은 사업을 현실적인 사업으로 전환한 이야기라고 할 수 있을 것이다. 주제는 '젊은이의 꿈과 어른의 현실은 어떻게 공존할 것인가'다. '젊은이의 꿈'이라고 하면 옛날 광고(오이타 무기 소주 니카이도 '사구의 도서관' 편)에서 나왔던 문구가 생각난다.

꿈을 가지라고 격려하면서 꿈도 꾸지 말라고 비웃는다.
부풀어올랐다가 부서지고, 가까워졌다가 멀어지고…….
오늘도 꿈속에서 눈을 뜬다.

한 젊은이가 어른에게 자신의 미래에 관해 이야기한다고 상상해보

자. 너무 현실적인 이야기만 하면 '아직 젊은데 꿈을 가져봐!'라고 설교할지도 모른다. 하지만 꿈이 가득한 미래를 이야기하면 '어린애도 아닌데 그렇게 꿈 같은 소리 하는 거 아니야!'라고 훈수를 둘 수도 있다. 꿈을 이야기하기란 이렇게나 어렵다.

그럼 나이 많은 어른들은 젊은이가 들려주는 꿈에 어떻게 대처하면 좋을까? 여기서 다루는 이야기가 힌트를 준다. 앨런 치넨은 늙은 아버지가 어떻게 현명한지 다음과 같이 이야기한다(《황혼을 위한 동화 테라피》).

노인은 흔한 물질을 금으로 바꾸겠다는 젊은이의 꿈을 폄훼하거나 금지하려 하지 않았다. 꿈을 갖는 것이 젊은이에게 활력의 원천이 된다는 것을 알고 있기 때문일 것이다. 그러한 꿈에는 사회를 더 나은 방향으로 변화시키고 우주의 진리를 밝히며 사회적 지위나 부, 명성을 얻는 것 등이 포함되며, 연금술도 그런 종류의 꿈에 해당한다고 할 수 있다. 젊은이로부터 이런 야심을 빼앗아버리면, 남는 것은 무기력이나 무관심, 혹은 모반일 것이다. 이 이야기처럼 노인이 젊은이의 꿈을 인정해준다면 젊은이는 아무리 단조롭고 힘든 일이라도 감당할 수 있을 것이다. 노인은 현명하게 사위의 열정을 막지 않으면서도 비껴갔다. 노인은 젊은이의 야심을 조종했다. 즉, 젊은이의 이상주의를 어른의 실용주의로 바꾸는 것이 진정한 연금술

이라 할 수 있다.

이 노인의 현명함은 첫째, 젊은이의 눈높이에 맞춰서 대화한다는 점이다. 사실 젊었을 때 자신도 연금술사를 목표로 했었다는 고백은 사위를 기쁘게 했을 것이다. 첫 만남에서 대화할 때는 공통점에서 시작하는 것이 원칙이다. '아이를 혼내지 마라, 언젠가 왔던 길, 늙은이를 비웃지 마라, 언젠가 가는 길'이라는 표어가 있는데, 이를 '젊은이를 바보로 만들지 마라, 나도 예전에 왔던 길'이라고 변형할 수 있을 것이다.

둘째, 젊은이에게 구체적인 행동을 하도록 조언해준 것이다. 그 꿈을 이룰 수 있을지 아닐지를 떠나, 꿈을 이루기 위해 구체적인 행동을 날마다 꾸준히 하는 것이 중요하다. 물론 이 조언에 거짓이 섞여 있었던 것은 사실이다. 하지만 그것은 약간의 애교로 볼 수 있다. 선의의 거짓말도 지혜에 포함되기 때문이다.

장년기 이후의 과제는 타인, 특히 다음 세대 사람들을 위한 이타적 배려를 키우는 것이다. 발달심리학자 에릭 에릭슨(Erik H. Erikson)은 그렇게 결론지었고, 그는 그것을 세대성(차세대 육성성)이라고 불렀다(《에피소드로 알아보는 평생 발달심리학》). 세대성이란 다음 세대를 키워가는 것에 관심을 가지는 태도다. 아이를 키우는 것이나 부하를 키우는 것뿐만 아니라, 사회적 성취를 하는 것, 지적 창조와 예술적 창조도 포함된다. 다음 세대 사람들에 대한 이타적 배려를 등한시함으로써 자신에게만 관심을 두는 상황에 빠지면 그 사람은 인격적으로 정체되어 심각한 위기를 겪게 된다. 인간은 본래 자기 이외의 사람이나 생물, 사물에 헌신하고 보살피도록 설계되었기 때문이다.

산 위의 불

아르하라는 가난한 젊은이가 합톰이라는 부자와 내기를 했다.

술타산의 가장 높은 봉우리 위에서 밤새 헐벗고 서 있으면 집과 소와 염소, 또 40헥타르의 밭을 주겠다는 내기였다.

아르하는 봉우리 위에 휘휘 불어오는 찬 바람을 보면서 매우 불안해졌다. 그래서 박식한 할아버지와 의논하기로 했다. 잠자코 아르하의 이야기를 듣던 할아버지는 이렇게 말했다.

"내가 도와주마. 술타산에서 계곡을 사이에 두고 반대편에 높은 바위가 있다. 해가 지면 그 바위 위에서 불을 피워주마. 네가 서 있는 곳에서 그 불이 잘 보일 거야. 너는 밤새도록 내가 불을 피우는 모습을 보는 거지. 눈을 감지 말아라. 불을 쳐다보면서 불의 따스함을 생각하렴. 그리고 너를 위해 불을 계속 피우는 이 할아버지가 있다고 생각하거라. 그러면 밤바람이 아무리 차가워도 너는 괜찮을 거다."

아르하는 할아버지가 가르쳐준 대로 맞은편 산에 보이는 불꽃의 따스함을 생각하며 하룻밤의 시련을 이겨낼 수 있었다.

젊은이를 지켜보는 눈

심리학자 아오키 쇼조가《사춘기-마음이 있는 장소(思春期 こころのいる場所)》에서 소개한 이야기다. 아오키는 '청년과 그를 지지하는 사람의 관계'에 대해 생각할 때 이 이야기는 매우 시사하는 바가 크다고 했다. 어떤 점에서 시사하는 바가 크다는 것인지 내 해석을 곁들여 설명하겠다.

인간은 매우 다양한 연결을 통해 살아가는 존재다. 그러나 동시에 각 개인은 독립적인 존재이기도 하다. 따라서 인간은 스스로 자신의 삶을 살아야 하며 다른 사람이 자신의 삶을 대신 살아줄 수 없다.

아이가 부모 슬하에서 나와 사회에 나갈 때 주변 사람들이 할 수 있는 일은 걱정하며 지켜보는 것뿐이다. 물론 그 아이에게 자신을 지켜보는 사람이 있다는 사실이 큰 힘이 된다는 것은 확실하다.

이 이야기에서처럼 먼 산 위에 있는 불의 따스함은 결코 청년에게 전해지지 않겠지만, 산에서 모닥불을 피우는 사람의 따스한 마음은 전해질 수 있는 것이다.

두 개의 선물

50

힌두교에는 아기가 탄생한 날, 신이 그 아이의 운명을 아이 이마에 쓴다는 '전언'이 있다.

신앙심이 깊은 한 남자가 딸을 얻었다. 그는 여자아이가 태어난 날 신으로부터 두 가지 선물을 받았다. 하나는 예언을 읽을 수 있는 '안경', 다른 하나는 그것을 고쳐 쓸 수 있는 '연필'이다.

남자는 안경을 쓰고 전언을 읽었다. 거기에는 이렇게 적혀 있었다.

9세: 친한 친구가 암으로 죽는다.

18세: 반에서 1등으로 고등학교를 졸업한다.

20세: 음주 운전으로 인한 차 사고로 왼쪽 다리를 절단한다.

24세: 미혼모가 된다.

29세: 결혼을 한다.

32세: 소설을 출판하여 성공한다.

33세: 이혼한다.

등등……. 남자는 '연필'에 손을 뻗었다.

역경의 효용

당신이 이 남자라면 몇 가지 사건을 다시 쓰고 싶을지도 모른다.

하지만 연필을 사용할 때는 조심해야 한다. '아이에게 좋은 일'이라고 생각해서 했지만 뒤돌아보니 '아이에게 나쁜 일'이 될 수도 있다. 큰 역경과 좌절을 모두 지워버리면 아이가 연약하고 발달하지 않은 상태로 자랄 가능성이 있기 때문이다.

'부모의 단 것은 자식에게 독약'이라는 속담이 있다. 부모가 자식을 응석받이로 키우는 것이 자식에게 독이 된다는 뜻이다. 부모의 과보호 아래 자란 자녀는 고생을 모르기 때문에 자신의 쓰라린 경험에서 배울 소중한 기회를 잃게 된다.

부모와 자녀의 관계를 상사와 부하직원, 스승과 제자라는 관계로 확장해서 생각할 수도 있다. **인간이 성장하기 위해서는 한계를 넘지 않는 범위에서의 역경과 좌절, 위기가 필요하며, 그 속에서 아무리 고통을 받는다 해도 그 경험은 그 사람에게 큰 혜택을 준다.** 이것이 조너선 하이트가 주장하는 '역경 가설'이다(《행복 가설》). 그가 서술한 내용을 참조하면서 역경이 주는 세 가지 혜택을 정리해보겠다.

첫 번째 혜택은 성찰의 기회, 즉 자신의 생각과 행동에 관해 깊이 생각할 기회를 얻는 것이다. 성공에서 배울 수 있는 것은 적고 실패에서 배울 수 있는 것은 많다고 한다. 마찬가지로 순탄함에서 배울 점은 적고 역경에서 배울 점은 많다. 성찰로 인해 가치관의 큰 변화를 가져올 수도 있다.

두 번째 혜택은 내 안에 숨어 있던 능력이 눈을 뜨고 '나는 누구인가?'라는 자아 개념이 고양된다는 것이다. '불이 나면 엄청난 힘이 난다'는 속담을 떠올리자.

어려움을 이겨내고 헤쳐나가려고 할 때 그때까지 잠자고 있던 힘이 어디선가 솟구친다는 뜻이다. '나는 생각보다 강하다'는 확신과 '이런 능력이 잠자고 있었구나'라는 깨달음은 그 이후의 삶을 살아가는 데 큰 무기가 된다.

세 번째 혜택은 인간관계에 관한 것으로, 역경은 진정한 친구와 이름뿐인 친구를 가려내는 필터 역할을 한다. 친구는 많이 있지만 진정한 친구가 있냐고 물어보면 많은 사람이 '음…' 하고 생각에 잠기지 않을까? 그렇다면 진정한 친구란 무엇일까? 심리학자 가와이 하야오는 《어른의 우정》에서 '밤 12시에 자동차 트렁크에 시체를 싣고 와서 어떻게 해야 할지 물어볼 때 비난하지 않고 방법을 같이 생각해주는 사람'이 진정한 친구라고 했다. 융 심리학자인 아돌프 구겐뷜 크레이그가 한 말이다.

여기서 한 가지 의문이 든다. 역경과 좌절을 경험해야 '중요한 교훈'을 얻고, 그로 인해 우리가 더욱 강한 사람, 더 나은 사람이 된다는 것은 이해할 수 있다. 그런데 왜 부모가 자식에게, 상사가 부하직원에게, 스승이 제자에게 그런 교훈을 말로 가르칠 수는 없는 걸까? 역경이나 좌절 같은 대가를 치르지 않고도 자식이나 부하직원, 제자가 혜택을 볼 수 있는 다른 방법은 없을까?

그 답은, 인생에서 가장 중요한 교훈은 다른 사람으로부터 배울 수 없다는 것이다. **어느 정도 시간을 들여 자신이 직접 경험한 것을 통해 배워야만 중요한 교훈을 얻을 수 있다.**

아마도 중요한 교훈은 두 종류가 있는 모양이다. 지식으로 분류되는 교훈과 지혜로 분류되는 교훈이다. 사전적 의미로, 지식은 어떤 것에 대해 알고 있는 내용이고 지혜는 지식을 활용하여 사물을 올바르게 판단하고 적확하게 처리하는 능력이다. 지식은 '그것을 알고 있는 것', 지혜는 '어떻게 행동할지 알고 있는 것'이라고도 표현할 수 있다. 다른 사람으로부터 지식을 받을 수는 있어도 지혜를 받을 수는 없다.

지혜는 자아를 얻는 것, 즉 자신의 경험을 통해 기술과 사상을 습득하는 것이다.

지식과 지혜의 차이는 앞서 '밤도둑질' 편에서 소개한 형식지와 암묵지 개념과도 관련이 있다. 지식은 형식지이고 지혜는 형식지와 암묵지로 이루어져 있다. 지혜는 '경험을 통해' 획득된다는 것이 핵심이다. 따라서 거의 모든 경우에 지혜로운 사람은 노인이다.

사실상 성공에서 얻는 것은 적고 실패에서 얻는 것은 많다. 실패의 정도도 중요하다. 뼈에 사무치는 고난이 바람직하며, 뼈를 깎는 노력을 해야만 더 많이 얻을 수 있다.

10장

훌륭한 사상보다 평범한 격언

51 ♦ 토끼와 사자왕

52 ♦ 솔로몬의 충고

53 ♦ 먹다 남은 복숭아를 먹인 죄

54 ♦ 칼라일의 조언

55 ♦ 주물공과 반케이 선사

56 ♦ 어린이와 도둑의 가르침

51 토끼와 사자왕

어느 날 사자왕은 그가 말을 하면 모두가 뒤로 물러난다는 것을 깨달았다.

혹시 자신의 입에서 냄새가 나는 건 아닌지 궁금해져서 자칼을 곁에 불러 물었다.

"자칼아, 혹시 내 입에서 냄새가 나는 거 같으냐? 솔직하게 대답해 보아라."

자칼은 왕의 입냄새 때문에 죽을 것 같다고 생각하고 있었다. 그래서 솔직하게 대답했다.

"네. 임금님 입에서 악취가 납니다."

"그렇구나……."

사자왕은 자칼을 앞발로 쳐서 죽여버렸다.

다음으로 사자왕은 여우를 향해 말했다.

"여우야, 가까이 오너라. 솔직하게 대답해라. 내 입에서 냄새가 나느냐?"

자칼이 어떻게 되었는지를 보고 있던 여우는 바로 대답했다.

"당치도 않습니다, 임금님. 임금님 입김에선 꽃이 만발한 들판과 같은 향기가 납니다."

여우가 빈말하는 것이 분명했다. 사자왕은 여우를 노려보았다.

"거짓말쟁이는 용서할 수 없다!"라고 외치며 또다시 커다란 앞발로 여우를 쳤다. 여우는 죽고 말았다.

다음으로 사자왕은 토끼에게 말했다.

"토끼야, 이리 와, 이리 와. 너라면 믿을 수 있다. 자, 사실대로 말하거라. 내 입에서 냄새가 나느냐 안 나느냐?"

토끼는 몸을 떨었다. 토끼는 자칼과 여우가 어떻게 되었는지를 똑똑히 보았다. 잠시 생각하고 나서 토끼는 대답했다.

"임금님……죄송합니다만, 오늘 제가 지독한 감기에 걸렸습니다. 그래서 전혀 냄새를 맡을 수가 없습니다. 그래서 그 문제에 대해서는 답변을 드릴 수 없습니다."

거짓말도 방편이 될 수 있다

자칼은 사자의 '솔직하게 대답하라'는 말을 곧이곧대로 받아들이고 솔직하게 대답했다. 그 결과 사자에게 죽임을 당하고 말았다.

그것을 보고 있던 여우는 서툰 거짓말을 했다. 뻔히 속이 보이는, 어색하고 듣는 사람이 민망할 지경의 아첨이라는 의미에서 서투른 거짓말이었다. 그 결과, 여우는 사자에게 죽임을 당했다.

자칼과 여우의 전말을 보던 토끼는 능숙한 거짓말을 했다. 토끼가 감기에 걸렸기 때문에 전혀 냄새를 맡지 못한다는 것은 거짓말일 것이다. 그러나 냄새가 나는지 안 나는지는 본인 외에는 알 수 없다는 의미에서는 능숙한 거짓말이었다. 이로써 토끼는 살아남을 수 있었다.

이 우화에서 얻을 수 있는 교훈은 무엇일까? **정직함이 항상 자신에게 좋은 결과를 가져다주진 않으며, 자신을 지키기 위해 능숙한 거짓말을 해야 할 때도 있다는 것이다.**

누구나 어릴 때 거짓말은 나쁜 것이라고 배운다. '거짓말쟁이는 도둑의 시작'이라는 일본 속담이 있다. 거짓말이 나쁘다고 생각하지 않으면 사람은 아무렇지 않게 거짓말을 하게 된다. 그러다 보면 결국에는 도둑질과 같은 악행도 태연히 하게 된다는 뜻이다.

'거짓말은 세상의 보배(거짓말을 하는 것도 때로는 소중하다)', '거짓말쟁이가 처세에 능란하다(처세를 잘하는 사람 중에는 거짓말을 잘하는 사람이 많다)', '거짓말을 하지 않으면 부처가 될 수 없다(부처님이라도 사람을 구하기 위해 거짓말을 하는 일도 있다. 그러니 인간도 남을 위해 한 거짓말은 괜찮다)', '거짓말도 추종도 처세(세상을 잘 살아가려면 거짓말이나 아첨도 필요하다)' 등 거짓말의 효용을 설파하는 속담이 정말 많다.

개인의 거짓말은 그렇다 치더라도 위정자의 거짓말은 어디까지 허용되어야 할까? 평론가 가토 슈이치는《석양망어(夕陽妄語)》에서 정부를 셋으로 나누어 논한다.

첫째, 함부로 거짓말을 하지 않는 정부다. 국가의 안녕을 위해서는 이런 정부가 필요하다고 한다. 둘째, 함부로 거짓말을 하면서도 자신은 그것을 믿지 않는 정부다. 셋째는 함부로 거짓말을 하고, 그 거짓말을 스스로 믿고, 그것을 남에게 떠넘기려는 정부다.

두 번째 정부는 현실을 타당하게 파악하는 반면, 세 번째 정부는 현실을 타당하게 파악하지 못하기 때문에 나쁘다. 자신이 한 거짓말로 인해 현실 판단을 그르치기 때문이다.

가토는 "제1의 정부는 민주주의적, 제2의 정부는 비민주주의적이지만 현실적이고, 제3의 정부는 비현실적이고 광신적"이라고 했다.

전쟁할 때 위정자는 국민에게 반드시 거짓말을 한다. 현대인은 옛날처럼 뭐든지 믿진 않는다. 그러나 위정자의 선전은 참으로 교묘하다. 대의명분 뒤에 숨어 있는 욕망을 간파하는 지성을 갖추어야 할 때다.

52

솔로몬의 충고

옛날 옛적에 상점 주인이 아내와 세 아들과 살고 있었다. 어느 날 아침, 주인이 가게에 가니 시체가 문 앞에 쓰러져 있었다. 살인죄로 몰릴까 봐 겁이 난 주인은 그대로 잠적하기로 했다.

상인은 며칠 동안 여행을 하고 솔로몬이라고 불리는 현인의 하인으로 일하게 되었다. 현인의 곁에는 그의 충고를 들으려고 멀리서 많은 사람이 찾아왔다.

상인은 열심히 일했고, 한 번도 월급을 청구하지 않았다. 그로부터 20년의 세월이 흐른 어느 날, 고향에 돌아가고 싶어진 상인은 솔로몬에게 휴가를 달라고 요청했다. 솔로몬은 승낙하고 상인에게 지금까지 일한 보수로 은화 삼백 닢을 주었다.

출발하는 날 솔로몬은 상인에게 말했다.

"내 충고를 듣고 싶어서 많은 이가 먼 곳에서 찾아오는데 너는 물을 말이 아무것도 없는가?"

상인은 솔로몬에게 충분한 사례를 하고 세 가지 조언을 받기로 했다.

솔로몬은 은화 삼백 닢을 받자 이렇게 조언했다.

"새로운 길을 위해 낡은 길을 버려서는 안 된다."

"남의 일에 참견해서는 안 된다."

"분노를 터뜨리는 것은 다음날까지 기다려라."

남자는 실망했다.

"그게 다인가요? 겨우 그런 말을 위해 은화를 삼백 닢이나 썼군요."

"바로 그 때문에 너는 내 충고를 잊지 않을 것이다."

솔로몬은 웃었다. 상인이 출발하려고 하자 솔로몬은 상인에게 팬케이크를 건네며 말했다. "가족과 재회할 때까지 이것을 쪼개면 안 된다."

집으로 가는 길에 상인은 여행자 일행과 마주쳤다. 그들은 우리와 함께 가지 않겠냐고 상인을 꼬드겼다. 상인은 '새로운 길을 위해 낡은 길을 버려서는 안 된다'는 충고를 떠올렸다. 그래서 상대방의 제의를 거절하고 처음 예정대로 길을 가기로 했다.

잠시 후 멀리서 총성과 함성과 비명이 들렸다. 조금 전의 나그네 일행이 산적에게 습격당해 아무래도 몰살당한 모양이었다.

그는 이렇게 외쳤다.

"고맙습니다! 솔로몬의 충고!"

주위가 어두워지기 시작했을 때, 상인은 덩그러니 서 있는 오두막을 발견했다. 그는 문을 두드리며 하룻밤 재워달라고 부탁했다. 깡마른 남자가 그를 들여보내주었고 저녁 식사도 제공했다. 두 사람은 말없이 식사했다. 잠시 후 그 남자가 지하실 문을 열었다. 그러자 눈먼 여자가 나타났다. 남자는 어디선가 내온 두개골에 수프를 담고 숟가락 대신 가는 갈대를 여자에게 건넸다. 불쌍한 여자가 식사를 마치자 남자는 다시 여자를 지하실에 가두었다.

"아, 손님." 남자는 상인에게 물었다. "지금 본 것을 어떻게 생각하십니까?"

상인은 '남의 일에 참견하지 말라'는 충고를 떠올렸다.

"당신이 하는 일에는 그만한 이유가 있겠지요."

집주인은 음침한 미소를 지었다.

"그렇고 말고요. 저 여자는 내 마누라요. 그런데 다른 남자와 정분이 났지. 나는 두 사람을 잡아서 남자는 죽였습니다. 수프가 들어 있던 두개골은 그놈의 것이고 숟가락은 두 사람의 눈을 도려낼 때 사용한 갈대입니다. 이보시오, 손님. 이 이야기를 어떻게 생각하십니까?"

남자가 집요하게 물었다.

상인은 심호흡을 한 번 하고 큰소리로 말했다.

"당신이 옳다고 생각한다면, 틀림없이 옳은 일입니다."

"좋군요." 살인자는 이렇게 이어갔다.

"내가 잘못했다고 말한 놈들은 지금까지 한 놈도 빠짐없이 죽였거든요."

'고맙습니다! 솔로몬의 충고!'

상인은 속으로 외쳤다.

다음 날 아침, 상인은 서둘러 오두막을 떠나 밤이 될 무렵에야 집에 도착할 수 있었다. 창문으로 집 안을 들여다보니 아내가 잘생긴 남자와 서로 껴안고 있었다. 머리에 피가 솟은 상인은 권총을 뽑았다. 그

즉시 아내와 젊은 남자를 쏘려고 할 때 솔로몬의 마지막 충고가 생각났다. 분노를 터뜨리려면 다음날까지 기다려라.

그래서 남자는 권총을 가지고 맞은편에 있는 집으로 달려갔다.

"저 집에는 누가 살고 있나요?" 남자는 자신의 집을 가리키며 물었다.

이웃은 빙긋이 웃으며 말했다.

"여자 혼자 살고 있습니다. 하지만 오늘 밤엔 축하 파티가 있을 거예요. 막내아들이 오늘 사제로 임명됐거든요. 그래서 온 가족이 모인 거죠."

"고맙습니다! 솔로몬의 충고!"

상인은 소리쳤다. "하마터면 내 아내와 아들을 쏠 뻔했구나!"

남자는 서둘러 집으로 달려가 문을 두드렸다. 아내는 첫눈에 남편을 알아보았고 두 사람은 힘껏 껴안았다. 온 가족이 그의 귀향을 반겼다. 저녁 식사 자리에 앉자 상인은 팬케이크를 꺼냈다. 팬케이크를 칼로 자르자 안에서 은화 삼백 닢이 굴러나왔다.

남자가 솔로몬에게서 받은 충고는 '새로운 길을 위해 옛길을 버려서는 안 된다 / 남의 일에 참견해서는 안 된다 / 분노를 터뜨리는 것은 다음날까지 기다려라'라는 매우 상투적인 내용이었다. 주인공은 분명 20년분의 월급을 주었으니 심오하고 특별한 충고를 기대했을 것이다. 그런데 솔로몬 입에서 나온 것은 어디에서나 들을 법한 말뿐이었다.

주인공이 집을 떠나는 시점에 세 아들이 있었고, 20년 동안 솔로몬 집에서 일했다는 점을 보면 주인공의 나이는 40대 중반에서 50대 중반 정도일 것이다.

주인공은 이제 청년이 아니라 중년이었고 곧 노년에 접어드는 나이였다. 그 점을 기억하면서 솔로몬의 충고가 어떤 의미를 지녔는지 생각해보자.

먼저 세 가지 충고에 대해서 살펴보자. 앨런 치넨의 《어른의 마음에 효과 있는 동화 테라피》 내용을 참고하면서 생각해보았다.

첫 번째 충고는 새로운 길을 위해 낡은 길을 버려서는 안 된다는 것이었다. 소년기와 청년기에 가는 길은 거의 모두 '새로운 길'이다. 그러므로 옛길을 버리고 새로운 길을 택하는 선택지 자체가 별로 없다.

그런데 일이나 결혼이라는 경험을 쌓은 사람에게는 자신의 뒤에

탄탄한 길이 있기 때문에, 지금까지 걸어온 '오래된 길'을 버리고 '새로운 길'을 선택한다는 선택지가 등장한다. 이런 점에서 볼 때 이 조언은 그동안 종사했던 일을 버리고 새로운 일로 바꾸는 것, 지금의 배우자와 헤어지고 새로운 파트너와 결혼하는 것에 대한 경고로 해석할 수도 있다.

이 이야기를 끝까지 읽어보면 이 남자는 권총을 가지고 있었다는 것을 알 수 있다. 권총을 소지하고 있었는데도 산적에게 습격당한 나그네 일행을 도우러 가지 않은 것은 소심한 태도로도 여겨진다. 주인공이 젊은이라면 위험을 무릅쓰고 곧바로 달려갔을 것이다.

하지만 중년인 주인공에게는 자신의 목숨을 위험에 빠뜨리면서까지 남의 목숨을 구하려는 마음이 없었다. 그것은 무모한 내기 또는 목숨을 건 모험으로 여겨졌기 때문이다. 주인공은 곧바로 그 자리를 떠나 예정대로 길을 가기로 했다. 새로운 길을 위해 옛길을 버리면 안 된다는 충고에 따른 것이다.

두 번째 충고는 남의 일에 참견하지 말라는 것이다. 눈을 도려낸 아내를 지하실에 가두고 아내의 외도 상대 두개골로 식사를 하게 한 장면을 떠올려보자. 주인공은 이런 끔찍한 상황에 마주쳐도 남이 했거나 하는 일에 참견하지 않고 철저하게 거리를 두었다. 다른 사람의 행동에 도덕적 판단을 내릴 때 매우 신중했고, 동시에 자신의 언행으로 다른 사람의 행동을 바꿀 수 없음을 확신했기 때문이다.

남의 일에 참견하지 말라는 충고에는 악에 대한 두 가지 태도가 숨어 있다. 첫째, 악과 대결하는 것을 피하고 악으로부터 멀어지는 태도다. 이 태도는 이야기 첫머리에 나오는 사건과 그에 대한 반응—어느 날 아침, 주인공이 가게에 가니 문 앞에 시체가 쓰러져 있었다. 살인죄를 뒤집어쓸 것을 두려워한 남자는 그대로 잠적하기로 한 것—과도 부합한다.

둘째, 악에 대한 관용이다. 젊은이들은 자신의 내면에 숨어 있는 악의 요소를 인정하지 않으려 하지만, 나이가 들수록 자기 내면의 악의 요소를 인정하게 된다.

나쁜 짓을 하는 데는 그 사람 나름의 이유가 있을 것이다. 자신도 그 남자 입장이라면 똑같이 행동했을지도 모른다. 그래서 나쁜 짓을 한 사람에게 잘못했다고 지적하는 것은 모순된다고 느끼는 것이다.

세 번째 충고는 분노를 터뜨리려면 다음날까지 기다리라는 말이었다. 이 말이 생각나서 주인공은 자신의 아내와 아들을 쏘지 않을 수 있었다.

주인공인 상인과 상인을 재워준 남자가 대비되어 그려져 있음에 주목하자. 둘 다 자신의 아내가 다른 남성의 품에 있는 모습을 목격했지만, 한쪽은 분노를 조절할 수 있었고 다른 한쪽은 분노를 조절할 수 없었다. 상인은 순간적으로 끓어오른 분노의 감정을 바로 터뜨리지 않았고, 대신 상황을 이해하기 위해 이웃집을 찾아 진실을 확인했다.

이 옛이야기는 청년들에게 이상적인 삶의 방식이나 인간의 바람직한 모습을 알려주는 도덕적 훈화가 아니라, 어떻게 하면 평온하게 살 수 있는지, 어떻게 하면 험한 세상에서 살아남을 수 있는지, 그 통속적인 처세술을 보여주는 이야기다. 세 가지 충고의 추상성을 높여 이 이야기에서 읽을 수 있는 처세술을 정리해보자.

첫 번째는 자신의 힘이 미치는 것과 자신의 힘이 미치지 않는 것을 구분하는 것이다. 다른 사람의 악은 바로잡을 수 없지만 자기 안의 악은 통제할 수 있다. 두 번째는 거의 모든 것은 상대적이라는 점이다. 사람에 따라 사물을 보는 방식과 생각이 다르다. '무엇이 좋고 무엇이 나쁜가'는 나이와 지역, 시대에 따라서도 다르다.

세 번째는 '거리'를 취하고 자신이 처한 상황을 바라보는 것이 중요하다는 점이다. 중대한 결단을 내려야 할 때는 다른 사람의 의견을 듣거나(공간적인 거리), 바로 결론을 내지 않고 차분히 생각하는(시간적인 거리) 시간을 가지면 현명한 판단을 할 확률이 높아진다.

평론가 고바야시 히데오는 주의(主義)보다 상식, 이치보다 실감을 더 존중했다고 한다. 주의는 아무래도 경직되기 쉽고 융통성이 없다. 그에 비해 상식의 폭은 넓으며 유연하다.

자신의 주의 주장이나 정론을 내세우는 사람보다 인간으로서의 상식이 확립된 사람이 더 믿음직스럽다.

물론 이를 두고 비논리적이라고 비난할 수도 있다. 그러나 동시에 어떤 논리든 갖다 붙일 수 있다는 것도 사실이며, 사물을 다양한 방식으로 해석할 수 있고, 그에 따라 다양한 행동을 할 수 있다는 것을 역사는 우리에게 가르쳐준다. 그렇기에 논리를 강변하는 사람보다 온화한 표정으로 자신의 느낌을 조심스럽게 말하는 사람에게 더 믿음이 가기 마련이다.

먹다 남은 복숭아를 먹인 죄

53

전국시대 위나라 제일의 미소년이었던 미자하는 위왕 위령공의 총애를 받았다.

어느 밤 미자하는 어머니가 위독하다는 전갈을 받자 왕의 허락을 받았다고 거짓말을 하고 마음대로 왕의 수레를 타고 어머니에게 달려갔다. 원래대로라면 왕의 수레를 마음대로 사용한 자는 다리를 자르는 형에 처한다.

그러나 이 말을 들은 위령공은 "어머니를 생각하는 효심에 다리를 잘리는 형을 잊어버리다니 미자하는 정말 효자로다." 하며 그 죄를 용서하고 오히려 이를 칭찬했다.

또 어느 날, 미자하는 왕과 함께 과수원을 거닐다가 복숭아를 따서 한 입 베어 먹었다. 복숭아가 너무 맛있어서 미자하는 자신이 반쯤 먹다 남긴 복숭아를 왕에게 주었다.

"맛있는 건 누구나 다 먹고 싶은 법이지. 그런데 그것을 내게 먹이고 싶다는 생각이 드니 이 얼마나 나를 생각하는 마음이 두터운 것이냐." 하며 왕은 또 이를 칭찬했다.

이런 미자하도 세월이 흐르자 아름다운 외모가 빛을 잃어갔다. 그에 따라 왕의 총애도 사라졌다. 그러자 예전에는 칭찬의 대상이었던 행동들이 다르게 평가받게 되었다. 왕은 이렇게 말했다.

"미자하는 예전에 과인의 수레를 마음대로 타고 다닐 뿐만 아니라 먹다 남은 복숭아를 과인에게 먹인 적도 있었다. 이는 정말 무례한 짓이다."

주군의 총애는 변덕스럽다

여도지죄(余桃之罪)라는 고사성어가 있다. 여기서 여도(余桃)는 먹다 남은 복숭아를 뜻한다. 이야기는 전반과 후반으로 나눌 수 있다.

전반부에는 규칙을 어기고 마음대로 왕의 수레를 타거나 먹다 남은 복숭아를 왕에게 주는 행위가 칭찬의 대상으로 나온다. 하지만 후반부에는 왕의 총애를 잃었기 때문에 똑같은 행위가 비난의 대상으로 변해버렸다.

이 이야기는 우리에게 주군의 총애는 변덕스럽고 믿을 수 없음을 알려준다. 타인을 대하는 태도는 그 사람의 행실이 맞느냐 아니냐가 아니라 그 사람을 좋아하느냐 아니냐로 결정되는 경향이 있다는 것, 그와 같은 인간 심리를 알려주는 이야기로도 읽을 수 있다.

주군과 가신을 상사와 부하직원으로 바꾸어 생각해보자. 자신에 대한 상사의 평가가 서서히 바뀌어가는 경우가 있다. 사회적 조건과 조직 상황이 변하면 상사가 처한 상황과 사고방식, 느낌도 변하기 때문이다. '나는 그대로인데 평가가 변하다니 뭔가 잘못되었다'고 생각하기보다는 '왜 평가가 변했을까'를 생각하는 것이 더 생산적이다.

54

칼라일의 조언

한 부인이 유명한 사상가 토머스 칼라일의 집을 방문했다.

“선생님, 저는 가정과 인생 때문에 고민이 많은데 고민을 해결할 방법이 없을까요?”

부인은 칼라일에게 자신의 고민을 털어놓았다. 칼라일은 부인의 이야기를 끝까지 듣고 이렇게 대답했다.

“먼저 반짇고리를 확인해보세요. 흐트러진 실이 있으면 실타래에 깔끔하게 감으세요. 그런 다음 옷장을 열어보고 어질러져 있으면 안을 정리하세요. 제가 말씀드릴 수 있는 것은 그것뿐입니다.”

부인은 고개를 갸우뚱했지만 뭔가 깊은 뜻이 있을 것 같다는 생각에 집으로 돌아왔다.

일주일 후, 그 부인이 칼라일의 집을 다시 찾아왔다.

“일전에 정말 감사했어요. 돌아와서 반짇고리를 확인했더니 엉망진창이어서 바로 정리했어요. 다음으로 옷장도 정리했고요. 정신을 차리고 보니 온 집안 정리를 하고 있더군요. 그러는 사이에 선생님이 무슨 말씀을 하시는지 알게 되었어요. ‘인생은 정리가 되어야 한다.’ 그런 거죠?”

칼라일은 활짝 웃으며 고개를 끄덕였다.

일의 절반은 정리정돈이다

토머스 칼라일(Thomas Carlyle, 1795~1881)은 영국(대영제국)의 역사가이자 사상가다. 작가 나쓰메 소세키는 런던 유학 시절에 칼라일의 집터를 개방한 기념관을 네 번이나 방문했고, 귀국 후 기행문 《칼라일 박물관》을 펴냈다. 또 소설 《나는 고양이로소이다》에도 칼라일의 이름이 등장한다. 등장인물 중 한 명이 자신은 칼라일처럼 만성위염이라고 자랑하자 "칼라일이 만성위염이라고 해서 위장병 환자가 반드시 칼라일처럼 훌륭해지는 건 아니지"라고 친구에게 되받아치는 장면이 나온다.

자, 이 이야기의 핵심은 크고 복잡한 일(가정이나 인생)과 작고 단순한 것(바느질 상자)을 대비한 점에 있을 것이다. 칼라일은 '한 가지 일이 모든 일(한 가지 작은 일의 상태가 다른 모든 일에서 나타난다)이므로, 우선은 한 가지 작은 일부터 시작하라'고 말하고 싶었을 것이다.

반짇고리와 옷장, 방의 정리 여부는 그 집에 살고 있는 사람의 마음이 정리정돈되어 있는지에 대응한다. 다시 말해 집안이 깨끗한 사람은 마음속도 깨끗하다.

독일에는 '정리정돈은 인생의 절반'이라는 격언이 있다. 이렇게 생각하면 정리정돈은 일의 절반이라고 할 수 있다.

책상 위나 서랍 속을 정리하는 사람은 일을 잘하는 사람이다. 또, 컴퓨터 화면이 깔끔하거나 폴더와 파일이 일정한 규칙에 따라 구분되어 적절한 이름이 붙어 있다면, 그 자리의 주인은 일을 잘하는 사람이다. 원하는 데이터에 빠르게 접근할 수 있다는 점에서 효율성이 높고, 데이터를 실수로 삭제하는 일을 방지할 수 있기 때문이다.

주물공과 반케이 선사

55

에도시대 전기의 선승인 반케이 선사의 일화다.

어느 날 신자인 주물사가 반케이 선사에게 이렇게 물었다.

“제가 만든 냄비와 솥은 열 중 여덟 개는 구멍이 뚫려 있습니다. 그것을 흠이 없다며 팔고 있지만 마음이 답답해서 견딜 수가 없습니다. 역시 제가 나쁜 짓을 하는 것일까요?”

“그게 너만 하는 일인가?”

“아닙니다, 세상의 모든 주물공은 다 그렇게 합니다.”

“새벽에 파는 것이냐?”

“아니요, 대낮에 팝니다.”

“그렇다면 사는 사람도 눈이 있으니까 괜찮을 것이다. 흠집이 있는 것을 밤중에 멀쩡하다고 하면서 판다면 문제가 될지도 모르지만, 대낮에 판다면 사는 사람도 흠집을 발견하면 사지 않을 것이다. 그러니 너무 걱정하지 않아도 된다.”

이 주물공은 '흠집을 멀쩡하다며 밤중에 파는' 얄팍한 짓은 하지 않았다. 그런 점에서 최소한의 상도는 지키고 있다.

덧붙여 에도시대의 주조 기술로는 녹은 철을 틀에 흘려 부으면 요철이 생기고 완성된 제품에 균열이 생기는 경향이 있어 사용 중은 물론 사용 전이라도 균열 때문에 구멍이 생기는 경우가 많았다고 한다. 구멍이 뚫렸다고 해서 솥이나 냄비를 사용할 수 없는 것은 아니다. 주물집(냄비나 솥 등 주물 제품의 수리·수선을 하는 곳)에 부탁하면 수리할 수 있다. 따라서 쓸모없는 상품을 팔고 있는 것이 아니라는 점을 알아두자.

나는 이 이야기에서 **'일할 때 완벽을 추구하지 마라'**는 교훈을 읽었다. 일할 때 완벽함을 원하는 사람은 완벽함에 대한 기준이 너무 강하기 때문에 일을 시작할 때 시간이 걸린다. 또한 겨우 일을 시작했어도 완성하는 데 시간이 너무 걸린다. 결국 기한이 빠듯하거나 마감에 늦기도 한다. 게다가 완벽주의가 아닌 사람—적당히 일을 진행하는 사람이나 힘을 뺄 때는 빼는 사람—을 용납하지 못해 그런 사람들과 마찰이 발생하기 쉽다.

어린이와 도둑의 가르침

어느 날 한 제자가 존경하는 스승에게 훌륭한 사람이 되기 위한 특별한 방법이 있다면 가르쳐달라고 청했다.

"그걸 가르칠 필요는 없다"라고 스승은 대답했다.

"아이나 도둑에게서도 배울 수 있기 때문이다."

"네? 아이한테서 배울 수 있다고 하셨습니까?" 깜짝 놀란 제자가 물었다.

"세 가지 방법으로." 하고 스승은 대답했다.

"첫째, 아이에겐 행복할 이유가 필요 없다. 둘째, 아이는 항상 바쁘게 지낸다. 그리고 셋째, 아이는 무언가를 원하면 그것을 얻을 때까지 계속 운다."

"그럼 도둑에게서는 무엇을 배울 수 있을까요?"라고 제자는 물었다.

"도둑에게서는……." 스승은 말을 이었다.

"일곱 가지를 배울 수 있다. 첫째, 낮뿐 아니라 밤에도 일에 전념한다. 둘째, 첫째로 성공하지 못하더라도 다시 한 번 도전한다. 셋째, 동료를 소중히 여긴다. 넷째, 비록 작은 일이라도 목숨을 걸고 한다. 다섯째, 자신이 가진 것에 큰 가치를 두지 않고 얼마 안 되는 생활비를 위해 그것을 판다. 여섯째, 곤란하거나 어렵다고 해서 일을 미루지 않는다. 일곱째, 누가 어떻게 생각하건 간에 있는 그대로의 자신에 만족한다."

내가 아닌 모든 것이 나의 스승이다

이 우화의 교훈은 '내가 아닌 모든 것이 나의 스승'이라는 게 아닐까. **사람과 사물을 막론하고 모두가 나에게 무언가를 가르쳐주는 스승이라는 뜻이다.**

아이에게서 배울 점이 무엇인지 알아보자. 먼저, '아이에겐 행복할 이유가 필요하지 않다'는 무슨 뜻일까? 다시 말하자면 어른에겐 행복할 이유가 필요하다는 뜻이다.

아이들은 어른처럼 끙끙거리며 생각하지 않는다. 어른은 이상과 현실의 차이로 고민하거나 미래의 불안에 짓눌려 괴로워하거나, 과거를 떠올리며 후회하거나, 자신과 타인을 비교한다. 그런 여러 가지를 바탕으로 과연 자신이 정말 행복한지 아닌지를 판단하려고 한다. 그래서 어른은 항상 불교에서 말하는 망상 상태에서 지내게 된다.

애초에 아이는 자신이 행복한지 불행한지를 깊이 생각하지 않는다. 살아 있다는 것 자체가 행복이라는 것을 동물적 감으로 알고 있지 않을까. 개와 고양이는 언제나 '지금'에 살고 있으며 거기에서 생물로서의 자연스러운 행복을 느낀다. 아이도 마찬가지다.

그리고 '아이는 항상 바쁘다'는 무슨 뜻일까? 다시 말하면, 아이는 지루해하지 않고 산다는 뜻이다. 아이는 어떤 것도 당연하다고 생각하지 않는다.

세상은 항상 신선하고 놀라움으로 가득 차 있다. 그런데 나이를 먹을수록 신선함은 희미해지고 놀라움은 어디론가 사라진다.

마지막으로, '아이는 무언가를 원하면 그것을 얻을 때까지 계속 운다'는 무슨 뜻일까? 누구나 백화점이나 슈퍼마켓에서 바닥에 드러누워 떼를 쓰는 아이를 본 적이 있을 것이다. 예의라는 차원은 일단 젖혀두고 어른이 보기에 그 열정이 참 대단하다.

그런데 나이가 들수록 그러한 열성은 시들어간다.

도둑에 관한 내용은 따로 설명할 필요가 없을 것 같다. 7가지 이유 모두 쉽게 납득할 수 있으니 말이다.

우리는 타고난 능력을 발휘할 때 행복을 느낀다. 가장 불행한 것은 능력은 있으나 사용하지 못하는 상태다. 그래서 어떤 사람들은 자신의 능력을 나쁜 일에 써버리기도 한다. 가능하면 자신의 능력을 나쁜 일이 아닌 좋은 일에 사용하도록 하자. 나의 좋은 삶이 좋은 사회로 이어진다.

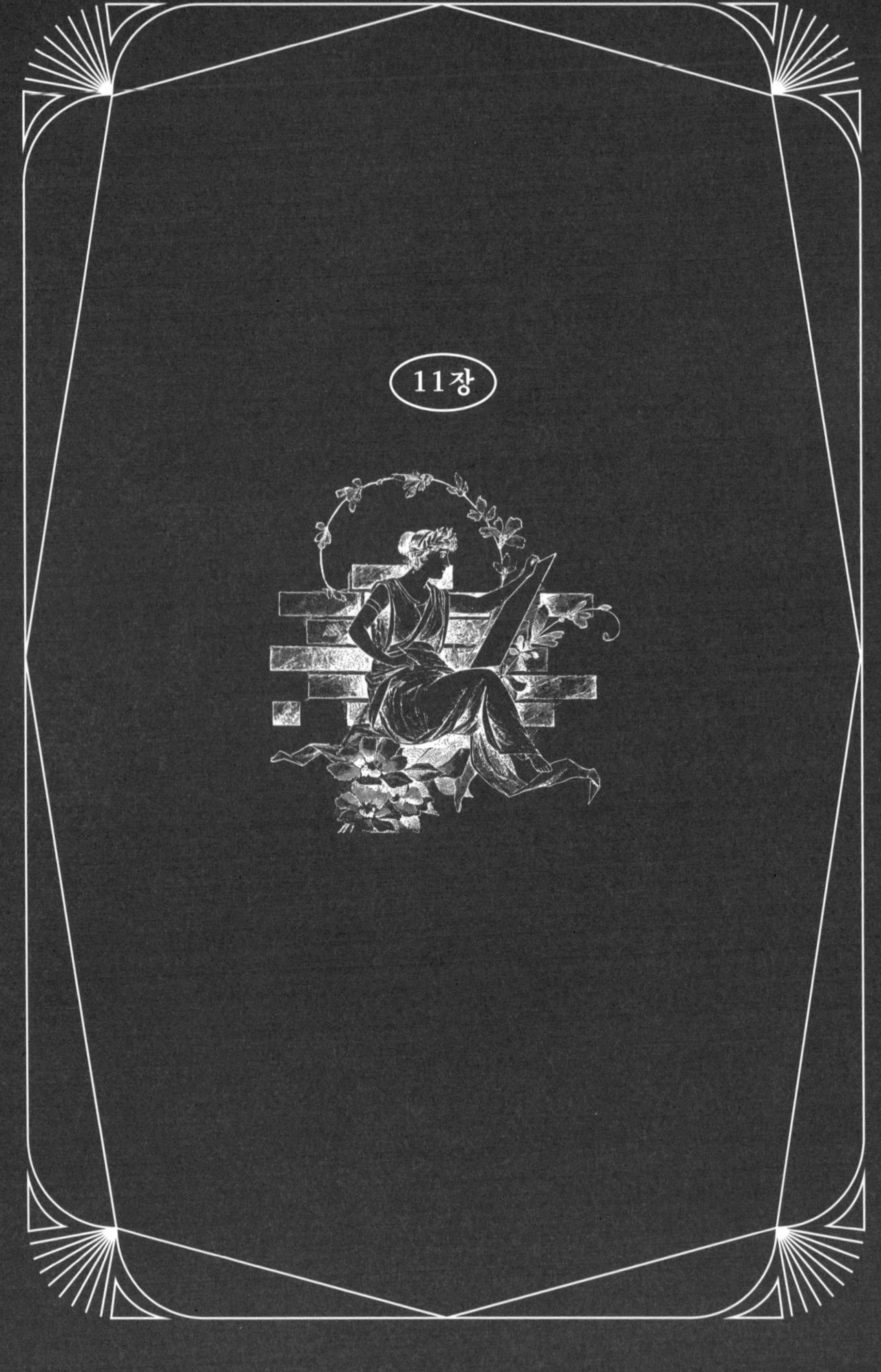

11장

인생 백세 시대와 늙음

57 ♦ 백 살까지 사는 방법

58 ♦ 루빈스타인의 일화

59 ♦ 여신 에오스의 사랑 이야기

60 ♦ 조사부사자사손사

57 백 살까지 사는 방법

어느 날 부잣집 노인이 료칸 스님(1757~1831)을 찾아 궁금하다는 얼굴로 물었다.

"저는 지금 80세입니다. 돈도 충분하고 더 이상 하고 싶은 것도 없습니다. 그런데 제 힘으로는 도저히 이룰 수 없는 것이 딱 하나 있습니다. 저는 꼭 백 살까지 살고 싶습니다. 무슨 좋은 방법이 없을까요?"

료칸 스님은 "무슨 일인가 했더니 무척 쉬운 일일세"라고 싱글벙글하면서 대답했다.

"이미 백 살까지 살았다고 생각하게. 그러면 백 살까지 산 셈이 되는 것이야. 그렇게 하루를 살면 하루를 더 사는 것이니 이렇게 쉬운 일이 어디 있겠는가."

료칸 스님은 이렇게 말하며 큰소리로 웃었다.

노인은 자신이 얼마나 욕심이 많았는지 깨닫고 하루하루를 즐겁고 의미 있게 살기 시작했다.

부자 노인은 백 살까지 사는 것이 가장 큰 목표였다. 따라서 그 목표를 이룰 수 있다면 아무리 좋아하는 일이라도 참을 것이고, 반대로 아무리 싫은 일이라도 하겠다는 마음이었을 것이다.

료칸 스님으로부터 '이미 백 살까지 살았다고 생각해라'라고 들은 노인은 자신의 최대 목표를 이룬 셈이기 때문에 반드시 백 살까지 살겠다는 집착에서 벗어났다. 다시 말해 '미래를 위해 현재를 희생하는' 자세에서 '현재를 사는' 자세로 전환한 것이다. 장수는 목적이 아니라 결과라는 것을 알려주는 이야기다.

고령자를 건강과 행복이라는 두 가지 기준에서 네 가지로 분류해 보자. 그러면 건강하고 행복한 사람, 건강하지만 불행한 사람, 건강하지 않지만 행복한 사람, 건강하지 않고 불행한 사람으로 나눌 수 있다. 건강을 위해 삶이 있는 것이 아니다. 삶을 위해 건강이 있는 것이다. **건강은 그 자체가 목적이 아니라 좋은 삶, 즐거운 삶을 살기 위한 조건이다.**

나이가 들수록 시간이 점점 빨리 간다. 모든 사람이 그렇게 느낄 것이다.

눈 깜짝할 사이에 1년이 지나고, 2년이 지나고, 3년이 지나간다. 어이가 없을 정도로 빨리 시간이 지난다.

돌이켜보면 어린 시절은 처음 경험하는 일뿐이었고, 새로운 만남이나 발견이 거의 매일 일어났다. 좀 더 커서 대학에 들어간 지 얼마 되지 않았을 때, 취직한 지 얼마 되지 않았을 때는 새로운 환경에 뛰어들면서 신선한 경험이 나를 기다리고 있었다. 그러나 환경이 바뀌고 1년 정도 지나면 차츰 상황이 이해되기 시작하고 마음이 안정되면서 생활이 단조로워진다. 그렇게 되면 점차 시간의 흐름이 빨라진다고 느낀다.

요컨대, 어른이 되면 시간이 순식간에 지나간다고 느끼는 것은 일상생활에 신선함이 없어졌기 때문이다. 체감 시간의 길이는 기억할 수 있는 기억의 양에 비례할지도 모른다. 그럼 조금이라도 시간의 흐름을 늦추기 위해서는 어떻게 하면 좋을까? 열심히 새로운 것에 도전해야 한다. **사람은 한 번도 경험하지 못한 것을 시도할 때 강한 감정이 솟아오르고, 그것이 의식에 강하게 남아 시간이 길게 느껴지는 것이다.**

루빈스타인의 일화

58

아르투르 루빈스타인(Arthur Rubinstein, 1887~1982)은 폴란드 출신의 피아니스트다.

뛰어난 기교는 물론 곡 선정의 폭이 넓어서 리사이틀에서 다양한 곡을 연주하는 것으로 유명하다.

그런 그도 나이가 들자 젊었을 때와 같은 수준으로 연주하기가 힘들어졌다. 그래서 그는 한 가지 전략을 실행했다.

우선 콘서트에서 연주할 곡을 엄선했다. 곡을 선별함으로써 젊었을 때보다 한 곡에 시간을 들여 반복 연습할 수 있었다.

또한 그는 젊은 시절에는 하지 않았던 기법을 도입했다. 빠른 손의 움직임이 요구되는 부분 앞의 연주를 전보다 느리게 함으로써 연주에 콘트라스트를 넣어 빠른 부분을 더 두드러지게 하는 방법이었다.

루빈스타인은 80세가 넘어서도 뛰어난 연주 활동을 했다고 하며, 89세까지 현역으로 활약했다.

목표 설정, 자원 최적화, 보상

여기서 소개한 일화는 SOC 이론(Selective Optimization with Compensation: 선택최적화 보상이론)을 설명하기 위한 사례로 자주 인용된다.

사람은 나이가 들면서 다양한 기능이 저하되고 젊었을 때는 어렵지 않게 할 수 있던 일들을 점점 할 수 없게 된다. 그렇다면 나이를 먹어가면서 체력과 근력이 약해져도 젊은 시절처럼 즐겁고 의미 있는 삶을 살아가려면 어떻게 해야 할까? 이때 도움이 되는 것이 SOC 이론이다. 간단하게 살펴보자.

우리 인간은 나이에 상관없이 어떤 목표를 정하고 그 목표를 향해 살아간다. 목표는 큰 것부터 일상적인 작은 것까지 다양하다. 그러한 목표를 달성할 수 있으면 기쁘고, 반대로 목표를 달성하지 못하면 우울할 것이다. 즉, 보람된 나날을 보내려면 그 사람 나름의 목표를 가지고 그것을 달성하는 것이 중요하다.

목표를 달성하는 일련의 과정은 ① 목표 선택(Selection), ② 자원 최적화(Optimization), ③ 보상(Compensation)의 세 가지 요소로 나눌 수 있다. 루빈스타인의 일화를 중첩하여 ① 목표 선택, ② 자원 최적화, ③ 보상을 설명해보자.

① **목표 선택:** 목표를 좁히거나 목표를 전환한다. 루빈스타인은 나이가 들면서 예전처럼 연주하기 어려워지자 곡의 수를 줄이는 전략을 취했다.

② **자원 최적화:** 자신이 보유한 자원(돈이나 시간, 능력, 체력, 의욕 등)을 어떻게 사용하면 목표를 달성할 수 있을지 심사숙고한다. 루빈스타인은 엄선한 곡을 반복 연습하면서, 새로운 기법을 마스터하기 위해 노력했다.

③ **보상:** 타인의 도움을 받는 것, 기계나 도구를 사용해 심신의 기능 저하를 보충하는 것, 기존에 시도하지 않았던 기법을 도입하는 것 등을 말한다. 루빈스타인은 템포에 변화를 주어서 속도를 돋보이게 하는 방법을 채택했다.

젊었을 때처럼 움직일 수 없다고 한탄해봐야 아무것도 변하지 않는다. 나이가 들어도 **목표를 전환하고 자신이 보유한 자원 활용을 검토하며, 다른 사람이나 기구의 도움을 받아서 활력 있는 삶을 사는 것은 충분히 가능하다.**

59 

여신 에오스의 사랑 이야기

새벽의 여신 에오스는 어느 날 티토노스라는 젊고 아름다운 청년을 사랑하게 되었다. 이윽고 두 사람은 매일같이 만났다. 하지만 한 가지 큰 문제가 있었다.

에오스는 신이기 때문에 불로불사인 한편 티토노스는 인간이기 때문에 언젠가 늙어 죽을 운명이었다.

'이 젊고 아름다운 청년과 영원히 연인 사이로 있고 싶다.'

이렇게 생각한 에오스는 최고신 제우스에게 티토노스에게 영원한 생명을 달라고 간청했다. 이 소원이 이루어지면서 두 사람은 영원히 매일 만날 수 있게 되었다.

그런데 시간이 지나면서 티토노스에게 큰 변화가 찾아왔다. 예전의 젊고 아름다운 몸에는 주름살이 생기고 목소리도 쉬어갔다. 에오스가 제우스에게 '불사'를 청했지만 '불로'를 청하는 것을 깜빡했기 때문에 티토노스는 여느 인간과 마찬가지로 늙어갈 수밖에 없었다.

이윽고 티토노스는 스스로 움직일 수도 없게 되었고 자신의 추함을 견디지 못해 죽음을 바라게 되었다. 하지만 제우스로부터 영원한 생명을 얻은 티토노스는 죽을 수도 없었다.

보다 못한 에오스는 그를 창고에 가두었다. 티토노스는 방 안쪽에서 소리만 내게 되었고, 마지막에는 바싹 마른 매미가 되었다.

쉽게 죽지 못하는 시대

영원한 생명(=불사)을 제우스에게 바랐지만 동시에 불로를 청하지 않았기 때문에 몸이 매미처럼 점점 시들어갔고, 그럼에도 죽을 수 없었다는 그리스 신화 속 인물 이야기다. 인생 백세 시대를 상징하는 이야기로도 볼 수 있다.

21세기에 태어난 인간의 절반은 백세까지 산다고 한다. 인생 백세 시대의 도래는 참으로 경사스러운 일이다. 그런 한편으로 옛날처럼 쉽게 죽지 않고 쉽게 죽지 못하는 시대가 되었다. 이런 시대에 태어나 살고 늙어가는 것은 행운일까, 아니면 불행일까.

애초에 노화란 무엇일까? 고바야시 다케히코의 《생물은 왜 죽는가(生物はなぜ死ぬのか)》에 나오는 내용을 간추려 설명하겠다.

노화는 세포 수준에서 일어나는 비가역적, 즉 되돌릴 수 없는 생리 현상이다. 구체적으로는 세포 기능이 서서히 저하되어 분열하지 않는 현상을 의미한다. 세포 기능이 저하되거나 이상이 발생하면 암을 비롯한 다양한 질병이 생길 수 있다. 이를 피하기 위해 생물은 진화 과정에서 노화라는 메커니즘을 획득하여 세포를 대체할 수 있게끔 했다. 진화가 생물을 만들었다면 노화 또한 인간이 오랜 역사 속에서 살기 위해 획득한 것이라고 할 수 있다.

세포의 노화에는 활성산소와 돌연변이가 축적되어 이상을 일으키기 쉬운 세포를 미리 배제하고 새로운 세포로 대체하는 매우 중요한 작용이 있다. 이 작용으로 젊었을 때 세포 손상을 현저하게 억제할 수 있지만 55세 정도가 한계이며, 그 무렵부터 게놈의 손상 축적량이 한계치를 넘어서기 시작한다. 비정상적인 세포 발생 수가 급증하면서 이를 억제하는 기능을 넘어서는 것이다. 그때부터는 질병과의 싸움이다. 달리 말하면, 진화를 통해 획득한 한계(55세)를 훨씬 넘어, 인간(생물로서의 인간)은 장수하게 된 것이다.

마무리하자. 진화가 생물을 만들었다는 것에서 돌아보면 노화라는 성질을 획득한 개체가 선택되어 살아남았다고 할 수 있다. 즉, **노화는 인간이 오랜 진화의 역사 속에서 살아남기 위해 획득한 성질이다.**

60 조사부사자사손사

어느 날 승려 센카이(仙崖)는 어떤 경사스러운 말을 써달라는 부탁을 받았다.

센카이는 "아, 좋지요." 하고 붓을 잡았다. 그리고 단숨에 '조사부사자사손사(祖死父死子死孫死)'라는 여덟 글자를 썼다.

부탁한 사람은 이 문구를 보고 얼굴을 찡그렸다. 축하의 말을 기대했는데 '죽을 사(死)'가 네 번이나 나온다.

"아무리 그래도 이건 너무합니다."

"아니, 이게 경사스러운 거지. 자, 보시오. 먼저 할아버지가 죽고, 다음에 아버지가 죽고, 다음에 아이가 죽고, 그 후에 손자가 죽는다. 이 순서를 지키면서 사람이 죽는 것만큼 행복한 일이 또 있겠나. 이 순서가 잘못된다고 생각해보게. 부모보다 먼저 아이가 죽으면 부모가 얼마나 슬퍼할지……. 그 점을 잘 생각해보시오."

순연은 자연스러운 일이다

어른인 부모가 어린아이보다 먼저 죽는 것이 자연스러운 순서다. 이에 반해 자녀가 부모보다 먼저 죽으면 연장자인 그 부모가 자기 자식의 명복을 빌며 제사를 지낸다. 이것을 역연이라고 부른다.

옛날에는 부모가 백 살이고 자식이 75세인 가정이 거의 없었다. 자식이 75세면 부모는 이미 돌아가셨기 때문이다. 그러나 지금은 평균수명이 늘어나 부모가 백 살이고 자식이 75세인 가정이 그리 드물지 않다.

이런 이야기를 들은 적이 있다. 백 살이지만 혼자서 독립적으로 사는 남자 노인에게 중년의 도우미가 "건강하시다니 정말 다행이에요. 오래 살 수 있어서 좋네요. 부러워요!"라고 말했다. 그러자 노인은 이렇게 답했다고 한다.

"음. 친구들은 이미 다 죽었어요. 아내와 하나뿐인 아들도 먼저 갔습니다. 장수라는 게 그렇게 좋은 것만은 아닙니다."

12장

사는 힘과 죽는 힘

61 ♦ 돌과 바나나 나무

62 ♦ 죽고 싶지 않은 남자

63 ♦ 테헤란의 사신

64 ♦ 인간으로서 최고의 행복

61

돌과 바나나 나무

옛날 옛적에 돌과 바나나* 나무가 '인간은 어떻게 존재해야 하는가' 라는 주제를 놓고 치열한 논쟁을 벌였다.

돌은 말했다.

"인간은 돌과 똑같은 외모를 지녀야 하고 돌처럼 단단해야 해. 인간은 오직 오른쪽 반만 있고, 손도 발도 눈도 귀도 하나만 있으면 충분해. 그리고 영원히 죽지 말아야 해."

이 말을 들은 바나나 나무가 이렇게 대꾸했다.

"인간은 바나나와 같아야 해. 손도 발도 눈도 귀도 두 개씩 있고 바나나처럼 아이를 낳아야 해."

언쟁은 점점 심해졌다. 화가 난 돌이 바나나 나무에 달려들어 박살을 냈다. 그러나 다음 날에는 바나나 나무 아이들이 같은 곳에 자라났고, 그중 첫째 아이가 부모와 마찬가지로 돌과 언쟁을 벌였다.

이런 일이 여러 번 반복된 끝에 새로 생긴 바나나 나무의 큰아이가 벼랑 끝에서 자라면서 돌을 향해 소리쳤다.

"이 싸움은 어느 한쪽이 이길 때까지 끝나지 않을 거야."

화가 난 돌이 바나나 나무에 달려들었다. 하지만 목표물이 빗나가면서 돌은 깊은 계곡 바닥으로 떨어졌다. 바나나 나무의 아이들은 매우 기뻐하며 말했다.

"거기서 올라올 수는 없을 거야. 우리의 승리야."

그러자 돌은 말했다.

"괜찮아. 인간이 바나나처럼 살면 되지 뭐. 대신 바나나처럼 죽어야 할 거야."

* 바나나는 나무가 아니라 파초과 바나나속에 속하는 상록 여러해살이풀이다. 바나나가 열매를 맺는 나무줄기처럼 보이는 부분은 풀의 '줄기'에 해당한다. 여기서는 원전에 나오는 대로 '나무'라는 단어를 그대로 표기했다.

죽음은 다세포생물의 피할 수 없는 운명이다

'바나나형'이라고 불리는 기원 신화의 일부다. '바나나형' 신화는 동남아시아와 뉴기니를 중심으로 보이며 죽음과 수명의 길이가 주제다. 세부 내용에 차이는 있지만 대부분 다음과 같은 내용이다.

인간은 신에게서 '돌이 될지 바나나가 될지' 선택하라는 말을 듣는다. 단단하고 변질되기 어려운 돌은 불로불사의 상징적 존재이며, 연약하고 썩기 쉬운 바나나는 생물을 대표하는 존재이다. 그리고 바나나를 고른 인간은, 바나나에게 자손이 생기면 부모 나무가 말라죽듯이 죽는 운명을 얻었다.

인간은 돌이 아니라 바나나를 선택했으므로 죽게 되었다. 이것은 신화적인 설명이다. 그렇다면 생물학적인 설명은 어떻게 될까? 이케다 키요히코의 《이윽고 사라져가는 내 몸이라면(やがて消えゆく我が身なら)》을 참고하면서 생각해보자.

모든 생물은 죽으므로 사람도 당연히 죽는다. 먼저 이런 답을 생각할 수 있다. 하지만 이것은 반드시 옳은 답이 아니다. 모든 생물이 죽는다고 할 수 없기 때문이다.

예를 들어, 원생생물인 박테리아는 원칙적으로 죽지 않는다. 물론

적에게 잡아먹히거나 먹이가 없어지거나 고온이나 건조한 상태에 장기간 노출되면 죽는다. 원칙적으로 죽지 않는다는 것은 세포 분열을 반복함으로써 무한정 '자기 복제'를 하므로 노화하지도 않고 죽지도 않는다는 뜻이다. 단, 세포 분열로 복제되는 '자기'는 원래의 '자기'와 똑같으며 자기와 다른 개체를 생성할 수는 없다.

그러면 다세포생물인 인간은 어떻게 될까? 다세포생물은 유성생식으로 자기의 유전자와 다른 사람의 유전자를 조합하여 자기와는 다른 개체를 늘려간다. 그로써 단세포생물 시대에는 존재하지 않았던 자신의 죽음으로 이어졌다.

다세포생물의 세포 분열에서는 꼬이지 않고 결합했던 두 염색체가 나뉘어 각각 복사본을 만들고 다시 두 개씩 꼬이는 과정을 거친다. 이 두 염색체가 다시 꼬일 때, 각 염색체 말단에 있는 텔로미어라는 부분이 필요하다. 텔로미어는 분열할 때마다 조금씩 짧아지고 마침내는 소멸하여 세포 분열의 수명을 다한다.

물론 세포 노화 메커니즘을 텔로미어만으로 설명할 수는 없고 아직 불명확한 점도 많다. 다만 인간 세포에서는 분열할 때마다 텔로미어가 짧아져 어느 정도 이하 길이가 되면 노화를 유도하는 것이 확실하다.

텔로미어가 사라지는 분열 횟수는 종에 따라 거의 정해져 있다. 인간은 50회, 쥐는 10회, 토끼는 20회이며, 갈라파고스 코끼리거북은

100회가 넘는다고 한다. 그에 따라 수명도 정해지기 때문에 인간은 120년, 쥐는 3년, 토끼는 10년, 갈라파고스 거북은 200년이 수명의 한계다. 종에 따라 수명이 길고 짧기는 하지만 다세포생물 개체는 죽음에서 벗어날 수 없다. 다세포생물은 원생생물로부터 진화해왔다. 전자는 반드시 죽고 후자는 불사의 존재라면 **죽음은 진화를 통해 획득한 힘이라고 할 수 있다.**

아포토시스(apoptosis, 세포 자살)라는 현상을 알아보자. 아포토시스는 세포 자체에 미리 내장된 세포 자살 프로그램이다. 이것은 생물이 죽어야 할 운명을 손에 넣은 대가로 획득한 능력이다.

다세포생물이 복잡한 모양을 형성하는 데는 아포토시스가 관여하고 있다. 가령 손가락은 손바닥에서 나온 것이 아니라 손가락과 손가락 사이의 이른바 물갈퀴 부분이 아포토시스로 죽으면서 형성된 것이다. 또한 뇌 신경 네트워크는 먼저 과도한 신경을 생성한 후 아포토시스로 적당히 죽어야 기능하게 된다. 요컨대 아포토시스는 다세포생물이 살기 위해 필수적인 작용이다. 아포토시스가 없다면 아무리 다세포생물이라고 해도 세포 덩어리 이상이 될 수 없을 것이다.

만약 다세포생물 개체가 불로불사라면 어떻게 될까? 지구상의 거의 모든 자원은 불로불사의 생물에게 빼앗길 것이고, 우리가 태어나고 자라는 데 필요한 자원은 더 이상 존재하지 않았을 것이다. 더불어 개체가 불로불사라면 일부러 아이를 낳아 생명을 이어가는 의미가 없다.

즉 우리가 지금 여기에 존재하는 것은 다세포생물이 불로불사가 아니기 때문이다. 어떤 인간도 죽기를 바라지 않는다. 그러나 죽음은 다세포생물이 피할 수 없는 운명이므로 받아들일 수밖에 없다.

62 죽고 싶지 않은 남자

먼 옛날, 엄청난 자산을 상속받아 편하게 사는 억만장자가 있었다. 어느 날 이 남자의 머리에 무서운 생각이 떠올랐다. '나도 언젠가는 죽을 텐데 영원히 살 수는 없을까?'

그날로부터 그의 마음은 쑥대밭이 되었다.

그는 어느 절을 찾아가 엿새 동안 여래에게 기도를 드렸다. 일곱 번째 밤, 법당문이 활짝 열리더니 눈부신 빛과 함께 석가여래가 나타났다. 남자는 석가여래에게 필사적으로 호소했다.

"저는 절대로 죽고 싶지 않습니다!"

여래는 잠시 생각하더니 종이학을 꺼내어 억만장자에게 건넸다.

"이 학이 너를 아무도 죽지 않는 땅으로 데려가줄 것이다."

여래의 모습이 사라지자마자 학이 큰 울음을 토했다. 억만장자가 학의 등에 올라타자 학은 허공에 날아올라 망망대해를 끝없이 날기 시작했다.

얼마나 오랜 시간이 흘렀을까. 황폐한 해안이 눈에 들어왔다. 학이 해변으로 내려가자 남자는 학의 등에서 내려와 가장 가까운 마을까지 달려갔다.

"여기는 어떤 나라입니까?" 남자는 처음 만난 사람에게 물었다.

"영원한 생명의 나라입니다."

대답을 들은 억만장자는 크게 기뻐했다. 그 낯선 사람은 매우 친절해서 남자에게 일자리와 집을 찾아주었다.

새로운 생활에 적응이 되자 남자는 그곳에서 사는 사람들이 꽤 색다르다는 사실을 깨달았다. 그들은 독버섯을 먹고 독사와 사이좋게 어울렸다. 또 노인처럼 보이도록 머리를 하얗게 물들였다. 남자는 그 이유를 물었다.

"죽고 싶어서 그래요! 영원히 사는 것에 질렸거든요."

이 말을 들은 남자는 고개를 흔들며 "난 절대 죽고 싶지 않아"라고 중얼거렸다.

하지만 수십 년, 수백 년, 수천 년이 지나자 역시 남자도 인생에 싫증이 났다. 같은 일의 반복을 참을 수 없게 된 것이다.

"이런 인생은 싫다. 원래 내가 살던 나라로 돌아가 평범한 삶을 살다가 수명이 다하면 그냥 죽고 싶어."

그때 좋은 생각이 났다.

"석가여래께서 나를 이곳으로 인도했으니 다시 여래님께 부탁하면 죽을 수 있는 고향으로 돌려보내주시겠지."

억만장자가 큰소리로 기도하자 무언가가 그의 곁에 떨어졌다. 그것은 오래된 종이학이었다. 눈앞에서 그 학은 점점 커졌다. 남자가 학을 붙잡자 학은 하늘 높이 날아올랐다.

바다 위를 나는데 폭풍우가 덮쳤다. 종이학의 날개는 눅눅해졌고, 남자는 바다에 빠지고 말았다. "살려줘! 빠져 죽겠어!"라고 남자는 큰 소리로 외치며 바닷속에서 허우적거렸다. 남자는 상어가 근처에서 맴도는 것을 알아차렸다.

"살려주십시오! 죽고 싶지 않습니다!" 남자는 필사적으로 여래에게 빌었다. 다음 순간 남자는 산속 절 바닥에 누워 목청껏 도움을 청하고 있는 자신을 깨달았다.

법당문이 열리고 아찔한 빛이 실내를 가득 채우자 거룩한 모습이 안쪽에서 나타났다.

"나는 여래께서 보내신 사자다. 여래는 너를 꿈속에서 영원한 생명의 나라로 보냈다. 그것은 네가 불로불사를 원했기 때문이다. 그런데 너는 죽음을 바라게 되었다. 그래서 이번에는 너를 시험하기 위해 폭풍과 상어를 보내셨다. 그러나 너는 목숨을 구걸하기만 했다. 너에게는 인내심도 신념도 없구나."

사자는 책 한 권을 꺼내 남자에게 주었다.

"너는 가족이 있는 집으로 돌아가라. 그리고 자신의 운명에 만족하라. 여래께서는 너에게 이 지혜의 책을 주셨다. 여기에 쓰여 있는 충고에 따라 살아라. 열심히 일하고 아이들을 훌륭하게 키우고 아이와 손자의 미래를 위한 일을 하며 이웃을 도와라. 그러면 죽음에 대한 두려움이 사라질 것이다."

그 말과 함께 사자의 모습은 사라졌다.

남자는 지혜의 책을 들고 집으로 돌아갔다. 그 후에는 그 책의 조언에 따라 하루하루를 보냈다. 그는 선하고 정직한 삶을 살았고, 마침내 수명이 다했을 때 입술에 미소를 띠고 하늘에 불려갔다.

불사(不死)를 '영원히 이어지는 삶의 괴로움' 혹은 '죽음으로 인한 끝없는 고통'으로 해석하고, 거기에 경종을 울림으로써 영원한 삶을 경계하라고 일깨우는 옛이야기가 많다. 여기서 소개한 것도 그런 이야기다.

억만장자는 영원한 생명이 주어지는 나라에 갈 기회를 얻는다. 처음에 그는 그곳에서의 삶에 만족한다. 하지만 점차 끝없는 삶과 변화가 없는 생활에 넌더리가 나고 평범한 죽음을 갈망하게 된다. 그리하여 그는 진실을 알게 된다. 인생의 길목에서 맛보는 기쁨, 즐거움, 자극, 감동은 '인생은 무한하지 않고 유한하다'는 시간 의식에 뿌리를 두고 있다는 것을 말이다. 또한 죽음은 무거운 짐으로부터 해방과 안식을 준다.

여기서는 주인공의 속성에 주목하자. 주인공은 가난한 사람이 아니라 부자이고, 젊은이가 아니라 중장년이며, 여성이 아니라 남성이다. 이것은 어쩌다 그렇게 된 설정이 아니라, 돈 많은 중장년 남성이 주인공인 데는 나름의 필연성이 있다.

왜 주인공은 가난한 사람이 아니라 부자일까. 불멸을 바라는 마음은 현세에서 맛보는 온갖 쾌락을 영원히 누리고 싶은 욕망에서 나온다. 진시황이나 한나라 무제처럼 나라를 지배하는 사람이 간절히 불로불사를 원했다는 것은 잘 알려져 있다. 즉 불로불사는 가진 자의 소망이다. 어렵게 사는 서민이 '이렇게 영원히 살고 싶다!'고 생각할 리가 없다.

다음으로 왜 주인공은 젊은이가 아니라 중장년일까. 젊은이에게 죽음은 어딘가 드라마틱한 색조를 띠고 있고, 로맨틱한 향기가 감돈다. 그들은 사랑, 진실, 영광, 정의를 위해서라면 기꺼이 죽음에 다가간다.

대부분의 젊은이는 친한 이의 죽음을 경험하지 못했기 때문에 죽음을 아직 남의 일이자 추상적인 개념으로 인식한다. 반면 친한 이의 죽음을 경험한 일이 많은 중장년에게 죽음은 추상적인 개념이 아니라 구체적인 사실이고, 서서히 자신에게 다가오는, 피하기 어려운 현실이다.

마지막으로 왜 주인공은 여자가 아니라 남자일까. 특히 근대 이전의 여성은 출산할 때마다 목숨을 걸어야 했다. 젊은 나이에 죽을지도 모른다는 공포심과 싸우면서 죽음을 각오했던 경험이 있으므로 이 이야기로 죽어야 할 운명을 새삼 상기할 필요는 없는 것이다.

또 여성이 남성보다 죽음에 대한 공포와 불안을 직접적으로 표현하는 경향이 강한 반면, 남성은 죽음에 대한 불안과 공포라는 감정을 애써 외면한다. 그런 감정을 공공연히 표현하는 남자는 겁쟁이라고 비난받기 때문이다. 따라서 이런 이야기는 남성이 무의식 속에 기두고 있는 문제를 다룬다.

게다가 여성의 상당수는 아이를 낳고 키우는 과정에서 아랫세대와 강한 유대관계를 가질 수 있다. 심리학자 에릭슨이 말하는 세대성(차세대 육성성)을 발휘하는 것은 피할 수 없는 죽음에 대한 불안과 두려움을 덜어주는 역할을 한다. 하지만 옛날에 남자들은 오로지 집 밖에서 음식을 조달하거나 돈을 버는 역할을 맡았기 때문에 여자에 비해 아랫세대와 직접적으로 관련될 기회가 적었다. 따라서 남자들은 결국 죽는다는 자신의 운명 앞에서 발버둥치게 된 것이다.

영원한 생명이 주어지는 나라에는 일기일회(一期一会)라는 사자성어가 존재하지 않는다. 일기일회는 다도에서 유래한 일본의 사자성어로 사람과의 만남과 기회는 두 번 다시 반복되지 않으며 일생에 단 한 번뿐이기에 그것을 소중히 여겨야 한다는 생각이다. 일기일회의 반대말은 '일생에 몇 번이나 일어나는 일'과 같은 표현이므로 그에 해당하는 사자성어는 없지만 굳이 표현한다면 '일상다반사' 정도가 아닐까.

인생에는 즐거운 일도 있고 힘든 일도 있다. 괴로운 일이 영원히 계속되지 않기를 바라는 것은 자연스러운 감정이다. 그런 점에서 죽음은 안식이며 무거운 짐으로부터 해방되는 것이라는 진리가 도출된다.

한편, 즐거운 일이 반복해서 일어나는 것은 바람직하다고 생각할 수도 있다. 그러나 처음 느꼈던 즐겁다는 감정은 횟수를 거듭할수록

퇴색해가므로 그것이 영원히 이어진다면 그 가치는 0에 가까워질 것이다. **삶의 즐거움, 기쁨, 재미는 '삶이 영원히 지속될 수 없다는 것'을 알고 있다는 전제가 있어야 느낄 수 있다.**

여기서 다룬 옛날이야기는 만약 불로불사가 이루어진다면 인간의 마음가짐은 어떻게 될 것인가, 라는 관점에서 만들어진 이야기다. 관점을 조금 바꾸어 '만약 불멸이 이루어진다면 그 사회는 어떻게 될까?'라고 상상해보자.

일본의 불교학자인 히로 사치야는 인생을 기차여행에 비유했다.

나이를 먹으면 이 열차는 죽음을 향해 달린다. 열차는 역마다 정차하는데 역에 도착할 때마다 사람이 탄다. 그리고 내 좌석에 새로 승차한 사람이 앉는다. 누군가가 내리지 않으면 새로운 승객이 탈 수 없다. 내가 이 열차의 승객이 될 수 있었던 것도 조상님들이 내려주셨기 때문이다. 나의 죽음은 누군가의 삶을 낳는다. 그러니 죽음을 보시하라. 이런 비유적인 이야기다.

보시(布施)라는 단어는 '절이나 신사에 돈을 보시한다'와 같이 사용되는 경우가 많다. 단나(檀那) 등으로 음역하기도 하는데 자신의 소중한 물건을 제공한다는 뜻이 있다.

지구에 살 수 있는 인간 수에는 한계가 있다. 그러므로 나의 죽음은 일종의 보시가 되는 것이다.

63 테헤란의 사신

부유하고 권력 있는 페르시아인이 하인과 함께 집안 정원을 거닐고 있었다. 그런데 갑자기 하인이 울음을 터뜨렸다. 방금 사신(死神)과 딱 마주쳐 위협을 받았다는 것이다.

하인은 매달리듯 주인에게 부탁했다.

"가장 빠른 말을 주십시오. 그 말을 타고 테헤란까지 도망갈 것입니다. 오늘 밤 안에 테헤란에 도착하고 싶습니다."

주인은 하인에게 말을 주었고 하인은 말을 타고 일사천리로 달렸다.

집안에 들어가려는데 이번에는 주인이 사신을 만났다. 주인은 사신에게 말했다.

"왜 내 하인을 놀라게 하고 겁을 준 것이냐."

그러자 사신은 말했다.

"나는 그를 놀라게 하지 않았다. 겁을 주었다니 말도 안 된다. 오히려 놀란 것은 나다. 저 남자를 여기서 만나다니. 놈과는 오늘 밤 테헤란에서 만나기로 했는데 말이다."

운명은 피할 수 없다

빅터 프랭클의《밤과 안개》에 나오는 우화다. 이 책은 유대인으로서 아우슈비츠 강제수용소에 갇혔다가 기적적으로 생환한 저자의 체험기다. 원제는《독일 강제수용소의 체험 기록》이다. 저자는 무슨 말을 하려고 이 우화를 인용했을까?

아우슈비츠 강제수용소는 나치 독일이 운영한 살인 공장이다. 여기에 수용된 유대인 중 살아남은 사람은 단 몇 퍼센트에 불과했고, 백만 명이 넘는 사람들이 목숨을 잃었다(사망자 수에 관해서는 여러 가지 설이 있다).

강제수용소에 도착한 유대인들은 수용 이유, 사상, 직능, 종교, 성별, 건강 상태 등을 바탕으로 노동자, 인체실험 검체, 가치 없음 등으로 구분되었다. '가치 없음'이라고 분류된 사람은 가스실로 이송되었다.

노동자로 분류된 사람도 안심할 수 없었다. 하루하루가 견디기 힘든 상황 속에서 생존을 위한 투쟁이었다. 고된 노동과 굶주림, 추위가 그들의 체력을 앗아갔고 쇠약해진 사람들은 수용소 안에 퍼진 전염병으로 죽어갔다. 가까스로 살아남은 사람들도 여러 집단으로 나뉘어 어디에 속하느냐에 따라 생사가 갈리기 일쑤였다. 살아남으려면 '일할 수 있는 인간'으로 판정되어야 했다.

지인은 프랭클에게 '살기 위해서 해야 할 일'을 다음과 같이 이야기했다.

한 가지 부탁하겠소. 가능한 한 날마다 수염을 깎으시오. 그러려면 유리 조각을 사용해야 하더라도 말이오. 그 일을 위해 마지막 남은 빵 조각을 주어야 한다 하더라도 말이오. 그러면 좀 더 젊어 보이고, 매끈하면 뺨의 혈색이 좀 더 좋아 보일 것이오. 계속 살고 싶으면 한 가지 길밖에 없소. 그것은 바로 노동하기에 적합해 보이는 것이오. 이를테면 뒤꿈치에 작은 물집이 생겨 절룩거리기만 해도 친위대원이 그것을 발견하고 옆으로 오라고 손짓을 할 것이오. 그리고 다음 날은 가스실로 갈 것이 틀림없소. ……그러니 명심하시오. 수염을 깎고 똑바로 서서 민첩하게 걸으시오.

프랭클은 '수용소에 머물거나 병원수용소로 옮길지' 혹은 '탈주를 시도하거나 머물거나'라는 결단을 내려야 했던 적이 몇 번 있었다. 그는 하나를 선택했고 결과적으로 살아남았다. 만약 다른 선택을 했다면 프랭클은 이 세상에서 사라졌을 것이다. 프랭클이 살아남은 것은 프랭클이 현명한 판단을 해서가 아니라 어쩌다 운이 좋았던 것에 불과했다. 같은 이유로 살아날 확률이 높다고 생각했지만 실제로는 그렇게 되지 않은 적도 여러 번 있었다.

이런 상황 속에서 프랭클은 강제수용소에 있는 사람들은 철두철미하게 감시병의 변덕에 좌우되는 대상이고—프랭클은 자신을 지키기 위해, 절대로 눈에 띄지 않고 어떤 사소한 일이라도 감시병의 주의를 끌지 않으려고 필사적으로 노력했다—운명의 장난 대상이라는 것을 깨달았다. 그러면서 자신이 '주체성을 가진 인간이라는 감각'을 잃어갔다.

그리하여 점차 의지를 갖고 결단을 내리는 것을 주저하기에 이른다. 그는 "수천 개의 행운의 우연으로, 혹은 소망이라면 신의 기적으로, 나는 어쨌든 살아 돌아갔다"고 썼다. 즉 아우슈비츠에서 생사를 가른 것은 자신의 의지나 선택이 아니라 행운의 우연 혹은 신의 기적이었다. 자신이 어떻게 될지는 압도적으로 운명의 지배를 받는다. 프랭클은 그렇게 실감하며 이 우화를 인용한 것이다.

그러면《밤과 안개》내용에서 벗어나, 이 우화가 우리에게 무엇을 가르쳐주는지 정리해보자.

인생은 선택(통제할 수 있는 것)과 운명(통제할 수 없는 것)에 좌우된다. 여기서는 운명을 인간의 선택(의지나 노력)을 초월해 인간의 일생(삶과 죽음, 행복과 불행, 동고동락 등)을 결정해 움직이는 힘이라고 정의하자.

그런 다음 자신의 삶이 어떤 궤적을 그리는지 생각해보자.

인생의 사소한 일은 선택에 따라 달라진다. 그로 인해 자신의 미래를 개편할 수 있다. 그러나 생사와 같은 중대한 일—예를 들어 어떤 사람의 수명—은 그 사람의 선택으로 어떻게 할 수 있는 것이 아니다. 그것은 인간의 힘(선택과 의지와 노력)을 압도하는 운명의 힘이 지배한다. 인간은 죽을 때 죽는다는 의미다. 그러니 **자신의 수명에 대해 걱정하지 말자. 그것은 운명이 지배한다.**

인간으로서 최고의 행복

효심이 지극한 형제가 있었다. 하루는 어머니가 아테네에 있는 헤라 신전 축제에 가고 싶다고 해서 형제는 어머니를 소달구지로 모셔 가려고 했다. 그런데 공교롭게도 소가 농사를 짓기 위해 밖으로 나가 있었다. 소를 데리러 갔다가 돌아오면 축제 시간까지 도착하지 못할 상황이었다.

그래서 형제는 우리가 소 대신 끌면 된다면서 어머니가 탄 소달구지를 끌고 축제에 나섰다.

마침내 헤라 신전에 도착하자 사람들은 그 형제를 칭찬했다. 그리고 아들들이 효자여서 정말 좋겠다고 어머니에게 말했다.

어머니는 기뻐하며 효도하는 아들들에게 부디 인간으로서 최고의 행복을 베풀어달라고 신에게 빌었다.

축제가 끝난 후 지친 형제는 저녁을 먹고 선잠을 잤다.

그런데 두 사람은 깨어나지 않고 그대로 죽고 말았다.

사는 것도 좋고 죽는 것도 좋다

어머니는 아들들에게 인간으로서 최고의 행복을 달라고 신에게 빌었다. 어머니는 어떤 것을 기대했을까.

아마도 출세하는 것, 사회적 지위나 명예를 손에 넣는 것, 부자가 되는 것, 결혼하는 것, 아이를 갖는 것…… 당연히 이런 것을 바랐을 것이다. 그러나 신은 어머니 기대를 저버리고 그 형제에게 죽음을 내렸다. 헤라 여신은 죽음이야말로 인간에게 최고의 행복이라고 생각했던 것이다.

이 이야기는 '세상의 잣대'와 '신의 잣대'의 차이에 대해 생각하게 해준다. 잣대는 나만의 가치관으로, 무엇을 좋은 것으로 볼지 생각할 때 기준이 된다.

세상의 잣대란 요컨대 세상의 상식이다. 예를 들면, 부자는 좋고 가난은 나쁘다, 건강함은 좋고 질병은 나쁘다, 공부를 잘하는 것은 좋고 공부를 못하는 것은 나쁘다. 이런 것이 대표적인 세상의 잣대다. 하지만 신은 세상의 잣대와는 다른 생각을 보여준다.

여러 가지 잣대를 가진 사람은 유연한 사고력을 갖고 있다.

생사에 관해서는 어느 한 가지 잣대만 택할 필요는 없을 것이다. **좌**

우로 흔들리는 메트로놈처럼 유연한 사고로 운명에 몸을 맡기면 '사는 것도 좋고 죽는 것도 좋다'는 경지에 이를 수 있다.

13장

인생관과 사생관

65 ♦ 조가 성인의 임종

66 ♦ 십계

67 ♦ 꽃 피우는 할아버지

68 ♦ 시간이 없는 임금님

65 조가 성인의 임종

드디어 임종의 날을 맞이한 조가 성인(增賀聖人)은 용문사의 하루히사 성인과 제자들에게 이렇게 말했다.

"나는 오늘 죽을 것이다. 바둑판을 가져오너라."

제자들이 근처에 있는 바둑판을 집어 왔다. 바둑판에 불상이라도 놓는 것인가 하고 의아해하는데 조가가 자신을 일으켜달라고 했다.

조가는 바둑판으로 향하더니 하루히사를 불러 바둑을 한판 두자고 가쁜 숨을 몰아쉬며 말했다.

염불은 안 외우고 바둑을 두자고 하시다니 이제 정신이 어떻게 되었구나 하고 슬퍼졌으나 경외하는 조가의 청에 따라 하루히사는 바둑판 위에 돌 열 개를 놓았다. 그러자 조가는 이제 되었다며 돌을 치웠다.

하루히사가 "무슨 이유로 바둑을 두셨습니까?"라고 조심스럽게 묻자, 조가는 이렇게 대답했다.

"아니, 방금 염불을 외우는데 내가 아직 소법사던 시절 사람들이 바둑을 두던 모습이 문득 생각나지 뭔가. 그래서 좀 해보고 싶었지."

조가가 다시 한 번 자신을 일으켜달라고 하더니 "말다래*를 가져와라"라고 말했다.

얼른 찾아서 가져오자 그걸 묶어서 목에 걸어달라고 했다.

조가의 말대로 목에 걸어주자, 조가는 고통을 참으며 좌우로 팔을 뻗고, 옛 말다래를 쓰고 춤을 춰보자며 두세 번 춤을 추는 모습을 보였다.

그러더니 빼달라고 해서 말다래를 제거했다.

하루히사가 다시 쭈뼛쭈뼛하면서 물었다.

"이번에는 무슨 이유로 춤을 추셨습니까?"

조가는 이렇게 대답했다.

"젊었을 때 옆방에 소법사들 여럿이 함께 크게 웃고 있기에 살짝 들여다보니 한 소법사가 말다래를 목에 걸고 춤을 추고 있었지. '호랑나비를 부르며 말다래를 쓰고 춤을 춘다'는 노래를 하고 있었어. 무척 재미있어 보이더군. 줄곧 잊고 있었는데 갑자기 생각이 나서 나도 춤을 춰봤다네. 이제 여한이 없어."

그리고 조가는 사람을 내치고 후미진 방에 들어가 가부좌를 틀더니 입으로는 법화경을 읊고 손은 금강 합장을 하고 서쪽을 향한 자세로 입적했다. 그의 시신은 다무봉산에 묻혔다.

마지막으로 생각나는 일은 꼭 하는 것이 좋다. 이를 알기 때문에 조가도 바둑을 두고 말다래를 걸고 춤을 춘 것이다.

하루히사 성인도 다른 사람의 꿈에 나타나 구품왕생(극락에서 생전에 자신이 한 행동에 따라 9단계 대우를 받게 되는데 이것을 구품왕생이라고 한다-역주) 중 가장 좋은 상품상생으로 거듭났다고 했다는 이야기가 전해진다.

* 말 안장에 붙이는 가죽 흙받기

하고 싶은 일을 미루지 않는다

조가 성인은 일본 헤이안 중기 천태종 승려다. 미치광이인 척하며 명리를 피해 도심(불교에 귀의하는 마음)을 관철한 고승으로 알려져 있다.

이 일화에서 흥미로운 것은 조가 쇼닌이 마지막에 떠올린 욕구가 대단한 것이 아니라 터무니없는 것이었다는 점이다. 오랜 욕구는 임종에 방해가 되므로 가능하다면 실천하는 것이 좋다는 교훈으로 해석할 수도 있겠지만, 이 이야기 자체는 과거에 품었던 헛된 욕구가 문득 생각나서 잠시 해봤다는 것일 뿐이다.

〈버킷리스트〉라는 영화가 있다. 주인공은 우연히 같은 병실에 입원하게 된 카터(모건 프리먼)와 에드워드(잭 니콜슨)다. 둘 다 6개월에서 1년이라는 여명을 선고받았으나, 그들은 태생도 성장 과정도 달랐다. 카터는 자동차 정비공이고 에드워드는 백만장자 사업가다. 처음에는 왠지 모르게 어색했지만 카드 게임을 하고 서로의 인생에 관해 대화하면서 점점 마음을 열게 된다.

어느 날 카터는 노란색 종이에 버킷리스트—죽기 전에 꼭 하고 싶은 것들을 적은 목록—를 적기 시작했다. 그 노란 종이에는 '모르는 사람에게 친절하게 대하기', '눈물이 나올 만큼 마음껏 웃기', '실로 장엄한 경치 보기', '꿈에 그리던 차 머스탱 운전하기'라고 적혀 있었다.

그 종이를 발견한 에드워드는, '스카이다이빙', '세계 제일의 미녀와 키스하기', '문신'이라며 자신이 하고 싶은 것을 덧붙였고 카터에게 이렇게 말했다.

"대학을 졸업한 지 45년간 가족을 위해 많은 것을 참아왔죠? 남은 인생은 자신이 원하는 대로 살 기회야. 나는 돈은 많이 가지고 있어. 둘이서 이 리스트를 실행하면서 남은 인생을 즐기자고!"

망설이는 카터를 향해 에드워드는 계속한다.

"선택지는 두 가지야. 기적을 믿고 의학의 실험대가 될지 아니면 인생을 즐길지."

잠시 생각한 뒤 카터는 "스카이다이빙!"이라며 미소 짓는다.

"그래야지!"라고 에드워드는 말한다. 그리고 두 사람은 여행을 떠난다.

앞의 일화에서 등장한 것 같은 '소소한 욕구'든, 영화 〈버킷리스트〉에 나오는 것 같은 '큰 욕구'든 지금 하고 싶은 일을 앞날로 미루지 않기를 바란다.

하고 싶은 일에는 때가 있다. 하고 싶은 것을 하기에 가장 좋은 때는 당신의 뇌가 가장 기뻐하는 지금이다. 이것을 하고 싶다는 욕구가 계속 지속되진 않기 때문이다. 종종 시간이 지나면서 그 열정이 식어버리기도 한다.

또, 하고 싶은 열정은 그대로여도 건강 악화, 가족의 돌봄이나 간병, 대형 자연재해와 전쟁 등 여러 가지 제약 조건이 생겨서 하고 싶어도 할 수 없게 되는 경우도 있다.

나아가 미루어둔 '미래'가 반드시 온다고도 장담할 수 없다. 어찌된 일인지 우리는 당연히 평균 수명까지 살 것으로 생각한다. 그러나 평균 수명은 평균일 뿐이며 모든 사람이 그때까지 산다는 보장이 없다.

마무리하겠다. 재미있을 것 같거나 즐거울 것 같은 일이 있으면, 귀찮다거나 좀 더 상황이 나아진 후에 하자는 마음을 떨쳐버리고 바로 해보자. **즐거움을 미루기만 하다 보면 그 사람은 결국 하고 싶은 일을 전혀 하지 못하고 생을 마감할 것이다.**

십계

천국의 문 앞에 그날 죽은 사람들의 몸속에서 빠져나간 수백 개의 영혼이 모여 있었다. 천국의 문지기인 성 베드로는 영혼을 교통 정리하는 일을 하고 있었다.

"위로부터의 지시로 십계명 가르침에 비추어 세 개의 조로 나누겠다. 첫 번째 조는 십계명의 모든 규칙을 어긴 적이 있는 자. 다음 조는 십계명의 전부는 아니지만 몇 가지 규칙을 어긴 적이 있는 자. 마지막 조는 이곳이 가장 많겠지만 십계명의 모든 규칙을 한 번도 어긴 적이 없는 자다."

성 베드로가 "이제 십계명의 모든 규칙을 어긴 적이 있는 자는 오른쪽으로 가시오"라고 하자 절반이 넘는 영혼이 오른쪽으로 갔다. 다음에 "그럼 십계명의 전부는 아니지만 몇 가지 규칙을 어긴 적이 있는 자는 왼쪽으로 가시오"라고 하자 나머지 거의 모든 영혼이 왼쪽으로 갔다. 정확히 말하면 한 영혼을 제외한 전부가 움직였다.

가운데에는 선한 인간이었던 영혼이 하나 남았을 뿐이었다. 인생의 처음부터 끝까지 자신의 양심에 따라 착한 일을 해온 자의 영혼이었다.

성 베드로는 가장 좋은 영혼의 조에 남은 영혼이 하나뿐이라는 사실에 놀랐다. 그는 곧바로 하나님에게 이 사실을 알렸다.

"큰일 났습니다. 처음 생각한 대로 영혼을 분류하면 가운데의 저 불쌍한 영혼은 선한 은혜를 받는 대신 지독한 고독 속에서 끔찍할 정도로 지루할 것입니다. 뭔가 방법을 생각해야 합니다."

하나님은 잠시 생각한 뒤 모두에게 이렇게 말했다.

"자신의 행실을 뉘우치는 자는 용서받을 것이며, 그 잘못은 없었던 일이 될 것이다. 죄를 뉘우치는 자는 순수한 영혼이 있는 가운데 자리로 돌아가도 좋다."

조금씩 모든 영혼이 중앙을 향해 움직이기 시작했다.

그때 "잠깐만요! 이건 불공평합니다! 사기야!"라는 외침이 들렸다. 그것은 십계명의 모든 규칙을 한 번도 어긴 적이 없는 영혼의 목소리였다.

"말도 안 돼요! 이렇게 쉽게 용서받을 줄 알았다면 인생을 헛되이 보내지 않았을 텐데……."

기독교에서 신이 사람들에게 내린 열 가지 규칙을 십계명이라고 한다. 그 내용은 다음과 같다.

1. 나 이외의 신을 섬기지 마라.
2. 너를 위하여 만든 우상을 숭배하지 마라.
3. 네 하나님 여호와의 이름을 망령되게 부르지 마라.
4. 안식일을 기억하여 거룩하게 지키라.
5. 네 부모를 공경하라.
6. 살인하지 마라.
7. 간음하지 마라.
8. 도둑질하지 마라.
9. 네 이웃에 대하여 거짓 증언하지 마라.
10. 네 이웃의 집을 탐내지 마라.

1~4계명은 신과 사람과의 관계, 5~10계명은 사람과 사람 간의 관계를 나타낸다.

그런데 우화 속에 등장하는 사람은 십계명을 엄격하게 지킨 사람

(이하 A), 그것을 전혀 지키지 않은 사람(이하 B), 양자의 중간에 위치한 사람(이하 C)으로 나뉜다. A는 당연하게도 B나 C보다 월등히 좋은 대우를 받을 수 있다고 생각했다. 그러나 '자신의 행실을 뉘우치는 자는 용서받을 수 있고, 저지른 잘못은 없었던 일이 될 것'이라는 하나님의 말씀으로, B와 C도 천국의 문 앞에서 회개만 하면 A와 동등한 대우를 받게 된다. 이 말을 들은 A는 불공평하다, 사기라고 화를 낸다. 어떻게 보면 당연한 일이다. '그럴 줄 알았다면, 나도 B나 C처럼 자유분방하게 살았지……. 아, 나는 인생을 낭비해버렸다'고 한탄했다는 우스갯소리다.

어떤 종교든 신도들은 그 종교의 가치관을 전적으로 받아들이려 하지만 모든 가르침을 실천하기는 어렵다. 몇 가지 가르침은 지키되 몇 가지 가르침은 실천하지 않는 사람이 대다수다. 이것이 현실이다.

원래 사회의 규칙이라는 것은 왜 존재할까. 세상 사람들이 예외 없이 규칙을 지킨다면 규칙은 필요 없을 것이다. 모든 사람이 안전 운전을 한다면 속도 제한을 할 필요가 없다. 역설적으로 말하면, 규칙은 어기는 사람이 있어서 만드는 것이다. 다시 말해 '규칙은 어기는 것을 전제로 만들어진 것'이다.

많은 종교는 금욕주의를 권장하고 쾌락주의를 비판한다. 윤리적 관점에서 보면 쾌락을 추구하기보다는 금욕적으로 사는 것이 옳아 보인다. 그런데 본래 쾌락주의는 살면서 생기는 결핍에 대한 욕망을 충족시킨 다음, 더 이상의 불필요한 욕망에 마음이 흐트러지지 않고 평온한 상태에 이르렀을 때 얻어지는 '영혼의 쾌락'을 추구한다.

따라서 **욕망에 휘둘려 마음이 교란되지 않도록 지혜롭게 절제하며 살겠다는 생각에 가깝다.** 육체적, 정신적 욕망을 부정하지 않고 욕망의 실체와 방향성을 명확히 파악한다. 그리고 취사선택한 욕망을 충족하기 위해 적절히 절제하는 방법을 익힌다. 우리는 이 정도를 실천하며 살면 되지 않을까?

꽃 피우는 할아버지

먼 옛날 어느 곳에 할아버지와 할머니가 살고 있었다.

아이가 없었던 두 사람은 시로라는 개를 매우 귀여워하며 길렀다. 어느 날 시로가 밭에서 짖었다.

"여기를 파, 멍멍, 여기를 파, 멍멍."

"응? 여기를 파라는 거야? 그래그래, 파보자."

할아버지가 땅을 팠더니 금은보화가 가득 나왔다.

이 말을 들은 이웃집 욕심쟁이 영감이 "나도 금은보화를 갖고 싶군. 나한테 시로를 빌려다오"라고 하면서 시로를 억지로 밭으로 끌고 갔다. 싫어하는 시로가 킁킁대는 곳을 파보니 냄새나는 쓰레기가 가득 나왔다.

"이 쓸모없는 개 같으니!"

화가 난 욕심쟁이 영감은 시로를 때려 죽였다.

시로의 죽음을 슬퍼하며 노부부는 시로를 밭에 묻어주었다. 그리고 막대기를 세워 무덤을 만들었다.

다음 날 할아버지와 할머니가 시로의 무덤을 살피러 밭에 가보니, 무덤의 막대기가 하룻밤 사이에 큰 나무가 되어 있었다.

할아버지와 할머니는 그 나무로 절구를 만들고 떡을 찧었다. 그러자 신기하게도 떡 속에서 보물이 많이 나왔다.

그 이야기를 들은 옆집 욕심쟁이 영감은 "나도 떡을 쳐서 보물을 얻어야겠어. 네 절구를 좀 빌려다오"라며 절구를 억지로 가져가 자기 집에서 떡을 찧었다. 그러나 나오는 것은 돌멩이뿐이었다. "이 바보 같은 절구!" 화가 난 욕심쟁이 영감은 절구를 도끼로 깨부수고 불에 태워서 잿더미로 만들었다.

소중한 절구통이 부서진 할아버지는 실망하면서도 재를 자루에 담아 가져가려 했다. 그때 바람에 재가 날아가더니 죽은 나무에 뿌려졌다. 그랬더니 놀랍게도 재투성이가 된 죽은 나무에 꽃이 활짝 피어났다.

할아버지는 기뻐하며 "죽은 나무에 꽃을 피우세"라며 연신 재를 뿌렸다. 그러자 나무에 아름다운 꽃이 가득 피었다.

큰 생명과 작은 생명

'꽃 피우는 할아버지'라는 일본 민화를 요약했다. 에도시대 초기에 등장했다는 이 이야기는 마음씨 착한 할아버지와 욕심 많은 할아버지가 대비되어 이해하기 쉽다. 착한 할아버지가 재를 뿌리자 마른 벚나무에 꽃이 피는 마지막 장면은 '죽음과 재생'을 연상시킨다는 점에서 매우 인상 깊은 대목이다.

이 이야기에는 여러 가지 설화가 있다. 거의 모든 이야기에서 죽은 나무가 꽃을 피운다고 나오며 꽃의 종류는 특정되지 않는다. 매실이나 복숭아도 좋겠지만 그래도 무엇보다 벚꽃이 가장 어울린다.

벚꽃은 신기한 꽃이다. 우리는 만개한 벚꽃이 내뿜는 아름다움을 찬양하는 한편으로 흩어지는 벚꽃에서도 또 다른 아름다움을 느낀다. 활짝 핀 벚꽃을 아름답다고 느끼기만 한다면, 그 상태를 유지하며 피어 있기만 바랄 것이다. 그러나 벚꽃은 '사흘도 못 본 사이에' 갑자기 떨어지기 때문에 벚꽃이다. 요컨대 일본인은 벚꽃은 갑자기 떨어져서 아름답다고 생각한다. 그 심리를 들여다보면 우리의 덧없는 삶과 떨어지는 벚꽃이 겹쳐 보이는 것이다. 즉, 벚꽃의 아름다움에는 지금 이 순간의 시각적인 아름다움과 더불어, 떨어지는 모습을 상상했을 때 연상되는 덧없음도 포함되어 있다.

심리학자 가와이 하야오는 옛날이야기는 종종 황당해 보이지만, 오랜 세월 이어져 내려왔기 때문에 깊은 의미를 갖는 경우가 많다고 말한다(《신장판 이야기의 지혜(新装版おはなしの知恵)》). 이 이야기에 대해서도 '사물을 변용하는 과정이 꽤 흥미롭게 그려져 있다'고 말하며 다음과 같이 고찰했다.

인간은 나이가 들어 늙어도 여전히 살아 있다. 하지만 인간으로서의 두뇌는 점점 활발하게 움직이지 않는다. 사람들은 등 뒤에서 노인을 '동물 같다'고 헐뜯을지도 모른다. 어떤 사람들은 노인은 비참하고 개처럼 그저 먹고 움직이고 있을 뿐이라고 차갑게 말한다. ……그리고 노인은 '식물인간' 또는 식물과 같은 상태가 되기도 한다. 이제 인간으로서는 아무런 소용이 없으니 적어도 장기라도 다른 사람들을 위해 사용할 수 있기를 바라는 사람도 있다. ……식물상태 다음으로 인간은 '재'가 된다. 생명이 있는 것은 이때 완전한 종말을 맞이한다.

그러나 정말 그럴까? '꽃 피우는 할아버지' 이야기는 이때 가장 훌륭한 전환점을 맞이한다. 재는 뜻밖의 일을 한다. 죽은 줄 알았던 나무에 생명을 주고 단숨에 꽃을 피운다. 생명의 전성기를 그곳에 연출하는 것이다.

생명이 있는 것은 변용을 거듭하며 그 형태가 놀라울 정도로 변하지만 절대 사라지지 않는다. 재는 무(無)일지도 모른다. 하지만 그것은 유(有)를 낳는 무(無)다.

노인은 동물과 같은 상태가 되고, 다음에 식물과 같은 상태가 되며, 마지막에는 잿더미가 된다. 재가 된 상태에서 우리 생명은 일단 끝을 맞이하는데, 이 재가 말라 죽은 줄로만 알았던 나무에 새 생명을 불어넣는다.

즉, 생명이 있는 것은 변용을 반복하며 그 모습과 형태가 변하지만 사라져 없어지진 않는다. 이제 가와이의 읽기를 참고하며 나의 읽기를 정리해보겠다.

첫 번째 읽기. 예를 들어 우리에게 친숙한 존재인 물을 상상해보자. 물을 식히면 얼음이 생기고 물을 데우면 수증기가 된다. 수증기가 되면 맨눈으로 모습을 확인할 수 없다. 그러나 물 분자인 H_2O는 얼음이든 수증기든 H_2O다. 공기 중에 떠다니는 수증기가 되어도 H_2O는 영원히 사라지지 않는다. 인간도 마찬가지다.

두 번째 읽기. 생명에는 두 가지 의미가 있으며, 이를 정리하지 않으면 논리적 혼란이 초래된다. 따라서 생명을 '생명 A'와 '생명 B'로 나누어 고찰할 필요가 있다.

생명 A는 '닫혀 있고 한정된 생명'을 의미하며, 자연과학적(의학적 혹은 생물학적)으로 보는 방법이다. 이 생각은 우리 생명은 고체에 갇혀 있으며 유일무이하고 대체할 수 없는 존재라는 인식이다.

한편 생명 B는 '열려 있고 연속되는 생명'을 의미하며, 인문과학적(철학적 혹은 불교적)으로 보는 방식이다. 나의 생명은 나라는 개체 안에 갇혀 있는 것이 아니라 나라는 개체의 테두리를 넘어 다른 개체와 무한히 연관되어 있다고 생각한다. 이는 전통적 생명관의 하나인 애니미즘, 즉 생물과 무생물을 막론하고 모든 것 속에 영혼이 깃들어 있다는 사고방식과 유사하다.

생명을 생명 B로 생각하면 다음과 같은 논리를 펼칠 수 있다. 나의 생명은 다른 생명과 단절되어 있지 않고 연속되어 있으며 다종다양한 생명의 연결고리 속에 위치한다. 자신의 '작은 생명'은 자신을 넘어선 '큰 생명'(=자연이나 인류)의 일부라고도 할 수 있고, 반대로 자신의 '작은 생명' 안에는 자신을 넘어선 '큰 생명'이 작용한다고 할 수 있다.

이렇게 생각하면, '내가 생명을 가지고 있다'는 표현보다는 '생명이 나를 존재하게 한다' 혹은 '생명이 나로 나타나고 있다'라는 표현이 더욱 적절한 것 같다. **나의 죽음은 내가 태어났을 때 맡은 작은 생명을 큰 생명으로 돌려주는 것이다.** 자신의 작은 생명이 소멸해도 '작은 생명'으로서 잠시나마 존재했던 나는 앞으로도 '큰 생명'의 요소로서 보이지 않는 형태로 작용할 것이다.

어떤 사생관을 가질지는 자유다. 다만 생명을 생명 A로만 파악한 '죽으면 무위(無爲)'라는 사생관에는 구원이 없다. 그보다, 생명을 생명 B로 파악해 '내가 죽어도 완전히 사라지는 것은 아니다. 어떤 식으로든 생명은 계속된다'라는 사생관이 마음을 잡아주는 것은 확실하다.

시간이 없는 임금님

인류의 역사를 알고 싶었던 왕이 한 현자에게 500권의 책을 가져오게 했다. 국사에 바쁜 왕은 현자에게 요약을 명했다.

20년 후 현자가 돌아왔고 역사를 50권으로 정리했다. 이제 나이를 먹은 왕은 그렇게 많은 책을 읽을 수 없으니 더 짧게 하라고 명령했다.

그리고 20년 후, 백발의 노인이 된 현자는 왕이 찾고 있던 지식을 한 권의 책에 정리해 가지고 왔다. 그러나 왕은 이미 죽음의 문턱에 있어 그 책조차 읽을 시간이 없었다. 그러자 현자는 단 한 줄로 인류 역사를 가르쳤다.

인간은 태어나서, 고생하다가, 죽는다. 인생에는 아무런 뜻이 없다. 인간은 살면서 어떤 것에도 도움을 주지 못한다. 사람이 태어난다거나 태어나지 않는다거나, 산다거나 죽는다거나 하는 것은 조금도 중요한 일이 아니다. 사는 것도 죽는 것도 아무 의미가 없다.

서머싯 몸의 소설《인간의 굴레》에 등장하는 우화다. 이솝 우화처럼 실천적 교훈을 전하려는 이야기가 아니라, 인생은 무의미하다는 인생관(이하 인생 무의미론이라고 줄임)을 표현하기 위해 지어낸 이야기일 것이다. 그렇다면 인생 무의미론의 근거는 무엇일까? 우화 앞에 적혀 있는 글을 읽어보면 알 수 있다.

우주를 돌고 있는 별의 한 위성 지구 위에서, 이 유성 역사의 한 부분을 이루는 조건에 영향을 받아 생물이 발생했다. 지구상에서 생명체가 탄생했듯이 그것은 다른 조건 아래에서는 끝장을 볼지도 모른다. 다른 생명체보다 하등 중요하다고 할 수 없는 인간, 그 인간도 창조의 절정에서 생겨난 것이 아니라 환경에 대한 물리적 반응으로 생겨난 것에 지나지 않는다.

이 대목 뒤에 필립(소설의 주인공)은 동방의 어떤 임금 이야기가 생각났다고 하면서 이 우화를 이야기한다. 필립은 우주론적 니힐리즘을 근거로 인생 무의미론을 주장한다.

우주론적 니힐리즘이란 무엇일까? 시부야 하루미의《신판 역설의 니힐리즘(新版逆説のニヒリズ)》을 참고하여 설명해보겠다.

우주론적 니힐리즘을 한마디로 요약하면, '이 우주는 언젠가 멸망하고 인류도 반드시 멸망할 날이 올 것이다. 따라서 우리 개개인의 삶에는 아무 의미가 없다'는 생각이다.

이러한 생각은 천문학, 생물학, 인류학 등 과학적 지견을 바탕으로 종으로서의 인간 존재의 의미를 고찰하는 논리에서 비롯된 것이다. 인류는 원래 어떤 목적이나 사명을 부여받아 탄생한 것이 아니다. 인간은 다른 생물의 정점에 서는 특별한 존재가 아니며, 이 지구상에 있어도 이상하지 않지만 없어도 상관없는 존재다. 언젠가 인류는 멸망할 것이다. 물론 인류가 멸종한 후에도 지구는 계속 존재할 것이다. 하지만 그 지구에도, 나아가 태양계와 은하계에도 수명이 있다. 이윽고 우주에도 종말이 올 것이다.

'우주론적 니힐리즘'이라는 말을 들으면 영화 '애니 홀'(우디 앨런 감독 및 주연)의 첫 장면이 떠오른다.

빅뱅 이후 우주는 계속 팽창하고 있고 언젠가 터져서 뿔뿔이 흩어지며 모든 것이 끝날 것이라는 이유로 숙제를 하지 않는 소년 알비와 소년의 어머니, 의사가 대화를 나누는 장면이다. 소년은 '숙제가 무슨 의미가 있냐'며 자신의 정당성을 주장한다. 어머니는 "우주와 숙제가 무슨 상관이야? 너는 브루클린에 있는 거야! 브루클린은 팽창하지 않았어!"라며 곤혹스러워한다. 의사는 "앞으로 수십억 년은 팽창하지 않을 거야, 알비. 살아 있는 동안 인생을 즐겨야지"라고 타이른다.

어른들 관점에서 보면, 소년 알비의 주장, 즉 우주가 결국 무로 돌아갈 텐데 학교 숙제를 하는 것에 도대체 무슨 의미가 있냐는 것은 우스꽝스러워 보인다. 하지만 그 소년에게는 어머니와 의사의 평범하고 얄팍한 대답이 더 우스워 보인다.

다시 주제로 돌아가자. 우주론적 니힐리즘을 근거로 개인이 지닌 삶의 의미를 생각해보려 할 때 거기에는 다양한 감정이 끓어오를 수 있다. 어떤 사람은 의기소침해지고 어떤 사람은 당황하며 어떤 사람은 마음이 편해질 것이다. 소설의 주인공 필립은 마음이 편해질 뿐만 아니라 신이 났다. 이 경지에 이른 기쁨을 필립은 다음과 같이 표현한다.

이제 책임이라는 마지막 짐까지도 벗어버린 듯한 기분이었다. 처음으로 완전한 자유를 누리게 되는 셈이었다. 자기 존재의 무의미함이 오히려 힘을 느끼게 해주었다. 이제까지 자기를 박해한다고만 생각했던 잔혹한 운명과 갑자기 대등해진 느낌이 들었다. 인생이 무의미하다면, 세상도 잔혹하다고 할 수 없기 때문이다. 그가 무엇을 하고 안 하고는 이제 중요하지 않았다. 실패라는 것도 중요하지 않고 성공 역시 의미가 없다.

필립은 자신을 '우주의 역사에서 아주 짧은 순간, 지구의 표면을 점유하고 있는 바글대는 인간 집단 가운데 아주 하찮은 생물'이라고 보왔다. 신은 존재하지 않으며 삶에는 외부에서 주어지는 의미가 없다고 생각했다. 의미를 박탈당한 인생이란 어떤 인생의 선택지도 기존의 종교와 도덕, 사회규범의 속박을 받지 않는다는 뜻이다. 이제 무엇이든 스스럼없이 자유분방하게 행동하며 살면 된다. 필립은 그런 무적의 경지에 도달했다.

이 경지에 도달하자 그는 또 다른 인생관인 인생 페르시아 카펫 이론에 도달했다. 이는 등장인물 중 한 명인 시인 크론쇼의 사상에 기초한 것이다.

페르시아 양탄자를 만드는 장인이 정교한 무늬를 짜내듯 사람도 자신의 삶을 하나의 무늬로 엮어가면 된다는 생각이다.

직공이 자신의 심미감을 충족시키고 싶어서 양탄자의 정교한 무늬를 짜듯이 사람들은 인생을 살아간다. ……무언가를 해야 하는 것은 없으며, 또 한다고 해서 무슨 이익이 있는 것도 아니다. 단지 하고 싶으므로 할 뿐이다. 사람의 행위, 감정, 사고와 같은 인생의 다양한 사건들로 자신이 원하는 무늬를 짜가는 것이다.

인생 페르시아 양탄자론에 따르면, **과거에 일어났던 불행과 고뇌, 비참함 등은 공들여 짜낸 아름다운 무늬의 일부다.** 아름다운 양탄자에는 광택뿐 아니라 음영도 필요하다는 것을 기억하자. 비록 부정적인 사건이더라도 그 모든 것을 기꺼이 받아들이는 태도와 일맥상통한다.

인생 페르시아 카펫 이론에 도달한 필립은 자신의 삶을 멀리서도 볼 수 있게 됐다고 느꼈다. 예전처럼 삶에 휘둘리지 않게 된 것 같았다. 그리고 미래와 다가올 자신의 죽음조차 두려워할 필요가 없다는 심경에 이르렀다. 미래에 어떤 일이 일어나든 그것은 자기 삶의 무늬를 더욱 복잡하게 만들 모티프가 될 뿐이다. 인생의 끝이 가까워지면 페르시아 카펫이 완성에 가까워지고 있다는 사실을 기뻐하면 된다. 그것은 하나의 예술작품이 될 것이다. 다만 그 존재를 아는 것은 자신뿐이며, 자신의 죽음과 함께 즉시 사라질 것이기 때문에 더욱 아름다운 것이다.

마지막으로 보충과 정리를 해두자.《인간의 굴레》에서는 주인공 필립이 여러 여성과 만났다가 헤어지고 마지막에는 결혼에 이르는 과정과 필립이 자신에게 적합한 일을 탐색하면서도 진정으로 수긍할 수 있는 인생관에 도달하는 과정을 그렸다. 그가 손에 넣은 인생관은 기독교를 부정하면서 도달한 인생 무의미론과 시인 크론쇼가 주창하는 인생 페르시아 양탄자론 두 가지였다. 이 두 가지는 한 세트다. 거기서 자기 수용과 자기 본위라는 특징을 볼 수 있다.

자기 수용은 자신의 태생과 성장, 신체적 특징, 과거에 일어난 일, 그리고 미래에 일어날 일, 곧 다가올 자신의 죽음 등 그 모든 것을 있는 그대로 수용하는 태도다.

반면 자기 본위란 판단과 행동의 기준을 자신에게 두는 것이다. 기존의 종교와 사회규범, 타인의 의견에 현혹되지 않고 자신의 느낌과 사고방식에 중심을 두고 자신을 놓지 않는 것이다. 다만 자신과 마찬가지로 타인에게도 자기가 있고, 자신의 '자기'와 동등하게 타인의 '자기'를 존중하는 사상이므로 이른바 이기주의와는 구별된다.

14장

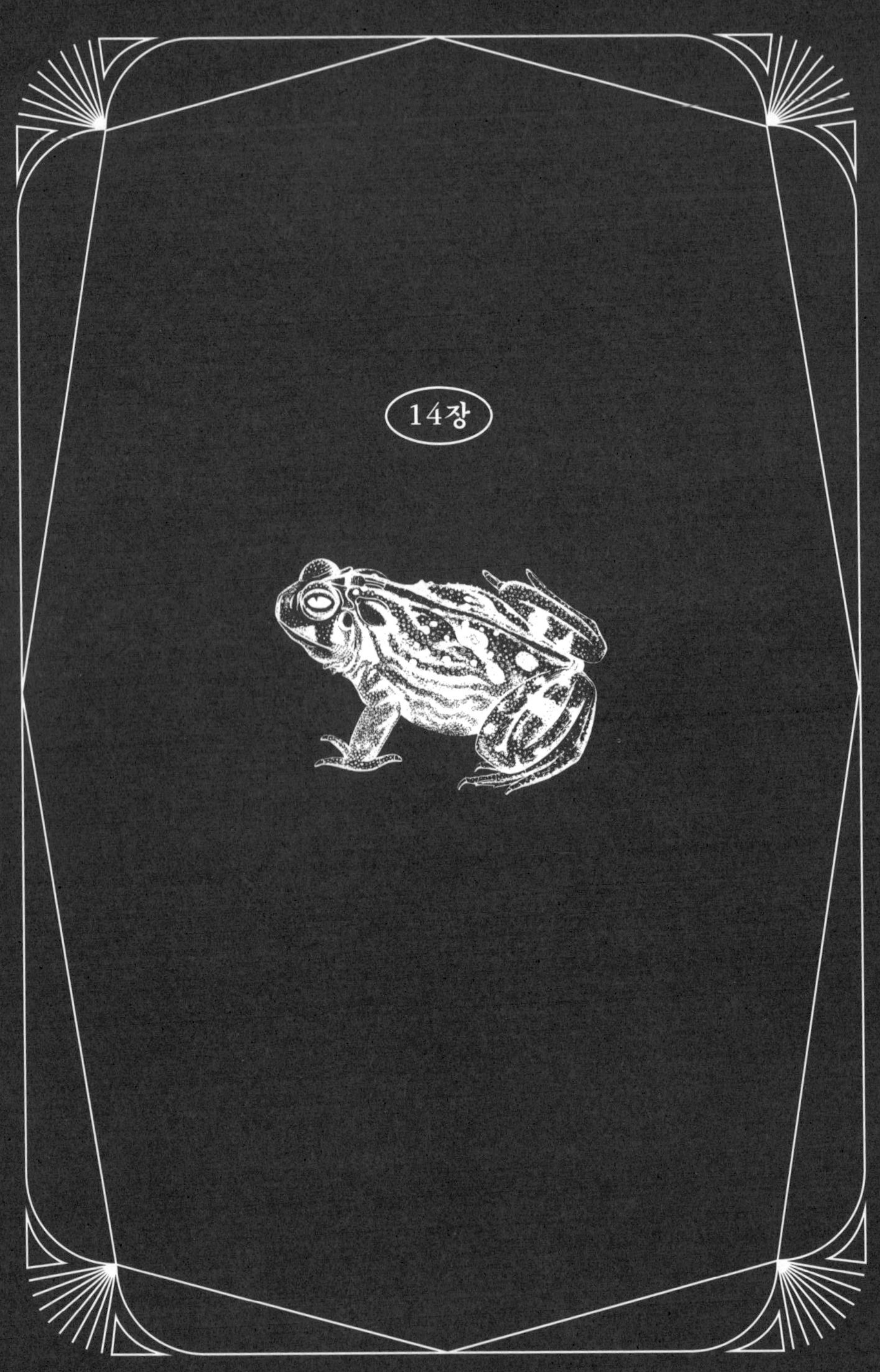

환경 문제와 인류의 책임

69 ♦ 공유지의 비극

70 ♦ 미지근한 물 속의 개구리

71 ♦ 리벳 가설

72 ♦ 옷 오백 벌

73 ♦ 세 마리 개구리

69

공유지의 비극

어느 농촌의 이야기다. 이 마을 주민들은 각자 집에서 소를 키웠다.

소들은 마을 공유 목초지에서 방목되어 풀을 뜯으며 자랐다.

마을 사람들은 소의 젖을 짜거나 때로는 소를 시장에서 팔아서 먹고살았다. 오랫동안 마을 사람들의 생활은 안정적이었다.

그런 어느 날, 한 마을 사람이 소의 수를 늘리기로 했다.

송아지를 몇 마리씩 사다가 공유지에서 방목하고 키워서 팔아 치웠다.

이렇게 해서 그 마을 사람은 성공하여 부자가 되었다.

이 모습을 보고 있던 다른 마을 사람들은 "좋아! 나도 소의 수를 늘리자!"라고 생각해 실행에 옮겼다.

모두가 소의 수를 늘리면 마을 공유의 목초지에서 방목되는 소의 수도 점점 늘어간다. 그런데 공유지 면적에는 한계가 있으므로 그곳에서 자라는 목초 양에도 한계가 있다. 결국 소들은 목초를 다 먹어 치웠고 목초가 없어지자 소들은 죽고 말았다.

결국 마을 사람들은 돈을 잃고 이전보다 더 가난하게 살게 되었다.

이세 다케시는《2050년의 지구를 예측한다》에서 이 우화가 환경 문제를 일으키는 인간 사회 메커니즘의 핵심을 찌른다고 하며 그 의미를 이렇게 설명했다.

이 이야기에 등장하는 인물들은 향상심이 높은 농민들이다. 어떻게 해서든 자신의 생활을 풍요롭게 하려고 지혜를 짜내어 최선을 다한다. 그들은 바보가 아니기 때문에, 그들 모두가 소의 수를 늘리면 머지않아 목초를 다 먹어 치울 것이라고 예상할 수 있었을 것이다. 그러나 누구 하나 소의 수를 줄이려 하지 않았다. 자신만 소의 수를 줄여봤자 다른 마을 사람들이 소의 수를 늘린다면 언 발에 오줌 누기다. 따라서 미래의 파멸을 알면서도 소의 수를 늘리는 움직임을 멈출 수는 없었다.

'우주선 지구호'라는 말이 있다. 지구라는 행성을 하나의 놀이기구에 비유한 말로, 인간뿐만 아니라 동물과 식물 등 모든 생물이 '지구'라고 불리는 우주선의 승무원이며, 인간은 승무원 중 한 사람으로서 책임감 있게 행동할 필요성이 있다고 호소하는 개념이다.

광대한 우주에서 보면 지구는 작은 점에 불과하다. 이렇게 좁디좁은 곳에서 살아가려면 승무원 모두가 협력하면서 살아야 한다. 승무원 중 누군가가—이것은 오로지 인간이다—이기적이고 무모하게 행동하면 폐쇄 시스템인 우주선 지구호의 환경이 악화되고, 결국 모든 승무원의 생명이 위태로워진다.

어떻게 하면 공유지의 비극을 피할 수 있을까? 하나는 공유지를 사유물로 만드는 것이다. 그러나 대기나 물과 같은 것을 사유물로 만들기는 어렵다.

또 하나는 규칙을 만드는 것이다. 사회 구성원이 규칙을 지키도록 감시하고 위반자에게는 합당한 조치를 하는 것이다.

지구는 유한하다. 따라서 그곳에 존재하는 자원도 유한하다. 인간이 배출하는 물질(이산화탄소나 질소산화물 등)을 희석해주는 대기와 물도 유한하다. 이런 당연한 사실을 외면하면서 인간은 자원을 낭비해왔고, 지금도 그렇게 하고 있다. **우리는 다른 생물에게 피해가 가지 않도록, 그리고 미래 세대가 어려움을 겪지 않도록 규칙에 따라 지구라는 공유지를 지켜야 한다.**

미지근한 물 속의 개구리

70

뜨거운 물에 뛰어든 개구리는 위험을 감지하고 곧바로 도망쳤다.

다음으로 개구리는 미지근한 물에 뛰어들었다. 물이 서서히 뜨거워지는데도 개구리는 도망치지 않고 가만히 있었다.

온도가 점점 올라갔다. 여전히 개구리는 움직이지 않았다.

마침내 개구리는 죽고 말았다.

완만한 변화에는 위기의식이 작동하지 않는다

이 이야기는 원래 1988년에 출판된 구와타 고타로와 다오 마사오의 《조직론》에서 〈베이슨의 삶은 개구리 우화〉로 소개되어 일본에 널리 알려졌다.

미지근한 물과 같이 아늑한 상태에 익숙해지면 사업에 관한 외부 환경 변화를 알아차리지 못하고 치명상을 입게 된다는 비즈니스상의 교훈을 전하는 이야기로 거론되었다.

여기서는 이 이야기를 지구온난화를 생각하기 위한 우화로 다루어 보겠다.

이 우화는 2006년 앨 고어가 출연한 다큐멘터리 영화 〈불편한 진실〉에서 언급되어 화제가 됐다. 지구에 사는 인간을 개구리로, 지구온난화의 실태를 서서히 뜨거워지는 물에 비유한 것이다. 영화 속에서 앨 고어는 인간의 판단력은 개구리와 같다, 충격을 가하지 않으면 위험을 감지하지 못한다, 실제로 위험이 닥쳐도 긴급하지 않다고 생각하면 가만히 있는다고 했다.

개구리는 죽음을 피하기 위해 냄비 밖으로 탈출하면 된다. 하지만 인간은 지구 환경이 열악해졌다고 지구 밖으로 뛰쳐나올 수 없다. 인류에게 지구는 유일무이한 생존 장소다.

또, 온난화 대책을 바로 실행한다고 해도 지구온난화가 당장 멈추지는 않는다. 그동안 배출해온 온실가스가 축적되어 있으므로 수십 년 후에야 효과가 나타날 것이다. 즉, 대책과 효과에는 수십 년의 시차가 있다.

지구 환경은 느리지만 분명 악화하고 있다. 급격한 변화에는 위기의식이 작용하는 반면, 완만한 변화는 그 상태에 익숙해져 문제에 대처할 적절한 시기를 놓칠 수 있다.

71

리벳 가설

이 이야기는 비행장에 인접한 정비공장이 배경이다. 사다리를 타고 한 남자가 날개의 리벳(물건을 접합하는 쇠붙이)을 뽑는 작업을 하고 있었다. 나는 그에게 "뭐 하는 건가요?"라고 물었다. 그러자 남자는 이렇게 답했다.

"항공사는 이 리벳이 개당 2달러에 팔린다는 걸 깨달았죠."

"하지만 그렇게 해도 괜찮을까요? 날개가 약해지지 않는다고 어떻게 알 수 있죠?"

"전혀 걱정할 필요 없어요. 비행기가 필요 이상으로 튼튼하게 만들어진 것은 확실해요."

남자는 자신만만했다.

"자, 보세요, 날개가 여전히 동체에서 벗어나지 않았잖아요. 게다가 리벳 개당 50센트의 수수료가 제게 들어가거든요."

남자는 미소를 지었다. 조금 두려워진 나는 "당신, 제정신이에요?" 하고 물었다.

"걱정할 필요 없다니까요. 내가 무엇을 하고 있는지 정도는 알고 있어요. 사실, 나도 이 비행기의 다음 비행기를 타기로 되어 있어요. 그러니 전혀 걱정하지 않아도 됩니다."

먼저 항공기 구조를 살펴보자. 항공기는 공기의 힘으로부터 양력을 얻고 전체적인 자세와 진행 방향을 제어하는 날개, 기체를 전진시키고 날개에 양력을 부여하는 추진력을 가져오는 엔진, 조종장치와 조종자, 탑승자, 화물 등을 탑재하는 적재부, 엔진의 연료를 탑재하는 연료부 등으로 구성된다. 이들 구성물을 하나의 탈것으로 결합하는 부품이 리벳(압정)이다. 대형 여객기에 사용되는 리벳은 무려 100만 개가 넘는다고 한다.

여기서 다룬 우화는 항공기의 리벳을 지구 생태계를 구성하는 종으로, 항공기의 각 구성 요소(날개, 엔진, 적재부, 연료부 등)를 자연환경 요소(대기, 물, 토양 등)에 비유한 이야기다.

항공기에 사용되는 많은 리벳은 필요한 곳에 단단히 고정되어 그 역할을 한다. 그리고 중요한 부위의 리벳이 떨어지면 그 부분의 기능에 심각한 손상이 발생한다. 별로 중요하지 않은 리벳이 떨어지는 건 문제가 없냐 하면 그렇지도 않다.

리벳이 한 개 떨어지면 주변에 있는 다른 리벳에 부하가 걸려 그 리벳이 파손되거나 떨어지면서 사고로 이어질 수도 있다.

마찬가지로 어떤 종의 멸종은 일견 생태계에 아무런 영향을 미치지 않는 것처럼 보여도, 이내 다른 종의 멸종을 부르고, 멸종이 연쇄적으로 발생함으로써 생태계 전체에 심각한 영향을 줄 위험이 크다.

애초에 생물의 다양성은 왜 그렇게 중요할까? 한 종류의 풀밖에 자라지 않는 초원과 다양한 종류의 풀이 자라는 초원을 비교하여 생산성이라는 측면에서 살펴보자.

초원에는 기복이 있어 마른 곳과 습한 곳이 존재한다. 종에 따라 습한 곳을 선호하는 풀도 있고 마른 곳을 선호하는 풀도 있다. 풀의 다양성이 크면 초원의 여러 환경에 적합한 풀이 자라기 때문에 전체적으로 생산성이 높아진다.

또한 생태계는 항상 같은 상태를 유지하지 않는다. 일반적으로 폭우가 내리는 해와 가뭄이 지속되는 해가 번갈아 찾아온다. 비에 강한 풀과 가뭄에 강한 풀이 모두 자라고 있다면 폭우나 가뭄이 들어도 어느 한쪽이 살아남을 수 있다. 그리고 질병이 유행할 때 풀이 한 종류만 있다면 초원의 풀이 전멸할 수도 있으나 풀의 종류가 다양하면 초원 전체에 미치는 질병의 영향을 최소화할 수 있다. **요컨대 생물의 다양성이 클수록 생태계의 생산력, 지속가능성, 안정성이 커진다는 것이다.**

그렇다면 원래 지구에는 얼마나 많은 생물이 존재할까? 생물다양성 연구의 선구자 에드워드 윌슨은 1992년 저서에서 지구상에 알려진 종의 수를 140만 종, 지구상의 모든 생물종 수를 1,000만~1억 사이로 잡았다(이다 테츠지의《생물다양성이란 무엇인가》).

오늘날 생물은 약 40억 년 전에 최초로 지구에 태어난 생물—아마도 단세포 세균과 같은 생물—이 여러 종으로 분화되어 형성되었다. 현대 과학기술력으로 보면 지난 6억 년 동안 생물종 수의 변화를 대략 추정할 수 있다.

그 6억 년 동안 생물종 수가 급격히 감소한 시기가 다섯 번 있다. 1차 대멸종은 4억 4천만 년 전, 2차 대멸종은 3억 650만 년 전, 3차 대멸종은 2억 450만 년 전, 4차 대멸종은 2억 150만 년 전에 일어났다. 그리고 5차 대멸종은 650만 년 전에 발생했다. 공룡과 암모니아가 멸종했고 바다 밑바닥 생물과 플랑크톤이 대부분 자취를 감추었으며 땅 위의 수많은 식생이 사라져 생물의 70% 이상이 없어졌다고 한다. 이런 대멸종은 지구에 지름 10킬로미터 정도의 소행성이 충돌해 대규모 환경 변동을 일으켰기 때문이라는 설이 유력하다.

윌슨은 지금 지구에서 6차 대멸종이 진행 중이라고 경고한다. 말할 것도 없이 그것은 '인간의 소행'이다. 그렇다면 생물은 얼마나 빨리 죽어가고 있을까?

윌슨은 열대림이 파괴되는 속도 등을 토대로 극히 보수적인 추정치로 해도 백만 종의 열대림 생물 중 1년간 2만 7,000종이 멸종한다고 밝혔다.

반면, 인간의 활동과 관계없이 자연적으로 발생하는 생물의 멸종은 100만 종에 대하여 연간 10종으로 추정된다. 이 추정치는 열대우

림에 국한된 것이지만 지구 전체로 확장하여 생각해도 무방할 것이다. 그러면 인간의 활동으로 멸종하는 수와 자연적으로 멸종하는 수에는 270배나 차이가 난다. 즉, **인간의 다양한 활동으로 인해 지구상 생물의 멸종 속도는 270배 빨라지고 있다는 뜻이다.**

옷 오백 벌

아난다는 우다야나 왕의 왕비 샤마바티로부터 오백 벌의 옷을 공양받았다. 이를 들은 왕은 아난다가 탐욕의 마음에서 옷을 받은 것이 아닌가 의심했다.

왕은 아난다를 찾아가 물었다.

"존귀한 자여, 오백 벌이나 되는 옷을 한꺼번에 받아 어떻게 하실 작정입니까?"

아난다는 대답했다.

"대왕이시여, 수많은 비구가 찢어진 옷을 입고 있습니다. 제가 그들에게 이 옷을 나누어주겠습니다."

"그렇다며 찢어진 낡은 옷은 어떻게 하실 작정입니까?"

"찢어진 옷으로는 이불을 만들겠습니다."

"그렇다면 낡은 이불은요?"

"베갯잇을 만들겠습니다."

"낡은 베갯잇은요?"

"바닥을 덮는 깔개로 쓰겠습니다."

"낡은 깔개는요?"

"발을 닦는 수건을 만들겠습니다."

"발 닦는 낡은 수건은요?"

"걸레로 사용하겠습니다."

"낡은 걸레는요?"

"대왕이시여, 저희는 낡은 걸레를 찢어서 진흙과 섞어 집을 지을 때 벽 속에 넣겠습니다."

첫째, 줄이고 둘째, 재사용하고 마지막으로 재활용한다

우리는 살면서 많은 천을 사용한다. 필요 없게 된 천은 대부분 지방자치단체에서 자원물로 회수하고, 그렇게 모은 천은 헌 옷이나 천을 취급하는 업자에게 넘겨져 리사이클 공장으로 운반된다. 리사이클 공장에 운반된 천에는 주로 세 가지 용도가 있다(《알아보자 쓰레기와 자원 2 종이·우유팩·천》).

① 중고 의류로 재사용, ② 오염물을 닦아내는 천으로 가공, ③ 반모로 가공하여 재사용. 여기서 반모는 털로 되돌리는 것으로 원래는 모직물을 털로 되돌리는 작업을 의미했다. 반모는 펠트(두드려 얇은 쿠션처럼 굳힌 것)로 가공되어 자동차 좌석 내용물에 사용되기도 한다.

'3R'은 자원을 소중히 여기는 키워드다. 줄이기(Reduce), 재사용(Reuse), 재활용(Recycling)의 머리글자를 따서 3R이라고 불린다. 이것을 천을 대상으로 생각해보자.

- **줄이기(Reduce)**: 불필요한 옷을 사지 않고 오래 입을 수 있도록 디자인된 옷을 선택한다.
- **재사용(Reuse)**: 찢어지거나 터진 곳은 수선해서 입고, 입을 수 없

게 된 옷은 벼룩시장에 내놓아 다른 사람이 사용하도록 한다.

- **재활용(Recycling):** 자원 회수에 내놓아 반모나 웨스의 재료로 쓰게 한다.

이 3R에는 우선순위가 있다. 첫째로 줄이기, 둘째로 재사용, 그리고 마지막으로 재활용이다. 재활용 과정에서 많은 에너지가 사용되고, 결과적으로 많은 이산화탄소가 대기로 배출되기 때문이다.

섬유는 크게 천연 섬유와 합성 섬유로 분류할 수 있다. 천연 섬유는 면이나 마 등 식물에서 가져오는 것과 양모나 비단 등 동물에서 가져오는 것이 있다. 이들 천연 섬유는 아주 오래전부터 사용되었다. 이 우화에 등장하는 것은 천연 섬유로 만든 옷이다.

한편 합성 섬유는 1935년에 발명된 나일론을 비롯하여 아크릴과 폴리에스터, 폴리우레탄 등이 잘 알려져 있다. 이들은 주로 석유로 제조한다.

최근에는 합성 섬유 의류로 인한 환경 오염이 주목받는다. 합성 섬유 의류는 내구성이 높고 구김이 잘 가지 않으며 저렴하다는 장점이 있지만, 합성 섬유로 만든 옷을 세탁하면 미세 섬유(미세플라스틱)가 가정에서 나온다. 미세플라스틱은 플라스틱이 분쇄돼 지름 5밀리미터 이하로 작아진 플라스틱이다.

예를 들면 플리스 재킷을 한 번 빨면 최대 2그램의 미세플라스틱이 발생한다고 한다(나카지마 료타, 《해양플라스틱 오염》). 배수된 미세플라스틱은 하수 처리 시설에 도달해 슬러지에 침전시켜 제거된다. 그러나 완벽하게 제거할 수는 없으며 아무리 성능이 좋은 처리시설이라도 제거율은 98~99퍼센트이다. 빠져나간 미세플라스틱은 정화된 물과 함께 바다로 흘러간다.

슬러지에서 제거된 미세플라스틱은 어디로 가는 걸까? 대부분은 소각되거나 매립되나 일부는 농지로 사용되기도 한다. 또한 슬러지에 숨어 있던 미세플라스틱은 비바람에 휩쓸려 날아가 결국 강과 바다로 흘러간다.

플라스틱은 자연 분해되지 않기 때문에 반영구적 쓰레기로 바다에 남는다. 바다로 유입된 미세플라스틱을 해양생물이 몸속에 집어넣어 바다 생태계를 파괴하는 등 악영향을 주고 있다. 인체에 미치는 구체적인 영향은 밝혀지지 않았지만, 미세플라스틱을 섭식한 해양생물을 인간이 먹음으로써 유해한 화학물질이 인체에 축적되어 면역력 저하를 비롯한 건강 피해를 줄 수 있다는 지적이 제기되었다.

미세플라스틱 유출을 막기 위해 우리는 무엇을 할 수 있을까? 합성섬유 옷을 선택하지 않고 자연 소재로 만든 옷을 사면 세탁을 통해 유출되는 미세플라스틱 양을 0으로 만들 수 있다. 또 가정 내에서 세탁할 때 미세플라스틱 유출을 크게 줄일 수 있는 세탁 망을 사용하는 것도 효과적이다.

73 세 마리 개구리

개구리 세 마리가 우유 통 안에 떨어졌다.

비관적인 개구리는 무엇을 해도 어차피 안 된다는 생각에 아무것도 하지 않다가 우유에 빠져 죽었다.

낙관적인 개구리는 아무것도 하지 않아도 결국 잘될 거라고 생각하고 아무것도 하지 않다가 우유에 빠져 죽었다.

현실적인 개구리는 자신이 할 수 있는 일이라고는 발버둥치는 것뿐이라고 생각하고 연신 발버둥치다가 발밑에 버터가 생기자 버터를 기어올라 한 바퀴 뛰어 용기 밖으로 도망쳤다.

현실주의자만이 현 상황을 타개할 수 있다

전문가와 정치인뿐만 아니라 평범한 시민도 지구온난화와 자연 파괴 같은 환경 문제뿐 아니라 전쟁, 핵 군축, 빈곤, 경제적 격차, 난민, 인신매매 등 지금 일어나고 있는 다양한 사회 문제에 어떤 태도로 대처해야 할지 생각해야 할 때다.

여기서는 지구온난화를 예로 들어 비관론자, 낙관론자, 현실주의자는 어떤 사람인지 생각해보겠다.

비관론자들은 지구온난화가 일어나고 있다는 것은 인정하지만, 그에 대한 반응은 소극적이다. '이미 늦었다'는 체념, '애초에 인간은 환경을 파괴하는 생물이다'라는 방어적 태도가 뒤섞여 행동하기를 주저한다.

낙관론자는 비관론자보다 실체가 더 복잡한데, 다음 세 가지 입장이 뒤섞여 있다. 첫 번째는 지구온난화 발생 자체를 인정하지 않는 것이다. '지구온난화 따위는 거짓말'이라는 엉터리 과학이 아직도 판을 치고 있다. 인터넷에 검색하면 '지구온난화라니 터무니없는 거짓말'이라고 주창하는 회의론이 쏟아져나온다. 온난화가 사실임을 인정하지 않으니 긴박감이 없는 것은 너무나 당연한 일이며, 기세 좋게 낙관적인 언행을 구사한다.

두 번째는 지구온난화는 전혀 '문제'가 아니라는 주장이다. 예를 들어 지구온난화로 인해 인간이 살 수 있는 곳이 늘어나기 때문에 그것은 오히려 좋은 일이라고 주장한다. 물론 지금까지 사람이 살 수 없을 정도로 추웠던 지역이 따뜻해져 살기 좋아질지도 모른다. 그러나 한편으로 호우와 홍수가 빈발함으로써 사람들의 생활과 농업에 지장을 초래하게 되고, 해발이 낮은 섬에서는 해수면 상승으로 사람이 살 수 없게 되는 지역도 생긴다. 지구온난화는 '문제'가 아니라고 말하는 사람은 자신에게 유리한 사실만 들먹이고 자신의 주장과 대치되는 사실은 무시한다.

세 번째는 지구온난화가 분명히 일어나고 있고 그것은 인류에게 중대한 문제이기는 하지만 일시적인 문제일 뿐 새로운 과학기술이 모든 것을 해결해줄 것이기 때문에 걱정할 필요가 없다는 생각이다. 이른바 과학기술 만능주의로 인위적인 힘(과학기술의 힘)이 자연의 힘을 능가할 수 있다고 믿는 것이다. 환경 문제에 대응했다가 경제성장이 둔화될까 봐 두려워하는 사람이 이런 식으로 생각하는 경우가 많다.

비관론자와 낙관론자는 행동 변화를 일으키지 않기 때문에 둘 다 우유 통에 빠져 죽는다. 양쪽 모두 대책을 향한 행동을 일으키지 않으니 상황을 타개할 수 없다.

다만 현실주의자만이 현 상황을 타개할 수 있다. 과장된 표현이라고 생각한다면 현실주의자만이 현 상황을 타개할 가능성을 갖고 있다고 하자.

현실주의자의 특징은 세 가지로 정리된다. 첫째, 과학적인 관점을 취한다. 다르게 말하면, 비판적 사고를 한다. 하나의 정보를 비판 없이 받아들이는 것이 아니라, 다양한 각도에서 살펴보고 논리적·객관적으로 이해하는 태도를 견지한다.

둘째, 희망을 버리지 않는다. 인간은 자신의 생활양식과 사회 구조를 더 나은 방향으로 바꿔나갈 수 있다는 희망을 잃지 않는다.

셋째, 완벽함을 추구하지 않는다. 삶의 방식이나 사회 본연의 자세, 정책 등에 트집을 잡으려고 하면 얼마든지 잡을 수 있다. 100점이 아니면 0점이나 마찬가지라는 태도로는 효과적인 대책을 세우지 못하고 환경은 악화하기만 할 것이다.

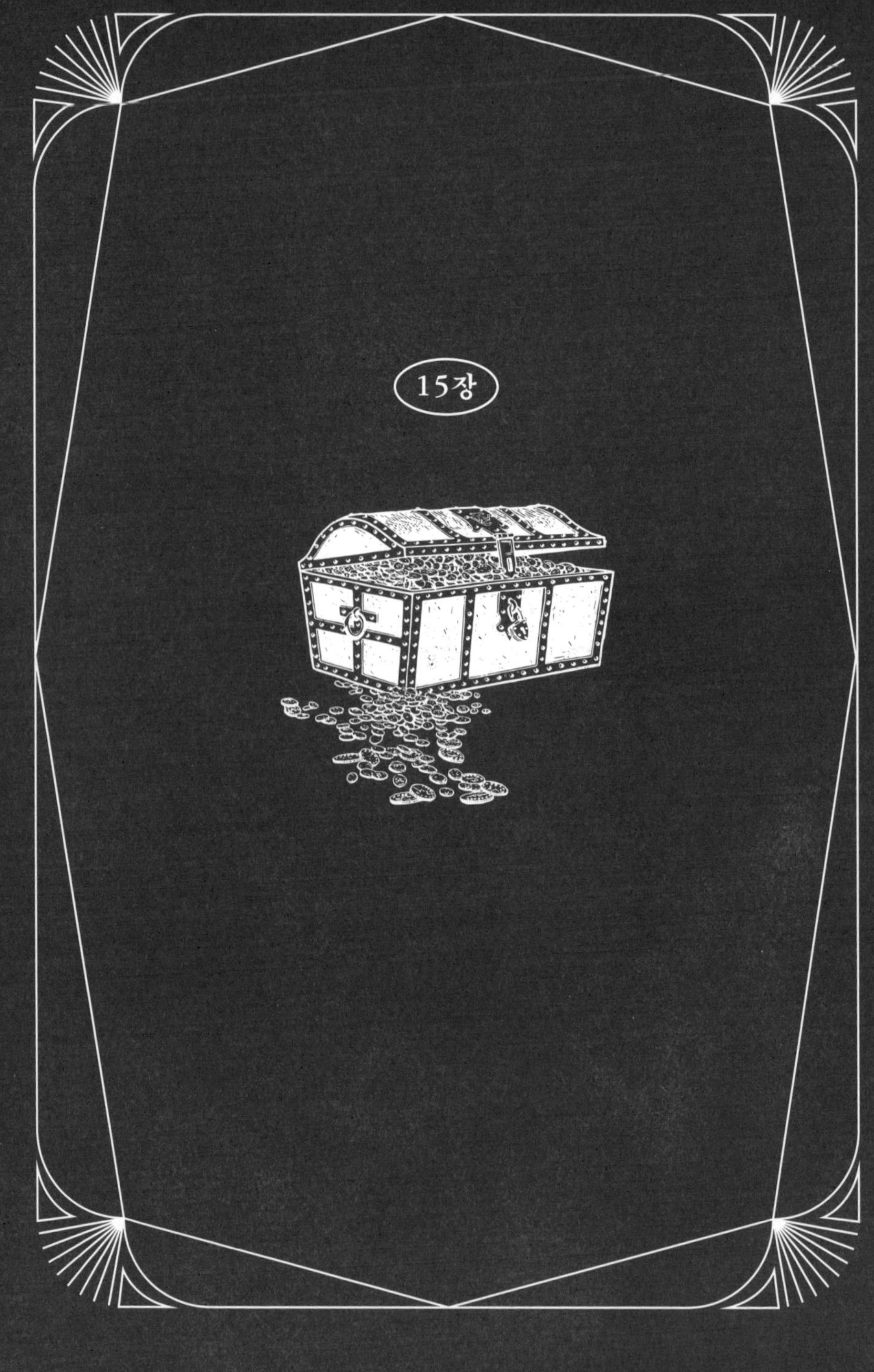

15장

인간다움과 덕

74 ♦ 세 도적

75 ♦ 목욕탕 앞의 돌

76 ♦ 지옥탕과 극락탕

77 ♦ 로베르토 디 비센조 이야기

74 세 도적

옛날 인도에 못된 꾀를 부리는 세 도적이 있었다.

어느 날, 세 사람은 부잣집에 침입하여 사람들을 꽁꽁 묶고 금화와 식량을 빼앗아 산으로 돌아갔다.

며칠이 지나자 먹을 것이 없어졌다. 도적들은 제비를 뽑아 한 사람이 산을 내려가 마을에서 식량을 사오기로 했다.

한 사람이 마을에 나가 집을 비운 사이에 두 도적이 의논했다.

"그놈이 돌아오면 토막을 내자. 그러면 금화를 우리가 나눠 가질 수 있어."

마을에서 식량과 술을 가져온 도적이 산길을 올라오자 바위 그늘에서 두 도적이 그를 덮쳐 죽여버렸다.

"잘됐다. 자, 둘이서 금화를 절반씩 나누자. 아니, 그전에 축하주를 한잔하자."

그렇게 두 도적은 술을 입에 올렸다. 이내 두 사람은 피를 토하며 뒹굴다가 죽었다.

술에는 독이 들어 있었다.

마을로 내려간 도적도 독이 든 술로 두 사람을 죽이고 금화를 독차지하려고 음모를 꾸몄던 것이다.

악한 지혜와 얕은 지혜

나쁜 일을 이루기 위해 머리가 돌아가는 것을 '악한 지혜'라고 한다. 세 사람 모두 못된 꾀를 부리는 사람이었기 때문에 모두 목숨을 잃을 처지에 놓였다.

악한 지혜와 비슷한 말로 얕은 지혜가 있다. 천박하고 사려 깊지 못한 두뇌 작용을 말한다.

도적들은 자기뿐만 아니라 다른 사람도 못된 꾀를 부리는 사람임을 예측하지 못했다. 그 점에서 그들에겐 얕은 지혜밖에 없었다.

자신의 지혜를 나쁜 일을 위해 쓸 것인가, 좋은 일을 위해 쓸 것인가. 이때 윤리라는 개념이 들어온다(우치다 이쓰키, 《원숭이화되는 세상》). 윤리의 '윤(倫)'은 '인륜'이라는 의미를 지닌다.

따라서 윤리는 다른 사람과 더불어 살기 위한 법을 뜻한다. 다른 사람과 함께 살 때 어떤 규칙을 따라야 할까? 이 세상 사람들이 모두 자기와 같은 사람이라면 자신의 이익이 증대될 것인지를 자문하면 될 것이다.

75 목욕탕 앞의 돌

어느 날, 이솝의 주인은 이솝에게 목욕탕에 가서 사람이 많은지 보고 오라고 했다. 이솝은 "네"라고 대답하고 목욕탕으로 갔다.

그런데 목욕탕 앞에 뾰족한 돌이 나뒹굴었고, 이솝은 그 돌에 발이 걸려 넘어졌다. 다른 사람들도 발이 걸려 넘어졌지만 화를 내며 욕을 할 뿐 아무도 그 돌을 치우지 않았다. 그들은 서둘러 목욕탕으로 갔다.

그러다가 한 남자가 '영차' 하고 돌을 들어 올리더니 옆으로 치워버렸다.

이솝은 집에 돌아와 주인에게 "목욕탕에 사람이라고는 한 명밖에 없었습니다"라고 알렸다.

"아, 그러냐? 지금 가야겠구나."

하지만 주인이 가보니 목욕탕 안은 사람들로 넘쳐나고 있었다.

목욕을 마치고 돌아온 주인은 "이솝아, 왜 거짓말을 했느냐?"라고 따졌다.

그러자 이솝은 이렇게 대꾸했다.

"목욕탕 앞에 뾰족한 돌이 있어 모두가 비틀거렸지요. 하지만 그 돌을 제거한 사람은 단 한 명이었습니다. 인간다운 인간은 단 한 명이었어요."

돌을 제거한 사람은 인간다운 사람, 돌을 제거하지 않은 사람은 인간답지 않은 사람인 셈이다.

이 이야기의 저자는 인간다움을 '타인에 대한 배려'가 있느냐 아니냐로 판단한다.

배려는 일반적으로 다른 사람을 친절하게 대하고 살피거나 주의를 기울이는 것을 의미한다. 상대방의 신상에 일어난 일, 당시 상대방의 기분을 마치 자기 일처럼 생각하고 걱정하고 보살피는 것을 '배려하는 행동'이라고 표현한다.

이 배려의 범위를 어디까지 넓힐 수 있을까? 가족과 동료만 배려한다면 그 범위는 좀 좁다. 이론상으로는 지금 지구에 사는 사람들뿐 아니라 앞으로 태어날 미래 세대, 그리고 인간 이외의 종까지도 배려할 수 있다. 결국 자신의 크기는 스스로를 얼마나 넓은 시간 의식과 얼마나 넓은 공간 의식 속에 놓는가와 관련이 있다.

76

지옥탕과 극락탕

지옥탕과 극락탕이 있었는데 두 곳 모두 꽉 찬 상태였다.

지옥탕에서는 모두 싸우느라 바빴다. 팔꿈치가 부딪쳤다는 둥 뜨거운 물이 튀었다는 둥 큰 소리가 울려퍼졌다.

반면 극락탕에서는 아무도 싸우지 않았다. 조용하면서 즐거운 웃음소리가 들렸다.

자세히 보니 지옥탕에서는 모두 자기가 자기 등을 씻으려 하고 있었다.

그래서 옆 사람에게 팔꿈치가 부딪히거나 뜨거운 물이 튀었다.

모두 자신만 생각하기 때문에 여기저기서 싸움이 일어난 것이다.

반면 극락탕에서는 둥글게 원을 지어 모두 다른 사람의 등을 밀어주고 물을 끼얹어주었다.

모두 남의 등을 씻어줌으로써 결국은 자신의 등을 씻을 수 있었다.

인간은 혼자서 살 수 없다

지옥탕 사람들은 모두 자신밖에 생각하지 않는다. 아마도 남의 일은 안중에도 없을 것이다. 타인은 자신을 방해하는 존재이니 없는 게 낫다고 생각한다.

반면 극락탕 사람들은 서로를 신뢰하고—다른 사람에게 자신의 등을 맡기는 것은 신뢰의 증거다—품앗이 정신이 살아 숨 쉬고 있다.

지옥탕과 극락탕의 차이는 사람들 마음이 연결되어 있는지다. 극락탕 사람들은 지옥탕 사람들과는 달리 **'인간은 혼자 살 수 없다는 것'을 알고 있다.**

혼자서는 외롭기 때문이 아니다. 우리는 수많은 다른 사람들 덕분에 지금까지 살아왔고, 현재도 살고 있으며, 앞으로도 계속 살 것이라는 뜻이다. 여기서 말하는 다른 사람은 가족, 지역주민, 동료, 동시대인들, 이미 세상을 떠난 사람, 지구라는 자연, 식물과 동물, 인류가 만들어온 기술환경, 전통, 관습, 법률 등 모든 것을 아우른다.

77 로베르트토 디 비센조 이야기

아르헨티나 출신의 로베르트토 디 비센조는 1967년, 브리티시 오픈에서 우승한 유명한 프로 골퍼다. 그는 한 토너먼트에서 우승하자 상금 수표를 받고 카메라를 향해 미소를 지은 다음 클럽하우스로 가서 돌아갈 채비를 하고 있었다. 잠시 후 혼자 주차장에 있는 차로 가고 있는데 한 여성이 다가왔다. 그녀는 우승을 축하한 후 이렇게 말했다.

"제게는 중병으로 죽어가는 아기가 있어요. 하지만 병원비와 입원비를 어떻게 내야 할지 모르겠어요."

이를 불쌍히 여긴 비센조는 펜을 꺼내 방금 받은 수표에 서명했다.

"이것이 아기에게 조금이라도 도움이 되기를 바랍니다."

그렇게 말하며 그녀의 손에 수표를 쥐여주었다.

다음 주, 비센조가 컨트리클럽에서 점심을 먹고 있는데, 프로 골프협회 직원이 테이블에 다가왔다.

"주차장에 있던 사람들이 그러는데 지난주에 토너먼트 우승 후 차에 타려고 할 때 젊은 여성이 다가왔다고 들었습니다."

비센조는 고개를 끄덕였다.

"드릴 말씀이 있습니다. 그녀는 사기꾼이에요. 아픈 아기 같은 건 없어요. 결혼도 안 했습니다. 당신은 속은 거예요."

"그러면 병으로 죽어가는 아기는 없다는 건가요?"

"그렇습니다."

직원이 안쓰러운 듯 대답하자 비센조는 안심한 표정을 지으며 이렇게 말했다.

"그렇군요, 병으로 죽어가는 아기는 없군요. 이번 주에 들은 소식 중에 가장 좋은 소식입니다."

이 에피소드를 바탕으로 만들어졌다고 알려진 유명한 광고가 있다. 조니워커 블랙라벨 TV 광고다. 간단하게 소개하겠다.

가장 처음, 술잔에 담긴 위스키가 비친다. 그리고 밤 시간에 어두운 마을에서 구걸하는 여인이 등장하고 한 남자가 지폐 몇 장을 그 여인에게 준다. 바 카운터에 앉아서 이 남자를 기다리던 친구는 창문 너머로 그 광경을 보고 있다.

아무 일도 없었다는 듯 술집에 들어온 남자에게 친구가 살짝 비아냥거리는 미소를 짓는다.

"너는 속았어. 저 여자는 아픈 아이가 있다고 했지만, 그건 거짓말이야."

그러자 남자는 미소 지었다.

"다행이군. 아픈 아이가 없다니."

두 사람은 빙그레 웃으며 건배한다.

비센조 일화를 더듬어보자. 그 여자가 사기꾼이고 아픈 아기가 없다는 직원의 말을 들었을 때 비센조는 어떤 태도를 보였는가?

보통은 거짓말을 한 여자에 대한 분노가 끓어오르고, 다음에는 자신의 선량함과 어리석음으로 인한 자기혐오에 빠질 법하다. 하지만 그는 그러지 않았다. 그 여자가 거짓말을 했다는 사실과 상관없이 '아무도 병으로 죽지 않는다'는 사실을 알고 안도했다. 비센조 같은 사람들은 '인간미가 있는 사람, 인격이 훌륭한 사람, 덕망이 있는 사람'이라는 표현으로 칭송받는다.

비센조의 행동을 분석해보면 그는 **동정, 관대함, 자비라는 세 가지 덕**을 갖추었다고 볼 수 있다.

동정은 다른 사람의 고뇌와 불행을 자기 일처럼 여기며 위로하는 것이다. 다른 사람의 고뇌와 불행을 신경 쓰지 않는 이기주의와는 양립할 수 없고, 그것을 기뻐하는 비정함과 정반대의 덕목이다.

관대함은 베푸는 덕목으로 상대에게 부족한 것을 제공하는 것이다. 자신의 돈이나 시간을 남에게 준다는 점에서 인심이 후하다는 덕목에 가깝다.

자비는 용서의 덕이며 원한의 반대편에 있다. 물론 상대방의 말과 행동을 허용하는 데는 한계가 있다. 보통은 누구나 저지르기 쉬운 작은 실수에 한정되고 살인이나 강도 등 강력범죄는 배제된다.

비센조처럼 운동선수가 지녀야 할 능력뿐 아니라 인간성도 훌륭한 사람으로 LA 에인절스 소속 오타니 쇼헤이 선수를 들 수 있다.

'사상 최초'로 올스타 명단에 지명타자와 투수로 이름을 올린 성과는 그야말로 인간의 한계를 초월했다고 할 수 있다. 거기에 더해 그가 주목받는 이유는 그가 인간성도 뛰어나기 때문이다.

타자를 잡아냈을 때 방망이가 부러져 오타니 쪽으로 날아오자 그는 그것을 잡고는 활짝 웃으며 타자에게 돌려주었다. 운동장에 쓰레기가 떨어져 있으면 아주 자연스럽게 주워서 주머니에 넣었다. 왜 쓰레기를 줍냐는 언론의 질문에 그는 이렇게 대답했다.

"쓰레기는 사람들이 떨어뜨린 운입니다. 쓰레기를 주워서 운을 얻는 것입니다. 그것이 저에게 행운을 가져다줍니다. 고등학교 선생님이 그렇게 가르쳐주셨어요."

말할 나위 없는 신실한 태도다.

이런 에피소드 외에도 평소의 태도 하나하나에 그의 인품이 묻어난다.

심판과 상대 팀 선수들에 대한 존중과 친근함, 소년 소녀 팬에게 보이는 배려와 서비스 정신, 그라운드에서 보여주는 미소 등 사람들은 그의 일거수일투족에 매료된다. 그가 진심으로 야구를 사랑하고 즐기고 있음을 알 수 있다.

오타니의 행동을 보면 '덕을 쌓는다'는 말이 떠오른다. 덕이라고 하면 틀에 박힌 듯한 딱딱한 이미지가 있고, 위에서 아래로 강요하는 듯한 이미지가 따라다닌다.

그러나 서양 철학에서 덕은 그런 것이 아니라 오히려 인간에게 인간다운 힘을 주는 것으로 자리매김해왔다. 예로부터 인간은 덕을 익힘으로써 인간으로서 진정한 기쁨을 얻을 수 있고 이 세상의 풍요로움을 생생하게 느낄 수 있다고 전해져왔다.

덕(德)이라는 말은 그리스어 아레테(arete)를 번역한 것으로, 원래 '탁월함'이라는 의미다. 즉 덕은 인간의 탁월함이다. 덕은 우리 인간 속에 씨앗처럼 저장되어 있고, 살아가면서 꽃을 피운다. **덕을 쌓으면 삶의 즐거움과 기쁨이 줄어드는 것이 아니라 오히려 늘어난다. 덕을 쌓는 행위로 인해 어떠한 손실도 입지 않고 오히려 이득을 얻는다.**

참고 문헌

1장

- 색실공: 다음 저서를 저자가 변용함. 《エピクロスの園》, アナトール·フランス 저, 大塚幸男 역, 岩波書店(《에피쿠로스의 정원》, 아나톨 프랑스, B612)
- 《魔法の糸》, ウィリアム· J·ベネット 편저, 大地舜 역, 実務教育出
- 흰 쥐와 검은 쥐 이야기: 《大法輪 二〇一九年 二月号》(大法輪閣). 원전은 《仏説譬喩経》《衆経撰雑譬喩》《賓頭盧突羅闍為優陀延王説法経》등
- 수명: 《完訳グリム童話集 3》, グリム兄弟 저, 池田香代子 역, 講談社
- 헬렌 켈러 이야기: 《最善主義が道を拓く》, タル·ベン·シャハー 저, 田村源二 역, 幸福の科学出版(《완벽주의자를 위한 행복 연습》, 탈 벤샤하르, 슬로디미디어)
- 인생의 길이: 《老いを愉しむ言葉》, 保坂隆 저, 朝日新聞出版. 원전은 《四十二章経》第三十七章
- 한단의 꿈: 《中国奇想小説集—古今異界万華鏡》, 井波律子 편역, 「枕中記」 요약

- 탐욕스러운 소몰이꾼: 《捨てちゃえ, 捨てちゃえ》, ひろさちや 저, ＰＨＰ研究所
- 수녀에 관한 연구: 《ポジティブ心理学》, 小林正弥 저, 講談社
- 상과 벌: 《HAPPIER》, タル·ベン·シャハー 저, 坂本貢一 역, 幸福の科学出版(《일생에 한 번은 행복을 공부하라》, 탈 벤샤하르, 좋은생각)
- 경험 기계: 《アナーキー·国家·ユートピア(上)》(ロバート·ノージック 저, 嶋津格 역, 木鐸社)에 나오는 사고실험 각색. (《아나키에서 유토피아로》, 로버트 노직, 문학과지성사)
- 두 배의 소원: 《仏教に学ぶ老い方·死に方》(ひろさちや 저, 新潮社)
- 우리 집을 넓히는 방법: 《ユダヤジョーク》(ジャック·ハルペン 저, 六興出版)

- 뷔리단의 당나귀: 《100の神話で身につく一般教養》(エリック·コバスト 저, 小倉孝誠, 岩下綾 역, 白水社) 《人生の価値 それとも無価値》(ひろさちや 저, 講談社)를 참고로 저자가 각색
- 성공의 비결: 《英語で「ちょっといい話」》, アーサー· F·レネハン 편, 足立恵子 역, 講談社인터내셔널
- 아주 싫어하는 샌드위치: 《癒しの旅》(ダン·ミルマン 저, 上野圭一 역, 徳間書店)
- 무신론자와 신앙심이 깊은 남자: 블로그 「quipped」(https://j.ktamura.com/archives/this-is-water)
- 《これは水です》(デヴィッド·フォスター·ウォレス 저, 阿部重夫 역, 田畑書店)(《이것은 물이다》, 데이비드 포스

터 윌리스, 나무생각)
• 하워드 라이파 이야기: 《選択の科学》(シーナ·アイエンガー 저, 文藝春秋)(《쉬나의 선택실험실》, 쉬나 아이엔가, 21세기북스)

• 시골길을 걷는 사나이: 인터넷상에 게재된 이야기를 바탕으로 저자가 변용
• 밤도둑질: 《禅と日本文化》(鈴木大拙 저, 北川桃雄 역, 岩波書店). 원전은 《五祖録》
• 산월기《現代語訳名作シリーズ② 山月記》(中島敦 저, 小前亮 역, 理論社) 요약
• 한 조각의 빵: 《光村ライブラリー·中学校編 1巻》(光村図書). 이보다 「一切れのパン」(F·ムンテヤーヌ 저, 直野敦 역) 요약
• 두 굴뚝 청소부: 《ユーモア大百科》(野内良三 저, 国書刊行会)

• 로제티와 노인: 《あなたに奇跡を起こす小さな100の智恵》(コリン·ターナー 저, 早野依子 역, PHP研究所)
• 설법사가 되고 싶었던 아이: 《徒然草》 第一八八段 전반부. 現代語 번역은 《解説 徒然草》(橋本武 저, ちくま学芸文庫)를 참고. (《쓰레즈레구사》 제188단 전반부, 요시다 겐코, 도서출판문)
• 오하아몽: 《中国史で読み解く故事成語》(阿部幸信 저, 山川出版)
• 척박한 땅을 원하라: 《春秋戦国の処世術》(松本肇 저, 講談社). 원전은 《呂氏春秋》
• 재수 없는 진지로베에: 《子どもに聞かせたい法話》(仏の子を育てる会 편저, 法藏館)
• 문어와 고양이: 《松谷みよ子の本〈第 8 巻〉昔話》(松谷みよ子 저, 講談社)
• 토끼와 거북이 ①: 《イソップ寓話集》(中務哲郎 역, 岩波書店)
• 토끼와 거북이 ②: 《世界昔ばなし(下)アジア·アフリカ·アメリカ》(日本民話の会 편역, 講談社)

• 두 시계: 《ユーモアのレッスン》(外山滋比古 저, 中央公論新社)
• 토끼를 쫓는 개: 《英語で「ちょっといい話」》(アーサー·F·レネハン 편, 足立恵子 역, 講談社インターナショナル)
• 자나카 왕과 아슈타바크라: 《解決志向の実践マネジメント》(青木安輝 저, 河出書房新社)
• 벗짚 부자: 《日本の古典をよむ⑮ 宇治拾遺物語·十訓抄》(小林保治, 増古和子, 浅見和彦 역, 小学館)
• 장을 보는 모녀: 《Q·次の 2 つから生きたい人生を選びなさい》(タル·ベン·シャハー 저, 成瀬まゆみ 역, 大和書房)

7장

• 가루약: 《昔話に学ぶ「生きる知恵」④ 女の底力》(藤田浩子 저, 一声社)

- 바보: 《聴耳草紙》(佐々木喜善 저, 筑摩書房)
- 은혜 갚는 흡혈박쥐: 《ごきげんな人は10年長生きできる》(坪田一男 저, 文藝春秋)
- 최후통첩 게임: 《最後通牒ゲームの謎》(小林佳世子 저, 日本評論社)
- 사교도와 부처님: 「仏教ウェブ講座」(https://true-buddhism.com/teachings/abuse/)를 토대로 저자가 각색. 원전은 《雑阿含経》
- 늑대와 어린 양: 《イソップ寓話集》(中務哲郎 역, 岩波書店)

- 교수대를 향하는 남자: 《ユダヤの民話 下》(ピンハス·サデー 저, 秦剛平 역, 青土社)
- 석공: 《学校家庭話の種》(石川榮司 저, 育成會)
- 진흙 속의 거북이: 《荘子寓話選》(千葉宗雄 편, 竹井出版)
- 행복한 한스: 《グリムの昔話 3》(フェリクス·ホフマン 편, 大塚勇三 역, 福音館書店)

- 꺼진 연등: 《禅談《改訂新版》》(澤木興道 저, 大法輪閣)
- 세 개의 거울: 《中国の古典 貞観政要》(湯浅邦弘 저, KADOKAWA)
- 연금술사의 지혜: 《熟年のための童話セラピー》(アラン·B·チネン 저, 羽田詩津子 역, 早川書房)
- 산 위의 불: 《山の上の火》(ハロルド·クーランダー, ウルフ·レスロー 저, 渡辺茂男 역, 岩波書店) 요약
- 두 개의 선물: 《しあわせ仮説》(ジョナサン·ハイト 저, 藤澤隆史, 藤澤玲子 역, 新曜社)(《조너선 하이트의 바른 행복》, 조너선 하이트, 부키)

- 토끼와 사자왕: 《三分間で語れるお話》(マーガレット·リード·マクドナルド 저, 佐藤涼子 역, 編書房)
- 솔로몬의 충고: 《イタリア民話集(下)》(河島英昭 편역, 岩波書店)
- 먹다 남은 복숭아를 먹인 죄: 《春秋戦国の処世術》(松本肇 저, 講談社). 원전은 《韓非子》
- 칼라일의 조언: 《人を動かす「名言·逸話」大集成》(鈴木健二, 篠沢秀夫 감수, 講談社)
- 주물공과 반케이 선사: 《捨てちゃえ, 捨てちゃえ》(ひろさちや 저, ＰＨＰ研究所)
- 어린이와 도둑의 가르침: 《ユダヤの民話 下》(ピンハス·サデー 저, 秦剛平訳, 青土社)

- 백 살까지 사는 방법: 《教訓例話辞典》(有原末吉 편, 東京堂出版)
- 루빈스타인의 일화: 《話が長くなるお年寄りには理由がある》(増井幸恵 저, ＰＨＰ研究所)

• 여신 에오스의 사랑 이야기: 《大人の教養としてのギリシア神話読本》(あまおかけい 저, 言視舎), 《図解雑学ギリシア神話》(豊田和二監修, ナツメ社)를 토대로 저자가 각색
• 조사부사자사손사: 《仏教とっておきの話366―秋の巻―》(ひろさちや 저, 新潮社)

12장

• 돌과 바나나 나무: 《世界神話事典》(大林太良, 伊藤敦彦, 松村一男 편, 角川書店)
• 죽고 싶지 않은 남자: 《大人の心に効く童話セラピー》(アラン·B·チネン 저, 羽田詩津子 역, 早川書房)
• 테헤란의 사신: 《夜と霧》(ヴィクトール·E·フランクル 저, 池田香代子 역, みすず書房)(《밤과 안개》, 빅토르 프랭클, 범우)
• 인간으로서 최고의 행복: 《ヘロドトス 歴史 上》(松平千秋 역, 岩波書店)를 토대로 저자가 각색

13장

• 조가 성인의 임종: 《今昔物語》 巻一二第三三話「多武峯の増賀聖人の語」 일부. 현대어역은 《今昔物語集 本朝仏法部 上巻》(佐藤謙三校註, 角川書店) 참고
• 십계: 《寓話セラピー》(ホルヘ·ブカイ 저, 麓愛弓 역, めるくまーる)
• 꽃 피우는 할아버지: 《よみきかせおはなし絵本 1》(千葉幹夫 편저, 成美堂出版)
• 시간이 없는 임금님: 《人間のしがらみ(下)》(サマセット·モーム 저, 河合祥一郎 역, 光文社)(《인간의 굴레에서》, 서머싯 몸)

14장

• 공유지의 비극: 《2050年の地球を予測する》(伊勢武史 저, 筑摩書房)
• 미지근한 물 속의 개구리: 다큐멘터리 영화 <불편한 진실>, 데이비스 구겐하임 감독, 2006년
• 리벳 가설: 「寓話から学ぶ」(山本太郎 저, 長崎新聞 2009年 2月 7日「うず潮」)
• 옷 오백 벌: 《やわらか子ども法話》(桜井俊彦 저, 法藏館)
• 세 마리 개구리: 《夕陽妄語 第三輯》(加藤周一 저, 朝日新聞社)

15장

• 세 도적: 《子どもと読みたいほとけさまのおはなし》(藤祐樹, 木村慎, 酒井義一他 저, 東本願寺出版)
• 목욕탕 앞의 돌: 《イソップを知っていますか》(阿刀田高 저, 新潮社)
• 지옥탕과 극락탕: 《仏教法話大事典》(ひろさちや 저, 鈴木出版)
• 로베르토 디 비센조 이야기: 《英語で「ちょっといい話」》(アーサー·F·レネハン 편, 足立恵子 역, 講談社인터내셔널)

마흔에 읽는 우화

초판 1쇄 발행 2025년 2월 28일
초판 2쇄 발행 2025년 3월 20일

지 은 이 도다 도모히로
펴 낸 이 한승수
펴 낸 곳 문예춘추사

편 집 구본영
디 자 인 박소윤
마 케 팅 박건원, 김홍주

등록번호 제300-1994-16
등록일자 1994년 1월 24일

주 소 서울특별시 마포구 동교로 27길 53, 309호
전 화 02 338 0084
팩 스 02 338 0087
메 일 moonchusa@naver.com

I S B N 978-89-7604-708-3 03800